Mo Siegel – Der Duft der heilen Welt

Autorin

Mo Siegel ist das Pseudonym der Krimiautorin Symone Hengy.
Ihre Thriller um den charismatischen Profiler Alexander Buschbeck „Ekstase" und „Explosion" haben bereits eine begeisterte Leserschaft gefunden.
Unter ihrem Pseudonym Mo Siegel veröffentlicht sie ausschließlich Werke anderer Genres.
Die Autorin arbeitete als Ingenieurin, leitende Angestellte im öffentlichen Dienst, als Steuerfachangestellte, Bibliothekarin, Webdesignerin und Versicherungsfachfrau, bevor sie sich ganz dem Schreiben zuwandte. Sie ist verheiratet und lebt mit ihrem Ehemann in Sachsen.

Bei dem vorliegenden Roman handelt es sich um eine fiktive Geschichte. Personen und Handlungen sind frei erfunden.

Für Ines

Bibliografische Information der Deutschen Nationalbibliothek:
Die Deutsche Nationalbibliothek verzeichnet diese Publikation in
der Deutschen Nationalbibliografie; detaillierte bibliografische
Daten sind im Internet über http://dnb.dnb.de abrufbar.

© 2015 Mo Siegel
© Mandy Hengy
www.symonehengy.de
Covergestaltung: © Bookdresses

Herstellung und Verlag: BoD - Books on Demand
ISBN:978-3-7347-6498-1

Mo Siegel
Der Duft der heilen Welt
Wenderoman

Drei Urnen

Wenn ein erfülltes Leben zu Ende gegangen ist, versammeln sich für gewöhnlich die Hinterbliebenen, um dem Verstorbenen in stiller, zärtlicher Trauer die letzte Ehre zu erweisen. Stumm und mit leeren Augen stehen sie an seinem Grab und versuchen einander Trost zu spenden. Und spätestens beim Leichenschmaus erzählen sie sich rührselige und lustige Anekdoten über ihn. Anekdoten, durch die er fortan als ein schillernder Stern am Nachthimmel weiterleben soll.

Ganz anders, wenn ein junger Mensch den Tod gefunden hat. Das gellende Warum hallt als stummer Schrei in die laute Stille der vertrauten Welt.

Auf einmal ist der Tod nicht mehr nur ein Wort mit der Bedeutung vom Ende des Seins. Ist nicht mehr nur unabwendbares, zwangsläufiges Schicksal - Tribut für ein gelebtes Leben -, sondern Jammer und Verzweiflung.

Der Tod eines jungen Menschen gleicht einer Amputation funktionstüchtiger Körperteile, einem Auseinanderreißen fest verwachsener Strukturen.

Worte des Trostes wollen sich nicht aussprechen lassen, weil blutleere Lippen ganz einfach ihre Funktion verweigern. Und Hände, in anderen Situationen so gut geeignet, Halt und Stütze zu sein, ballen sich zu Fäusten, um das Zittern zu unterdrücken, das einem Grillenzirpen gleich die feinen Glieder schüttelt.

Eine ganze Welt ertrinkt in Tränen aus Hilflosigkeit und Wut, ohne Hoffnung, diesen Schlag des Schicksals jemals zu verwinden ...

An einem Frühlingstag im Mai erfahren Hilflosigkeit, Verzweiflung, Schmerz und Wut in einem kleinen Ort in Sachsen eine ungeahnte Steigerung ...

Weiße Kerzen atmen gierig die muffige Luft der alten Kapelle. Ihre züngelnden Flammen recken sich verlangend in die Höhe, als lechzten sie nach etwas Brennbarem. Seltsam, wie lebendig sie anmuten, während sie jene drei toten Gefäße bescheinen: Urnen, mit Tod gefüllt und mit Rosen gekrönt - Rosen so anmutig und schön wie das Leben.

In tiefem Rot erstrahlt eines der Gestecke im Licht der Kerzen. Bei seinem Anblick ergreift eine kalte Hand das Herz des Betrachters, denn als diese Herrlichkeit gebrochen wurde, hatte deren Blüte gerade begonnen, war ihre Schönheit erst im Begriff gewesen, sich zu entfalten.

Rechts und links neben ihm ducken sich zartgelbe Blüten beinahe ängstlich unter seinem Schatten. Emotionen überschlagen sich - spiegelt der Hauch von Farbe doch ihr kurzes Leben so schmerzhaft deutlich wieder.

Fassungslos stehen die Menschen davor, und als die Urnen in die Grube gesenkt werden, umschlingt ein langer Arm von Trostlosigkeit die Menge. Er legt sich um die Traurigen und hält sie fest, während sich seine Klauen schmerzhaft tief in ihr Fleisch schlagen. Ein Schmerz, zu tief, um ihn ignorieren zu können. Er ist da und verlangt nach Respekt.

Und so verschieden, wie die Menschen sind, so verschieden gehen sie mit diesem Schmerz um: Einige der Anwesenden blicken hilflos, andere scheu um sich und wieder andere suchen Trost und Halt in den Tränen, die sie vergießen.

Dialog

„Es ist vorbei. Komm, lass uns gehen!"
„Warum das alles? Warum die Kinder?"
„Nicht so laut! Man guckt schon nach uns ..."
„Und wenn schon! Wo waren denn die Gucker, als die arme junge Frau am Leben verzweifelte?"
„Pst!"
„Warum haben die nichts unternommen, als noch Zeit dazu war?"
„Was denn? Was hätten sie unternehmen sollen?"
„Sie hätten ihr helfen können, mit dem Leben klarzukommen, als noch Zeit dazu war."
„Und wie? Hast du schon mal versucht, einem Menschen zu helfen, der sich nicht helfen lassen will?"
„Woher weißt du, dass sie sich nicht helfen lassen wollte? Hat sie das gesagt?"
„Nein. Aber sie hat doch keinen mehr an sich herangelassen! Sie hat sich völlig abgekapselt!"
„Abgekapselt? Sie sich? Dass ich nicht lache! Ein Mensch isoliert sich nicht so einfach. Entweder er wird von der Gesellschaft akzeptiert, dann ist er ein Teil von ihr, oder ..."
„Sprich doch leiser, meine Güte Man kann dich hören."
„Mir doch egal! Wir sind ein freies Land, da kann jeder offen seine Meinung vertreten!"
„Auch wenn er damit die Gefühle anderer Menschen verletzt?"
„Das kommt auf die Gefühle an ... Schau dir doch bloß ihre Mutter an! Sie lässt sich von beiden Seiten stützen - so ein Theater!"
„Theater? Diese Frau hat ihre Tochter verloren, ihre Enkel - Menschen, die ihr nahe standen."
„Hätten sie ihr wirklich so nahe gestanden, dann wäre diese Tragödie nie geschehen ..."

Auf ein Wort

Es ist beinahe unmöglich, den Gemütszustand eines Menschen richtig einzuschätzen; zumal wir in einer Welt leben, in der jeder von uns schon sehr früh lernen muss, seine Gefühle zu verbergen.

Was nun wirklich in den Köpfen unserer Angehörigen, Freunde und Nachbarn vor sich geht - wer kann das mit Bestimmtheit sagen? Die dunklen Seiten ihrer Wesen schlummern im Verborgenen. Wir sehen sie nicht, wir hören sie nicht, wir spüren sie nicht. Ihrem plötzlichen Erwachen stehen wir deshalb nicht selten überrascht, hilflos und vor allem befremdet gegenüber.

Bestürzt werden wir uns unserer Unfähigkeit bewusst, einen anderen Menschen wirklich zu durchschauen. Was wir von ihm wissen oder zu wissen glauben, ist immer nur das, was er uns glauben machen will. Mit anderen Worten: Wir erkennen einen anderen Menschen nur so weit, wie er es zulässt.

Um aber tatsächlich Klarheit über sein Gefühlsleben zu erlangen, müssten wir in seine, vor uns aus Angst und Scham so sorgfältig verborgene, Welt der Psyche eindringen - einem Schloss, in dem ein wahres Labyrinth von Gängen unzählige Zimmer miteinander verbindet: prunkvolle Gemächer und schäbige Kammern, in denen neben leuchtenden Erinnerungen finstere Kreaturen schlummern. Dunkle Schatten, die wie Ratten an der Seele nagen.

Wenn wir diese Türen öffnen, wird das Licht der Erkenntnis ihre Räume erhellen, werden sich die unheimlichen Schatten vor unseren erstaunten Augen vielleicht in Nichts auflösen ...

Die Reise beginnt

Vor einem schönen Haus, weiß verputzt, mit honigfarbenen Holzgiebeln und einem roten Dach, sitzt eine junge Frau auf der Terrasse.

Duftende Sträucher und Blumen umsäumen diesen von der Sonne überfluteten Platz. Irgendwo bellt ein Hund, eine ferne Kreissäge klagt über zu viel Arbeit und dennoch ... Die Eintracht und den Frieden dieses Ortes zerstören sie nicht.

Der liebliche Gesang heimischer Vögel umrahmt dieses Bild, das sich aus scheinbar belanglosen Details zusammensetzt, im Zusammenspiel jedoch von unbezahlbarem Wert für sie ist, weil es Heimat bedeutet.

Die junge Frau sitzt auf einem Gartenstuhl und beobachtet zwei miteinander spielende Kinder, ein Mädchen und einen Jungen. Es sind Geschwister, die eine besonders tiefe Zuneigung miteinander verbindet, erkennbar in jedem ihrer Blicke, in jeder ihrer Gesten.

Die Frau lächelt still. Sie ist stolz auf diese Kinder, stolz auf ihre Kinder.

Aber ganz plötzlich strafft sich ihr Oberkörper und sie presst die Lippen fest aufeinander. Schwer atmend lässt sie ihre Blicke über den Boden unter ihren Füßen gleiten. Ihre Augäpfel bewegen sich wie Taktgeber im Klavierunterricht und verharren jäh, als sie auf eine bestimmte Stelle vor ihrem Stuhl treffen.

Da sind sie wieder!

Von allen Seiten kriechen sie auf sie zu: Dunkle Schatten, die näher und näher kommen. In Panik reißt sie ihre Beine nach oben und zieht die Knie bis an die Stirn.

Noch immer bellt der Hund, jammert die Kreissäge, singen die Vögel ... Alles scheint friedlich. Ja, selbst die Sträucher und Blumen verbreiten ihren Duft, als sei nichts geschehen.

Mit feingliedrigen Händen umschließt die Frau ihre Füße und wiegt sich sanft von einer Seite auf die andere. Und bald schon existiert die Welt um sie herum nicht mehr. Nichts dringt mehr zu ihr durch: weder die wärmende Sonne, noch der Duft des Gartens oder das Kinderlachen.

Eingehüllt vom schwarzen Tuch dunkler Erinnerungen, verliert sie die Beziehung zum Hier und Jetzt und ist nur noch Gefangene ihrer eigenen Schatten. Schatten, die sie nicht verscheuchen, nur verdrängen kann. Schatten, die sich im Laufe der Jahre zu Ungeheuern entwickelt haben.

Wir - Sie, lieber Leser, und ich - werden versuchen, diese lichtscheuen Kreaturen und Seelenfresser im Gehirn dieser Frau aufzuspüren.

Indem wir in den Kopf dieser Frau eindringen und ihr Innerstes mit dem gleißenden Licht dieses schönen Sommertages durchfluten, werden die Schatten ein Gesicht bekommen ...

Wir fühlen uns leicht und schwerelos, sind nur noch Kopf und Geist - nicht Körper.

Wie Federflaum erheben wir uns in das Azur des Himmels und blicken nun von oben auf die Terrasse herab. Und während wir näher und näher an die Frau heran fliegen, streichelt warmer Sommerwind unsere Gesichter.

Schwer und süß liegt der Duft von Jasmin in der Luft. Er drückt betörend auf unsere Lider und benebelt die Sinne.

Mit geschlossenen Augen schweben wir immer dichter an die Frau heran, weichen aber erschrocken ein paar Meter zurück, als wir ihren Atem dicht vor uns spüren. Schaudernd blicken wir in das verstörte Gesicht. Auf braunen, glanzlosen Augen liegt ein dunkler Schleier, die Mundwinkel zucken.

Einige Momente verharren wir zögernd in unserer Position. Wollen wir wirklich wissen, wie es im Inneren dieser Frau aussieht? Was, wenn uns die Bilder in ihrem Kopf nicht gefallen? Wenn sie uns irritieren, verändern oder gar abstoßen?

Bevor wir eine Entscheidung treffen können, bewegen wir uns in rasantem Tempo auf ihren Kopf zu. Kinderstimmen hallen an unsere Ohren, Vögel zwitschern und sogar das Bellen des Hundes nehmen wir noch wahr ...

Mit erstaunlicher Leichtigkeit durchdringen wir die Stirn dieser fremden Frau und ... stehen erst einmal im Dunkeln.

Es ist still und erstaunlich kühl.

Als sich unsere Augen an das mäßige Licht gewöhnt haben, sehen wir uns staunend um. Der Ort, an dem wir uns befinden, ist tatsächlich ein schlossähnlicher Bau. Aber alles hier wirkt trostlos.

Geschlossene Fensterläden verhindern, dass das Licht des herrlichen Sommertages die Gänge erhellt und diesen Ort etwas freundlicher stimmt. Die Wände sind kahl, der Fußboden nackt. Und wo immer wir auch hinsehen: Türen, Türen, Türen.

Wir wollen einige der Türen öffnen, um zu erfahren, was sich dahinter verbirgt, sollten aber bedenken, dass wir in dem Augenblick, in dem wir das jeweilige Zimmer betreten, denken und fühlen werden, wie die Frau, in deren Gehirn wir eingedrungen sind.

Ob Sie, lieber Leser, das wohl aushalten werden?

Türen ins Gestern

1. Tür

„Komm endlich ins Bett - ich kann es kaum noch erwarten!" Wilfried rekelt sich stöhnend in unserem gemeinsamen Bett und lüftet die Decke.

Angewidert wende ich mich ab. Diese ewige Bettelei um ehelichen Beischlaf begleitet mich nun schon seit Monaten. Wäre dieser Mann mit seinem Charme aus Schmutz und Gestank nicht schon selbst ein Lustkiller, dann wäre es mit Sicherheit seine ewige Bettelei.

Eifrig bürste ich mein Haar, ohne Wilfried jedoch aus den Augen zu lassen.

„Heute bitte nicht", sage ich leise und von einer undefinierbaren Angst erfüllt. „Ich hatte einen anstrengenden Tag. Ich bin müde."

„Willst du mich für blöd verkaufen?", zischt Wilfried böse und wackelt mit seinem Kopf. „Seit Wochen höre ich nichts anderes. Soll ich mir das Zeug vielleicht aus den Rippen schwitzen? Ich bin dein Ehemann, verdammt noch mal! Ich habe Rechte!"

„Du bist aber auch Vater", sage ich kleinlaut. „Würdest du mich bei den Kindern und im Haushalt ein wenig mehr unterstützen …"

Wilfried schlägt mit der flachen Hand auf das Deckbett.

„Bla, bla, bla", erwidert er verächtlich. „Ihr Weiber seid doch so was von erbärmlich! Immer habt ihr Probleme mit den Kindern und dem Haushalt! Und wer muss darunter leiden? Wir Männer!"

„Mein Problem sind nicht die Kinder und der Haushalt", entgegne ich gereizt, obwohl ich weiß, dass es klüger wäre, den Mund zu halten. „Mein Problem ist, dass ich mit allem allein fertig werden muss."

Wilfried wedelt lachend mit dem Zeigefinger.

„Irrtum", sagt er. „Dein Problem ist ganz ein anderes. Willst du wissen, welches?"

Ich bemühe mich um Gleichgültigkeit, reiße und rupfe jedoch an meinen Haaren herum, dass es schmerzt. „Keine Ahnung, worauf du hinaus willst", antworte ich. „Du wirst es mir sicher gleich sagen."

„Und ob", entgegnet Wilfried und lacht belustigt auf. „Willst du es wirklich wissen?"

Ich zucke die Schultern: „Ja ..."

Sein Gesicht verfinstert sich.

„Du bist frigide, mein Fräulein. Und langsam frage ich mich, wie ich so etwas wie dich heiraten konnte. Hast du eigentlich eine Ahnung, wie viele Frauen bloß darauf warten, von mir gefickt zu werden?"

Wieder zucke ich die Schultern.

„Dann fick doch diese Frauen! Warum gehst du nicht zu einer von ihnen?" Mit lächelnden Lippen, aber einem gehetzten Blick, krieche ich unter meine Decke und drehe Wilfried den Rücken zu.

Als er nichts erwidert, kann ich mir eine weitere Bemerkung nicht verkneifen. „Ein Hoch auf jede Frau, die bereit ist, mir diese Folter hier abzunehmen!"

Atemlos erwarte ich seine neuerlichen Beschimpfungen. Doch alles bleibt still. Mit geschlossenen Augen ergebe ich mich schließlich der Macht der Müdigkeit, die nach einem langen, anstrengenden Tag ihr Recht auf Schlaf einfordert.

Schwerelos treibe ich davon, tauche in ein Meer aus bunten Farben, himmlischen Gerüchen und lieblichen Melodien und reite auf den Wellen der Fantasie dem Land der Träume entgegen.

Oh ja, schlafen möchte ich jetzt - nur noch schlafen!

Plötzlich wackelt das Bett.

Von einer ungeheuerlichen Ahnung begleitet schrecke ich hoch und drehe mich ungläubig zu Wilfried um. Keuchend und schnaufend liegt er neben mir. Mit Abscheu betrachte ich sein rotes verschwitztes Gesicht, die geschlossenen Augen und das fettige Haar, welches wirr im Rhythmus seiner Zuckungen tanzt.

Es ist unglaublich! Auf der einen Seite beschwert er sich über meinen mangelnden sexuellen Appetit und auf der anderen Seite präsentiert er sich als ungenießbarer Kotzbrocken: exhibitionistisch und schamlos, widerlich und rücksichtslos.

Aber so plötzlich, wie der Spuk begonnen hatte, ist er auch wieder vorbei.

Lautlos bette ich meinen Kopf ins Kissen zurück und schließe die Augen wieder. Dabei sehne ich den schwerelosen Zustand von vorhin herbei und hoffe, dass mein aufgewühltes Ich nun endlich Ruhe findet.

Eine derbe Hand reißt mir die Decke weg - ich schrecke auf. Starr vor Entsetzen gelingt es mir nicht, meine Glieder zu bewegen. Wilfried hockt neben mir: hechelnd, stöhnend; und noch ehe ich so richtig begreife, was eigentlich geschieht bespritzt er mich ...

Ein Meer aus üblen Gerüchen, widerlichen Lauten und Körperflüssigkeit überschwemmt mich und ich zittere am ganzen Leib.

Warum darf so etwas geschehen? Gibt es keine höhere Macht, die in ausweglosen Situationen den Hilflosen hilft? Niemanden, der ein Unheil abwenden kann, bevor es geschieht?

Meine Kehle ist wie zugeschnürt - ich bekomme kaum noch Luft. Ich spüre, wie die Spuren auf meiner Haut, die sich tief in meine Seele gebrannt haben, erkalten.

Wie wird sich Wilfried diesmal herausreden? Hinterher tut ihm ja immer alles so leid. Welche Rechtfertigung wird er finden? Gibt es überhaupt eine Rechtfertigung für diese Art von Erniedrigung?

All diese Fragen habe ich noch nicht zu Ende gedacht, da erfüllen auch schon gleichmäßige, tiefe Atemzüge den Raum. Wilfried ist tatsächlich eingeschlafen.

Die Tür fällt ins Schloss.

Unsere tiefe Betroffenheit schlägt erst in Ratlosigkeit und später sogar in Zweifel um. Durften wir einfach so in ein fremdes Schlafzimmer eindringen?

Wir beantworten die Frage mit einem klaren: nein! Warum? Weil eheliche Schlafzimmer tabu sind! Sie sind Oasen der Ruhe und der Lust für Verheiratete. Orte, wo sich zwei Menschen nicht rein zufällig begegnen, sondern aus freien Stücken zusammen sind.

Was auch immer hinter diesen Türen geschehen mag: Es geht uns nichts an!

Oder vielleicht doch?

Aber warum verschließen dann selbst die wachsamsten Zeitgenossen unter uns ihre Augen und Ohren?

Weil es peinlich ist?

Oder beginnt die Intimsphäre eines Menschen erst im ehelichen Schlafzimmer? Macht es diesen Platz dadurch zu einem Ort ungesühnter Grausamkeiten?

Leise grollend erwacht in uns der Widerstand gegen diese lähmende Moral. Doch noch ehe heißer Zorn die Gemüter entflammen kann, wird unsere Aufmerksamkeit in eine andere Richtung gelenkt.

Neugierig treten wir an eines der Fenster heran, durch welches helle Kinderstimmen einen Weg in dieses düstere Gemäuer gefunden haben. Stimmen voller Frische und ungebremster Energie. Wir stoßen die Fensterläden auf und schauen hinaus.

„Mama", ruft eine Kinderstimme. "Mama - schläfst du?"

Der kleine Junge und seine Schwester stehen mit großen fragenden Augen vor dem Stuhl der Frau.

„Nein, ich schlafe nicht", antwortet sie und die Färbung ihrer Stimme verrät ein lächelndes Gesicht.

„Tante Linda hat uns erlaubt, in ihrem Pool zu baden - dürfen wir rüber?"

Während das Mädchen spricht, nickt ihr kleiner Bruder unaufhörlich mit dem Kopf, als verlange jedes ihrer Worte nach Bestätigung. Sein kleiner Arm weist dabei winkend auf ein benachbartes Grundstück.

Als die Mutter ihre Erlaubnis erteilt, klatscht der kleine Junge entzückt in seine Hände.

„Nehmt aber Handtücher und Wechselsachen mit!"

Das Mädchen holt hinter ihrem Rücken Handtücher und Shorts hervor und wedelt damit. Der Junge lacht herzlich darüber, dann laufen die Kinder davon.

Schmunzelnd wenden wir uns vom Fenster ab und schauen wieder in das inzwischen von Helligkeit erfüllte Labyrinth der Erinnerungen.

Erneut treten wir vor eine der vielen Türen und legen behutsam unsere Hand auf die Klinke. Der Stahl ist kalt. Beim Herunterdrücken halten wir den Atem an. Was wird uns wohl diesmal erwarten?

Die Türe geht auf und eine unüberschaubare Weite eröffnet sich unserem Auge.

2. Tür

Wir schreiben das Jahr 1989.
Fröhliches Kinderlachen belebt das alte, tot scheinende Gebäude, in dem ich mit meiner Familie lebe, leben muss. Denn eigentlich ist dieses Haus mehr eine Zumutung als eine Bleibe. Aber Wohnraum ist knapp, überall in der DDR, und wer mit seiner Familie als Familie leben will, bezieht auch ein solches Loch und nennt es Wohnung.

Da erklingt es schon wieder, das herzliche Lachen meiner spielenden Tochter. Ich fühle, wie sich mein Gesicht entspannt, und muss unwillkürlich lächeln.

Meine kleine Marie hat ein wahrlich sonniges Gemüt. Kein Gedanke ist so finster, kein Ort so düster, wie es den Anschein haben mag, sobald dieses Kind in der Nähe ist. Erst mit ihm wird dieses Haus auch wirklich zu einem Zuhause.

Früher lebte hier eine angesehene Großbauernfamilie. Zu dieser Zeit war das sicher auch ein schöner Besitz gewesen. Aber das ist sehr lange her. Dazwischen liegen mehr als vier Jahrzehnte staatlich verordnete Mindestmieten.

Die Erben konnten das Haus nicht unterhalten. Wie auch? Mit fünfzig Pfennig Miete pro Quadratmeter?

Bedauerlich nur, dass sie sich über ihr staatlich verordnetes Unvermögen erst klar wurden, als viele der Zimmer bereits unbewohnbar geworden waren.

Erst als die elektrischen Leitungen eine Gefahr für Leib und Leben der Mieter darstellten, hatten sie die Notbremse gezogen und ihren Besitz dem Staat übertragen.

Ach, hätten sie es doch früher getan! Vielleicht wäre dieses Haus dann nicht zu dem verkommen, was es heute ist: ein unansehnliches Gebäude, in dem es immer irgendwie nach Waschküche, Stall und gedämpften Kartoffeln riecht.

Da helfen weder Lüften noch oberflächliches Renovieren. Der Geruch scheint sich im Mauerwerk regelrecht eingenistet zu haben. Wie ein Schwamm saugt er frische Luft oder neue Farbe in sich auf und atmet sie als Mief wieder aus.

Grob geschätzt ist das Haus dreimal so lang wie breit.

Im ersten Drittel befinden sich der Eingang und die ehemalige Bauernwohnung auf zwei Etagen. Die verbleibenden zwei Drittel im Erdgeschoss, die früher als Stallungen genutzt wurden, dienen heute zum Abstellen von Hausrat und als Kohlenkeller. Im Bereich darüber, im ersten Stock, wo früher das Gesinde des Bauern lebte, verbindet ein schmaler Flur, der über die gesamte Breite führt, kleine und kleinste Kammern miteinander.

Unserer Familie wurden vier dieser Kammern zur Verfügung gestellt.

Die größte Kammer, unser Wohnzimmer, ist dabei gerade mal zehn Quadratmeter groß.

Zehn Quadratmeter!

Wohnzimmer, Küche und Kinderzimmer liegen parallel zueinander. Die Küche ist vom Gang aus zu erreichen. Wohnzimmer und Kinderzimmer gehen rechts und links von der Küche ab. Da die beiden Türen eine Flucht bilden, sind sie tagsüber geöffnet und vermitteln so ein Gefühl von Freiraum.

Marie ruft nach mir.

„Mama, Mama …!"

Obwohl ich auf dem Hof vor dem Haus stehe, um gewaschene Windeln aufzuhängen, kann ich sie gut hören.

„Mama, wo bist du?"

Die Ungeduld in der Stimme des kleinen Mädchens mahnt mich zur Eile. Schnell hänge ich die letzte Windel auf und laufe ins Haus, die Treppe hoch. Oben auf dem Absatz steht sie: meine kleine Tochter. Mit einem verkniffenen Gesicht sieht sie mich an.

„Ich muss mal Berg machen", sagt sie und hält sich mit beiden Händen den Po fest.

Ihr Anblick erheitert mich. Marie ist zum Anbeißen süß - ich muss sie einfach küssen. Aber schnell wischt sie sich den Kuss von der Nase und ermuntert mich so, ihr noch einen zu geben. Und dann noch einen, und noch einen ...

Als ich verhaltene Schritte hinter uns höre, unterbreche ich das Spiel und drehe mich neugierig um.

„Michelle", sage ich erfreut. „Wie schön, dich zu sehen! Geh schon mal in die Küche, wir kommen gleich nach. Wir müssen vorher nur noch ein dringendes Geschäft erledigen, nicht wahr Mäuschen?"

Marie nickt. „Berg machen", erklärt sie.

Michelle lacht und entblößt eine Reihe perlweißer Zähne.

„Dann scheint es diesmal aber sehr dringend zu sein."

„Und wie", erwidert Marie und tänzelt ungeduldig auf der Stelle. „Mama, komm schnell", presst sie mühsam hervor und sieht dabei sehr unglücklich aus. „Es geht nicht mehr."

„Dann aber schnell", lacht Michelle und macht auf dem Absatz kehrt. „Ich komme später wieder vorbei. Habe sowieso noch etwas zu erledigen." Und so schnell, wie sie aufgetaucht war, ist sie auch wieder verschwunden.

Ohne weitere Verzögerung nehme ich Marie auf den Arm und laufe mit ihr und einem lauten: „Tatütata" zur Toilette. Mein Mäuschen jauchzt und gluckst vor Freude, und sie lächelt zufrieden, als sie endlich sitzt.

Unsere Toilette - das ist ein Holzkasten mit Loch und Deckel, wobei das Loch so groß ist, dass ein Kleinkind wie Marie problemlos durchrutschen könnte. Deshalb habe ich ihr auch ausdrücklich verboten, dieses Örtchen allein aufzusuchen.

Marie sitzt auf dem Holzkasten und gibt sich ordentlich Mühe. Ich selbst hocke vor ihr und halte sie mit beiden Händen fest. Zärtlich betrachte ich das kleine Wunder, denn ein Wunder ist sie in der Tat. Alles an ihr ist perfekt: die Augen, der Mund, die Nase und selbst die Ohren ... Ihre hübschen, anliegenden Ohren kann sie keinesfalls von mir geerbt haben.

Plötzlich begegnen sich unsere Augenpaare, trifft der seltsam reservierte Blick dieser Dreijährigen auf mein Erstaunen.
Schämt sich dieses Kind vor mir, seiner eigenen Mutter? Mein Gott, was hat denn das zu bedeuten? Ist es vielleicht ein erster Schritt von Abnabelung? Jetzt schon?
Das Gesicht meines Kindes ist mir ganz nah. Noch immer schaut es mich abweisend an. Ich gebe ihm einen schnellen schmatzenden Kuss und schaue dann demonstrativ zur Seite, damit es sein Geschäft beenden kann.

Während Marie nun wieder fröhlich in ihrem Kinderzimmer spielt, schleiche ich auf leisen Sohlen ins Schlafzimmer. Mehr als drei Stunden ist es jetzt her, seit ich das Baby zum Schlafen ins Bett gelegt habe.
Erfreut stelle ich fest, dass es bereits wach ist.
Felix strampelt und zuckt mit Ärmchen und Beinen. Flatternd erhebt sich mein Herz, um diesem Winzling entgegen zu fliegen.
Als Felix mich bemerkt, verstärken sich seine Bewegungen und er kräht vor Ungeduld.
„Aber, aber", rufe ich sanft. „Wer wird denn gleich schimpfen?"
Unendlich behutsam, hebe ich das Baby aus seinem Bettchen und drücke es an mich. Sofort ist es still. Der kleine Körper ist warm - rote Schlafbäckchen leuchten und dichtbewimperte Augen strahlen. Blaue Augen. Augen, in denen sich in diesem Moment das ganze Glück der Erde vereint.
Selig wiege ich meinen kleinen Schatz und küsse sanft sein kahles Köpfchen. Minuten später befestige ich ihn mithilfe eines speziellen Tragetuches an meinem Oberkörper.
Felix braucht ständigen Körperkontakt während seiner Wachphasen - ein Bedürfnis, dem ich, in Anbetracht meiner weiteren Pflichten, mit einem Tragetuch am besten nachzukommen in der Lage bin.
„Du verwöhnst den Bengel ...!"

Eiskalt fährt die Stimme meines Ehemannes zwischen uns und zerstört das zarte Band, das meinen Sohn und mich in Frieden vereint hatte.

Verärgert drehe ich mich zu Wilfried um. Will dieser Kerl tatsächlich meine Fähigkeiten als Mutter infrage stellen?

„Was weißt denn du?", erwidere ich gereizt.

„Ich weiß, dass du meinem Sohn schadest, indem du ihn nach Strich und Faden verwöhnst", entgegnet Wilfried ungerührt.

Ich bemerkte die glimmende Zigarette zwischen seinen Fingern und schlage sie ihm aus der Hand.

„Das einzige, was ihm im Moment schadet, ist deine elende Qualmerei."

Wilfried zeigt mir den Vogel und hebt die Zigarette wieder auf.

„Du bist ja bescheuert", sagt er, nimmt einen kräftigen Zug und bläst mir den Rauch direkt ins Gesicht.

Aus Sorge um die Gesundheit meines Babys weiche ich einige Schritte zurück.

„Hast du jetzt völlig den Verstand verloren?", brause ich bestürzt auf und schaue abwechselnd auf ihn und das Kind.

Wilfried weiß sofort, dass er übers Ziel hinaus geschossen ist und grinst dümmlich.

„Übertreib mal nicht", sagt er kleinlaut. „So ein bisschen Rauch hat noch niemandem geschadet."

Bei so viel Ignoranz kann ich nur den Kopf schütteln, berühre das kleine Köpfchen des Babys mit der Nasenspitze und flüstere: „Armer Schatz, dein Vater ist ja noch dümmer als ich dachte."

„Vorsicht, Fräulein ..."

„Er weiß noch nicht einmal, dass er eigentlich gar nichts weiß."

„Hauptsache, du weißt alles", entgegnet Wilfried verärgert, zieht ein paar Mal kräftig an seiner Zigarette und bläst den Rauch erneut in meine Richtung. „Freilich, Madame Superschlau hat ja studiert und ist was Besseres. Ich dagegen bin nur ein einfacher Mann aus der Arbeiterklasse."

Ich nähere mich, um ihm die Zigarette wegzunehmen, bleibe aber auf halber Strecke stehen, weil mir sein Körpergeruch den Atem verschlägt.

„Aber klar doch", sage ich, während ich mir mit der freien Hand die Nase zuhalte. „Wer studiert hat, ist was Besseres und wer sich ab und zu mal wäscht, ist eitel."

Wilfrieds Blick wechselt von gehässig zu beleidigt.

„Ach, lass mich doch in Ruhe! Gib mir lieber etwas Geld, ich habe keins mehr."

Für einen Moment weiß ich nicht, was ich sagen soll. So viel Unverfrorenheit grenzt beinahe schon an geistige Behinderung.

„Wie bitte? Du fragst mich nach Geld? Ausgerechnet du, der sein Geld nur für sich ausgibt, während ich mit meinem Einkommen unsere Familie ernähren muss?"

Wilfried kratzt sich den Kopf und schnieft.

„Du willst mir also kein Geld geben?"

„Bestimmt nicht", antworte ich und verlasse das Schlafzimmer, um weiteren Diskussionen aus dem Weg zu gehen.

Wilfried holt mich jedoch schnell ein und versperrt mir auf dem Gang den Weg.

„Du gibst mir sofort Geld, mein Fräulein, sonst kannst du was erleben!"

„Sag bloß! Was denn?"

„Das wirst du schon sehen, Miststück! In einer Ehe gibt es weder *meins* noch *deins*! In einer Ehe gehört allen alles! Wenn ich also Geld brauche und du hast welches, dann hast du es mir gefälligst zu geben! Oder warum, glaubst du, habe ich geheiratet?" Drohend sieht er mich von oben bis unten an.

Ich verschränke die Arme über der Brust und bewege mich nicht. Selbst wenn er der Teufel persönlich wäre, von mir würde er keinen Pfennig bekommen.

Wieder führt Wilfried die Zigarette zum Mund und lässt ihre Spitze mit einem leisen, pfeifenden Geräusch aufleuchten. Seine Pupillen verengen sich gefährlich.

Was hat der Kerl vor, verdammt?

Ich will ihn fragen, aber ein unbestimmtes Bauchgefühl hält mich zurück. Allein schon das auffallend ausgeprägte Heben und Senken seines Brustkorbes verheißt nichts Gutes.

Wilfried sieht mich an. Er studiert mich. Sein Blick gleitet beinahe suchend über mein Gesicht. Auf einmal wirft er die Zigarette mit einer wilden Geste auf den Boden und stürmt in die Küche.

Ich laufe ihm nach.

Im Wohnzimmer, vor der Vitrine, bleibt er stehen. Sofort fallen mir meine Gläser und das Porzellan ein - Erinnerungsstücke aus dem Nachlass meiner Großeltern mütterlicherseits, in deren Besitz ich erst vor wenigen Monaten, gekommen war.

Diese Stücke sind alles, was mir von diesen lieben Menschen geblieben ist und Wilfried weiß nur zu gut, was sie mir bedeuten.

Fast schon feierlich öffnet er eine der Türen, holt ein Glas hervor und hält es gegen das Licht. Er trübt es mit seinem Atem, reibt und putzt es, dass ich Angst bekomme, er könnte es zerbrechen. Ein leiser, vorsichtiger Protest wölbt meine Zunge ... Und gefriert augenblicklich.

Das Glas, eben noch in den schmierigen Händen dieses Scheusals, fliegt direkt auf mich zu.

Entsetzt springe ich zur Seite und das Glas zerschellt auf dem Küchenboden. Aber schon greifen seine Hände nach einem neuen Stück.

In diesem Moment kommt Marie aus dem Kinderzimmer gelaufen und schaut sich neugierig um.

Panik erfasst mich.

Mit einem verzweifelten Aufschrei schiebe ich Marie hinter meinen Rücken und entferne mich, ohne jedoch das Glas in den Händen dieses Irren aus den Augen zu lassen, rückwärts aus der Küche ins Kinderzimmer.

Ich will die Tür schließen, aber in diesem Moment holt Wilfried noch einmal weit aus. Wieder fliegt ein Glas - fliegen die

Gläser ... Aus einer Entfernung von etwa vier Metern wirft er sie zielsicher vor meine Füße.

Während Marie sich wimmernd hinter ihrem Bett verkriecht, schreit das Baby aus Leibeskräften.

Scherben spritzen.

Voller Angst verschränke ich die Arme über dem Körper meines Sohnes und schütze zusätzlich meinen eigenen Kopf vor. Dabei laufen mir die Tränen haltlos übers Gesicht.

„Schluss jetzt! Aufhören!", schreie ich verzweifelt. "Oder willst du eines unserer Kinder verletzen?"

Wilfried zuckt die Schultern.

„Wenn du mir kein Geld gibst, kann ich für nichts garantieren."

Voller Verachtung sehe ich auf und schüttele den Kopf.

"Was bist du nur für ein Arschloch ..."

Aber Wilfried lacht nur. Und wieder fliegen Gläser durch die Luft, jeder Wurf mit einem lauten: „Hopp" begleitet.

Ich kann kaum noch atmen und zittere.

Warum?, schreit es in mir. *Die Gläser gehörten meinem Opa und meiner Oma! Niemand bringt mir diese lieben Menschen zurück, und niemand bringt mir diese Gläser zurück!*

Ich habe das Gefühl, als würden meine Großeltern in diesem Augenblick ein zweites Mal sterben.

Plötzlich ist es still.

Marie hebt den Kopf aus ihrem Versteck. Als ich ihr zunicke, kommt sie sofort gelaufen und umklammert Schutz suchend meine Beine. Dabei hat sie keine Ahnung, dass sie es ist, die mir in diesem Moment Halt und Stütze ist.

Ich hocke mich nieder und drücke das kleine Mädchen an mich. Eng umschlungen halten wir einander fest und trösten uns gegenseitig.

Als Wilfried ins Kinderzimmer kommt, schmiegen wir uns noch enger aneinander. Verächtlich schaut er von oben auf uns herab, wendet sich um und holt Maries Sparbüchse aus dem Schrank.

Marie reißt ihre Augen auf und sieht ihn ängstlich an.

„Aber das ist mein Sparschwein", protestiert sie weinerlich. „Wenn du es fallen lässt, geht es kaputt. Ich will nicht, dass es kaputt geht! Bitte Papi, mach es nicht kaputt!" Sie versucht zu lächeln, aber Wilfried beachtet sie nicht. Ohne auch nur einen Gedanken an das Kind zu verschwenden, wirft er das Schwein mit Wucht zu Boden.

Marie erschrickt und ihr furchtbares Zusammenzucken verletzt mich bis ins Mark.

Ich möchte aufschreien, möchte dem Kerl an die Kehle springen, der die Würde meines Kindes mit Füßen tritt. Ich will auf ihn einprügeln, bis er regungslos am Boden liegen bleibt, bis er nicht mehr zuckt, und bin doch in einer lähmenden Ohnmacht gefangen.

Als die Münzen spritzen, grinst Wilfried breit.

„Bums, kaputt", sagt er und bückt sich gierig nach dem Geld. „Es tut mir sehr leid um dein Sparschwein, Marie, wirklich sehr, sehr leid! Aber deine Mutter hat es nicht anders gewollt! *Sie* ist an allem Schuld!"

Marie wirft mir einen kurzen Seitenblick zu und sieht dann wieder zu Wilfried.

„Du bist ein böser Papi", sagt sie und ihre dunkelbraunen Augen schwimmen in einem Meer von Tränen. Die Unterlippe zittert, ein Zeichen dafür, dass sie ihre Tränen nur noch mit Mühe zurückhalten kann.

Doch Wilfried lässt sich davon nicht beeindrucken, droht ihr stattdessen belustigt mit dem Zeigefinger.

„Spricht denn ein artiges Kind so abfällig mit seinem lieben Vater?", fragt er und schüttelt den Kopf. „Du solltest dich wirklich schämen, Püppchen! Du bist wie deine Mutter, ihr habt einfach keinen Respekt vor mir! Was bleibt mir anderes übrig, als euch diese Respektlosigkeit auszutreiben? Schließlich bin ich der Herr in diesem Haus!"

Marie vergräbt ihr Gesicht in meinem Haar und weint nun doch.

Und ich? Ich denke an Mord! Ich möchte ihn auf der Stelle töten, diesen Mistkerl!

Aber ...

Was würde dann wohl aus meinen Kindern werden?

Wilfried interessiert sich nicht für die Gemütsverfassung seiner Familie. Seelenruhig füllt er seine Taschen mit dem Kleingeld aus der Sparbüchse und macht sich aus dem Staub. Ohne sich noch einmal umzudrehen, lässt er die Kinder und mich im Scherbenhaufen zurück.

„Hallo, jemand zu Hause?"

Es ist Michelle, die Freundin meines Bruders.

Michelle ist das schönste Mädchen, das ich kenne. Eins vom Typ Traumfrau. Wo sie auftaucht, wetteifern die jungen Burschen um ihre Gunst, befeuchten sich die reiferen Herren voller Entzücken ihre Lippen. Und während die Freundinnen der wetteifernden Jungen verärgert ihre Krallen schärfen, beantworten reife Frauen die Verzückung ihrer Männer nur mit einem müden Schmunzeln. Michelle ist süße fünfzehn Jahre alt. Sie muss noch einige Jahre auf die Weide, bevor sie ihnen wirklich gefährlich werden kann. Aber will sie das? Schließlich hat sie in meinem Bruder Jens bereits ihren Traummann gefunden. Beide lieben sich und vergöttern einander.

Für mich ist die süße Michelle inzwischen ein Teil meines Lebens geworden. So oft sie kann, schaut sie hier vorbei und schenkt mir ihre Zeit. Ohne sie wäre ich ganz allein. Sie ist meine Verbindung zur Außenwelt. Ich freue mich deshalb aufrichtig, als sie gerade jetzt ihren Kopf durch den Türspalt steckt.

Meine beiden Kinder sind gebadet, gefüttert und müde. Lägen sie erst in ihren Bettchen, würde für mich der trostloseste Abschnitt des Tages beginnen. Aus Erfahrung weiß ich: mit Michelle wird er weniger trostlos sein.

„Tante Michelle", ruft Marie und strahlt über ihr eingecremtes Gesicht. „Bringst du mich heute ins Bett, Tante Michelle?"
Michelle lacht.
„Wenn ich darf, sehr gern!"
„Darf sie?", fragt Marie und sieht mich mit großen Augen an.
„Dann muss sie dir aber ein Liedchen singen", antworte ich, worauf Michelle sich beschwert: „Damit ihr über mich lachen könnt, was?"
„Klar ...", lacht Marie.
„Nein, wir doch nicht", erwidere ich dagegen und lache ebenfalls.

Michelle schaut belustigt zwischen uns hin und her und droht gespielt entrüstet mit dem Zeigefinger. Dann nimmt sie Marie auf den Arm, die mir für einen Gute-Nacht-Kuss ihr gespitztes Mündchen entgegenstreckt, und flitzt ins Kinderzimmer. Ich selbst kümmere mich um das Baby und bringe es ins Schlafzimmer, wo es umgehend einschläft.

Zurück in der Küche fällt mir auf, dass alle Schwermut, die auf diesem Tag lastete, auf einmal wie weggeblasen ist. Während ich nun beinahe beschwingt die Küche aufräume, singen Michelle und mein kleines Mädchen in den höchsten Tönen: „Der Mond ist aufgegangen ..."

Michelle will den Beruf einer Kindergärtnerin erlernen. Ein Beruf, der hier in der DDR für die Mädchen zu den absoluten Traumberufen zählt. Beinahe jedes zehnte Mädchen träumt davon, aber nur die Besten haben eine Chance ... Unsere Michelle gehört zu den Besten und wird bereits im nächsten Jahr ihre Ausbildung beginnen.

„Was war denn nun schon wieder bei euch los?", fragt sie, als sie aus dem Kinderzimmer kommt.

Ich antworte nicht, nehme sie stattdessen bei den Schultern und schiebe sie ins Wohnzimmer. Als ich auf der Couch Platz genommen habe, setzt sich Michelle ebenfalls und sieht mich herausfordernd von der Seite an.

„Willst du oder kannst du nicht darüber sprechen?"

Als ich auch jetzt nichts erwidere, schüttelt sie mitleidig den Kopf. „Ich weiß doch längst, was vorgefallen ist", seufzt sie. „Marie hat es mir erzählt."

Ich sehe sie erschrocken an.

„Was hat sie ...?"

„Keine Panik", unterbricht sie mich. „Sei lieber froh, dass sie ihren Kummer mit anderen Menschen teilen kann. Geteiltes Leid ist halbes Leid." Und nach einer kurzen Pause: „Dein Mann ist ein absoluter Scheißkerl! Warum trennst du dich nicht endlich von ihm?"

Ich spüre, wie mir die Hitze ins Gesicht schießt.

Was soll ich ihr darauf antworten? Dass ich längst weiß, dass meine Beziehung gescheitert ist? Dass ich es aber nicht zugeben will? Nicht zugeben kann? Das würde sie doch nie verstehen!

„Hast du Hunger? Darf ich dir etwas anbieten?" Ich will aufstehen, aber Michelle hält mich zurück.

„Du hättest diesen Typen gar nicht erst heiraten dürfen", sagt sie. „Der Kerl hat euch doch überhaupt nicht verdient, dich und deine Tochter. Selbst seinen süßen Sohn hat er nicht verdient, dieser ..."

„Michelle ... Bitte!"

„Nein! Wilfried hat kein Recht, euch zu tyrannisieren! Er ist ein hässlicher primitiver dummfrecher Vogel ... Ich sage es nicht gern, meine Liebe, aber du hättest vielleicht doch auf deine Mutter hören sollen!"

„Auf meine Mutter?", lache ich künstlich auf. „Meine Mutter hat Wilfried in dem Augenblick abgelehnt, als sie ihn zum ersten Mal sah. Einen hässlichen Buckligen hat sie ihn geschimpft und mir den Umgang verboten."

„Und aus diesem Grund willst du ihn geheiratet haben?", entgegnete Michelle abwehrend. „Machst du dir es da nicht ein bisschen zu einfach?"

„Nein", antworte ich. „Ich habe ihn geheiratet, um mit ihm zusammen sein zu können."

„Und das wäre ohne Trauschein nicht möglich gewesen?"

Wieder lache ich gequält auf.

„Wo denn? Im Haus meiner Eltern? Meine Mutter hat ihm Hausverbot erteilt. Außerdem war da auch noch Marie, an die ich denken musste."

Michelle runzelt die Stirn.

„Ich verstehe nicht ..."

„Wirklich nicht?", erwidere ich vorwurfsvoll. „Ich wollte endlich ein eigenes Leben in einer *eigenen* Wohnung haben. Eine Wohnung bekommst du in diesem Staat aber nur, wenn du verheiratet bist!"

„Du hast ihn wegen *dieser* Wohnung geheiratet?"

Ich nicke zustimmend. „Lieber *die*, als gar keine! Anfangs dachte ich ja auch, ihn genügend zu kennen, ihn tatsächlich zu lieben ..."

Michelle lächelt weich. „Und nun hast du ihn am Hals."

Darauf weiß ich nichts zu erwidern.

„Ich habe unterwegs Michelle getroffen", sagt Wilfried, als er spät am Abend nach Hause kommt. „Aber denkst du, diese eingebildete Ziege hätte meinen Gruß erwidert? Weggeschaut hat sie, diese Tussi! Die Straßenseite hat sie gewechselt!"

„Sie wird dich in der Dunkelheit nicht erkannt haben", versuche ich ihn zu beruhigen.

„Nicht erkannt? Die? Dass ich nicht lache! Die wusste sehr wohl, wen sie vor sich hatte! Die wollte mich gar nicht sehen!"

„Vielleicht ..."

„Nix vielleicht! Gib doch einfach zu, dass sie mich nur deshalb ignoriert hat, weil du ihr wieder irgendwelche Lügengeschichten über mich erzählt hast!"

Ich sehe Wilfried herausfordernd an, presse aber meine Lippen fest aufeinander.

„Wusste ich's doch", heult er auf. „Während ich täglich für die Familie schufte und mich abrackere, ziehst du hinter meinem Rücken über mich her! Immer drauf - der Alte kann sich ja nicht wehren! Aber jede Medaille hat zwei Seiten, mein liebes Fräulein! Bisher weiß keiner, was du für eine Niete bist! Das wird sich jedoch ändern, darauf gebe ich dir mein Wort!" Ächzend lässt er sich auf einem Stuhl nieder. „Und jetzt will ich was essen! Ich habe Knast! Also spute dich gefälligst!"

„Du weißt selbst, wo der Kühlschrank ist."

„Wie bitte?"

Ich hebe den Kopf und schaue ihm in die Augen. Meine Lider flattern vor Angst, aber ich hoffe, dass er es nicht sieht. Denn Angst lähmt. Und die Angst, die ich vor diesem Mann empfinde, die mit jedem Tag größer wird, beraubt mich meiner Selbstachtung. Ich weiß das und bin trotzdem unfähig, mich zu wehren. Was jedoch nicht bedeutet, dass ich es nicht wenigstens versuche. Immer wieder. Oftmals, ohne auf die Konsequenzen zu achten. Was schlecht ist, bedenkt man, was Marie und Felix heute miterleben mussten.

Wilfried wendet sich ab und öffnet den Kühlschrank.

„Hast du nichts gekocht, du Niete?", fragt er verächtlich und wackelt mit dem Kopf. „Du weißt wohl immer noch nicht, wie sich eine anständige Frau zu verhalten hat?" Aus blöden Augen schaut er mich an und wackelt abermals mit dem Kopf. „Niete ...!"

Erst jetzt bemerke ich, dass er ziemlich angetrunken ist und meine Nervosität legt sich allmählich.

„Na, was ist?", lallt er. „Bewegst du nun endlich deinen Arsch? Ich habe Hunger!"

"Hunger?", wiederhole ich höhnisch. "Nach dem, was du an Alkohol intus hast, kannst du doch unmöglich noch hungrig sein!"

Wilfried beäugt er mich mit glasigen Augen.

„Auch noch frech werden, was? Was glaubst du, wer du bist?"

„Deine Dienstmagd jedenfalls nicht."

„Das werden wir noch sehen!"

Ich zucke die Schultern. „Wie du meinst ..."

„Und wie ich das meine."

„Und wenn schon", erwidere ich. „Im Moment ist mir deine Meinung sowieso egal. Ich bin müde und gehe ins Bett - gute Nacht!"

„Noch nicht", zischt Wilfried mir durch die Zähne zu, dass es spritzt. „Ich bin noch nicht fertig mit dir! Erst hörst du dir an, was ich zu sagen habe und dann darfst du vielleicht ins Bett gehen."

Ich zeige ihm einen Vogel.

„Aber sonst bist du noch gesund, was?"

„Worauf du einen lassen kannst", erwidert Wilfried und grinst. Kaum ausgesprochen, bedeckt er seinen Mund mit der Hand. Das dumpfe Grollen seines Magens verheißt nichts Gutes. Im nächsten Moment reißt er auch schon bestürzt die Augen weit auf.

Was soll ich jetzt machen?, scheinen sie mich zu fragen. Doch noch ehe ich etwas erwidern kann, wirft er sich mit einem Ruck herum und läuft, so schnell ihn seine Beine tragen, zum Spülbecken ... Dort übergibt sich voller Inbrunst und Hingabe. Aber er denkt nicht im Traum daran, das Ergebnis zu beseitigen. Als wäre nichts geschehen, tritt er ein Stück zur Seite, lehnt sich an die Wand und betrachtet mich geringschätzig. Nur der übel saure Geruch, der sich wie ein Tintenfleck auf Löschpapier in der kleinen Wohnung ausbreitet, kündet von seiner Entgleisung.

Mir wird schlecht und ich stehe kurz davor, mich ebenfalls zu übergeben.

Wilfried dagegen scheint sich inzwischen besser zu fühlen. Er kann sogar wieder grinsen. Und wie er so dasteht, ist mir, als sähe ich aus jedem Knopfloch seines Hemdes die hässliche Brut der Gemeinheit hervorlinsen.

„Du lässt dich gehen, sagen die Leute", höhnt er. „Sie sagen, früher seiest du in deiner Kleiderwahl nie so nachlässig gewesen." Mit einem lauten Aufstoßen verschafft er sich erneut

Erleichterung und nickt zufrieden. „Mit anderen Worten: Du bist eine Schlampe geworden, meine Liebe. Selbst den Kindern ziehst du Klamotten an, die andere nur noch zum Putzen nehmen würden. Was bist du nur für eine Mutter?"

Seine Worte treffen mich hart. Sekunden stehe ich wie versteinert und kann nur ungläubig mit dem Kopf schütteln. Die Widerworte sitzen wie mittelgroße Klöße in meinem Hals. Ich will sie tapfer herunterschlucken, aber da bahnen sich bereits haltlose Tränen über mein Gesicht.

„Du musst doch wohl total bescheuert sein", schreie ich und meine schrille, laute Stimme hört sich an, als gehöre sie einer anderen Person. „Du versäufst unser Geld, vergreifst dich sogar am Eigentum der Kinder und ..." Mitten im Satz halte ich inne. Welchen Sinn hat es, mit einem Betrunkenen über Anstand und Moral zu sprechen? Welchen Sinn, ihn mit der Nase auf Ursache und Wirkung zu stoßen?

Aber es tut so weh! Und dem scheinbar übermächtig werdenden Zwang, mich rechtfertigen zu müssen, entgehe ich wieder einmal nur durch Flucht.

Wortlos verlasse ich die Küche in Richtung Kinderzimmer und schließe die Tür hinter mir zu.

Marie schläft tief und fest in ihrem großen Bett, einem schönen Bett. Einem Bett, das in letzter Zeit immer häufiger eine Zuflucht für mich ist.

„Marie, bitte trödele nicht herum! Wenn du dein Frühstück nicht mehr magst, dann lass es stehen! Wir wollen einkaufen gehen." Ungeduldig schaue ich erst auf die Uhr und dann aus dem Fenster. Eine herrliche Sonne strahlt heute vom wolkenlosen Morgenhimmel und ich kann es kaum erwarten, aus dem Haus zu kommen.

Es ist Frühling und mein Körper fiebert danach, seine Boten mit allen Sinnen willkommen zu heißen.

„Wohin gehen wir?", fragt Marie. „Zum Konsum?" Und bevor ich es verhindern kann, stopft sie den beachtlichen Rest ihres Marmeladenbrotes auf einmal in das kleine Mäulchen.

„So war das aber nicht gemeint, mein Mäuschen …"

„Weiß ich", lächelt die Kleine verschmitzt. „Können wir jetzt endlich gehen?"

Ich winke ihr mit dem Waschlappen. „Noch nicht ganz."

Seufzend trottet Marie herbei und lässt mich mit dem seifigen Lappen gewähren. Die missmutigen Grimassen, die sie dabei schneidet, zwingen mir ein Lächeln auf den Mund

„Schauspieler", sage ich breit und gebe ihr einen schmatzenden Kuss. Sie lacht zwitschernd auf und läuft davon.

Während Marie kreischend die Treppe herunter poltert, packe ich leere Milchflaschen in einen Beutel und hole das Baby aus seinem Bettchen. Wenige Minuten später stehe auch ich blinzelnd in der Sonne und atme tief durch.

Was für ein Tag, was für ein Morgen!

Behutsam lege ich den kleinen Felix in seinen Kinderwagen und verstaue den Beutel mit den Milchflaschen im Korb zwischen den Rädern.

Nach einem sorgenvollen Blick ins Portemonnaie setze ich den Wagen langsam in Bewegung.

Die Flaschen klappern in dem Takt, den die schlechten Straßen vorgeben. Es ist ein gleichmäßiges, ein dumpfes Scheppern, ein Geräusch, das mich gefangen nimmt und zugleich unbeschwert aufatmen lässt. Niemand treibt mich voran, ich habe alle Zeit der Welt.

Was für ein wundervoller Morgen!

Die Frühlingssonne umarmt meinen Körper, liebkost und verführt mich zu blinder Hingabe. Das süße Plappern des Kindermundes neben mir klingt wie Engelsstimmen in meinen Ohren, und im Wagen vor mir strahlen zwei blaue Äugelein wie Sterne. Selbstvergessen befreit sich meine Seele von aller Pein und zusammen mit ihr fliege ich in das Blau eines wolkenlosen

Himmels. Kann ich denn mehr von einem Morgen erwarten? Mehr vom Leben?

Von weitem sehe ich eine elegante Frau auf mich zukommen. Ich erkenne Thea, eine ehemalige Schulfreundin und verlangsame instinktiv meine Schritte, bis ich schließlich ganz stehen bleibe. Trotzdem kommt sie schnell näher und ich stöhne innerlich auf. Thea sieht gut aus, sehr gut sogar!

„Hallo, ihr drei", begrüßt sie uns freundlich. „Wir haben uns ja eine Ewigkeit nicht gesehen! Wie geht es euch?"

Ohne eine Antwort abzuwarten, nimmt sie mich in die Arme und küsst mir die Wangen. Der Duft von edlem Parfüm kitzelt meine Sinne. Und obgleich ich Luxus noch nie kennengelernt habe, weiß ich instinktiv, dass mir hier ein Hauch davon um die Nase weht.

Ich befreie mich aus ihrer Umarmung. „Du siehst umwerfend aus!"

„Danke", erwidert Thea lächelnd. „Du aber auch ..."

„Bitte nicht", sage ich leise und hebe abwehrend meine Hand. „Ich weiß, dass ich im Gegensatz zu dir wie eine Vogelscheuche aussehe. Also streue nicht noch Salz in die Wunden."

„Tut mir leid!"

„Muss es nicht, ist doch nicht deine Schuld!"

Für einen Moment herrscht betretenes Schweigen.

"He", sagt Thea schließlich. "Klamotten sind nicht wichtig."

„Das sagt die Richtige", erwidere ich eine Spur zu bissig. „Sieh dich doch an! Du schaust aus, als wärest du gerade einem Modemagazin entsprungen. Und ich ...?"

Thea lächelt schuldbewusst.

„Aber du darfst dich doch nicht mit mir vergleichen", erwidert sie sanft. „Ich bin eine aufgetakelte, selbstverliebte Person, die jeden Monat ein Paket aus dem Westen bekommt. Du dagegen bist eine junge Mutter, die, so viel ich weiß, ganz auf sich allein gestellt ist." Tröstend legt sie ihren Arm um meine Schultern und sieht mich mit großen, sorgfältig getuschten Augen an. „Hast du denn keine Verwandten im Westen, die dir hin und wieder etwas schicken könnten?"

Ich blicke befremdet auf. Schlagartig erinnere ich mich wieder an ihre maßlos übertriebene Begeisterung für alles Westliche, die mich schon während unserer gemeinsamen Schulzeit regelmäßig auf die Palme gebracht hatte.

„Denkst du vielleicht, ich habe keinen Stolz?", frage ich deshalb schroffer als gewollt.

Aber Thea grinst nur. „Jetzt kommt also wieder die Kommunistin in dir durch …"

„Damit hat das überhaupt nichts zu tun!"

„Nicht? Womit denn dann?"

„Mit Loyalität, meine Liebe", entgegne ich „Im Gegensatz zu dir glaube ich nämlich an unseren Arbeiter und Bauernstaat."

„Na, bravo!"

„Jawohl! Ich glaube an die Errichtung einer klassenlosen Wohlstandsgesellschaft ohne Ausbeutung und daran, dass wir dieses Ziel allein aus eigener Kraft erreichen werden."

Thea grinst wieder. „Zwischenfrage: Wie alt willst du denn werden?"

Empört schüttele ich den Kopf.

„Das ist so typisch für deine Sorte Mensch. Ihr wollt euch nur überall die Rosinen herauspicken, aber keine Opfer bringen!"

„Rosinen …? Opfer …? Ich verstehe nur Bahnhof!"

„Ach, tue doch nicht so! Du weißt genau, wovon ich spreche! Wer von der sozialen Sicherheit in unserem Land profitieren will, der muss auch bereit sein, Abstriche in Kauf nehmen können! Jede Errungenschaft hat ihren Preis!"

Thea zuckt ihre Achseln.

„Es sind mir aber einfach zu viele Abstriche", erwidert sie ungerührt. „Wenn ich für deine so genannte soziale Sicherheit auf Genussmittel, schöne Kleider und ein Auto verzichten soll, nur damit auch die Asozialen ein gutes Leben führen können, dann will ich sie nicht! Dafür habe ich nicht gelernt und studiert! Und dafür gehe ich nicht von morgens bis abends arbeiten!"

Darauf weiß ich kein Gegenargument. „Du bist unmöglich …"

„Und du bist verbohrt", erwidert sie. „Oder willst du mir ernsthaft erzählen, dass du ein glücklicher, zufriedener Mensch bist? Zugegeben, ein Brötchen kostet in unserem Land nur fünf Pfennige und auf der Straße leben muss bei uns keiner …"

„Na, siehst du …?"

„Aber auch die Schweine der benachbarten Schweinezuchtanlage bekommen regelmäßig ihr Futter und haben ein Dach über dem Kopf." Sie macht eine kurze Pause und seufzt schließlich. „Denk doch mal nach! Wenn ein arbeitsscheuer Alkoholiker, der seine Kinder permanent vernachlässigt, genauso gut leben kann wie jemand, der jeden Morgen aufsteht, um zur Arbeit zu gehen, dann hat doch der Begriff soziale Sicherheit seinen Sinn verfehlt, oder nicht?"

Ich weiß, dass sie Recht hat, erwidere jedoch nichts.

Thea kann kaum noch an sich halten.

„Mensch, Mädel", ruft sie aus. „Begreife es doch endlich! Deine Kinder brauchen mehr als die soziale Sicherheit eines fünf Pfennig Brötchens, um sich gesund zu entwickeln! Obst und Gemüse zum Beispiel! In unserem Konsum wirst du aber leider nichts dergleichen finden! Und wie sieht es mit Schokolade aus? Wann konntest du deinen Kindern das letzte Mal ein Stück richtige Schokolade geben?"

„Richtige Schokolade", wiederhole ich verächtlich, obwohl ich oft genau das Gleiche gedacht habe. „Und für ein Stück richtige Schokolade soll ich meine Ideale verraten?"

Thea sieht mich ungläubig an. „Sind dir diese Ideale denn wirklich so wichtig?", fragt sie mitleidig. „Wichtiger als deine Kinder?"

Das ist zu viel. „Natürlich nicht!", antworte ich betroffen. „Wie kannst du mich so etwas nur fragen?"

Jetzt ist es Thea, die schweigt.

Ich bin fassungslos. „Meine Kinder", erkläre ich mit zitternder Stimme. „Meine Kinder sind mir das wichtigste auf der Welt. Ich würde mein Leben für sie geben, wenn ..."

„Aber das weiß ich doch", unterbricht mich Thea, jetzt wieder ganz die *alte*. "Ich weiß, dass du deine Kinder liebst und dass du alles für sie tun würdest. Und gerade deshalb solltest du nicht zögern, eventuelle Westverwandte um Hilfe zu bitten!"

Ich fühle mich entwaffnet. Unwillkürlich füllen sich meine Augen mit Tränen, und Thea zieht mich in ihre Arme.

"Westverwandtschaft hast du doch, oder?"

Ich nicke. „Meinen Vater."

„Na, fein ...!"

In diesem Moment fährt der Bus vor, mit dem Thea zum Bummeln in die Stadt fahren will, und wir verabschieden uns voneinander.

Bewundernd schaue ich ihr hinterher.

Thea sieht einfach toll aus in den engen schwarzen Hosen und dem roten rückenfreien Top. Die Locken ihrer gepflegten Dauerwelle fallen auf den nackten Rücken und hüpfen lustig bei jedem ihrer Schritte in den hochhackigen Pumps. Bevor sie einsteigt, winkt sie mir noch einmal zu.

Thea ist eine schöne Frau geworden - beneidenswert schön.

„Gehen wir jetzt endlich zum Konsum?", fragt Marie plötzlich.

„Ja, mein Liebling", antworte ich und setze den Kinderwagen wieder in Bewegung.

„Kaufst du mir ein Milchbrötchen?"

„Wenn es noch welche gibt ..."

Ich habe schwer mit mir ringen müssen, bevor ich wirklich bereit gewesen bin, einen *Bettelbrief* an meinen Vater zu schreiben. Nun stehe ich am Briefkasten, den Umschlag in der Hand, und fühle mich nicht ganz wohl in meiner Haut.

Um ein Gefühl von Solidarität zu wecken, habe ich meinem Vater meine derzeitige Situation in allen Einzelheiten geschildert.

Ich habe gewissermaßen meine Seele entblößt und fühle mich nackt und verletzlich dadurch.

Tief in mir spüre ich, dass dieser Schritt nur ein Fehler sein kann ... Riskiere es aber trotzdem.

Mit einem tiefen Seufzer stecke ich den Brief in den Kasten.

Als es Abend geworden ist, habe ich meine Zweifel wegen des Briefes noch immer nicht abschütteln können. Ich bin erschöpft, und seit meine Kinder im Bett sind, fühle ich mich ausgelaugt und leer.

Sollte bis zu diesem Zeitpunkt noch ein Funken Selbstachtung in mir gewesen sein, so hat er sich beim Gute-Nacht-Lied ebenfalls zur Ruhe gelegt.

An diesem Zustand ändert auch die Tatsache nichts, dass Michelle seit einer guten Stunde bei mir ist. Stumm stehen wir nebeneinander am Küchentisch und sortieren einen Berg gewaschener Kinderkleidung, die wir im Anschluss bügeln, zusammenlegen und wegräumen werden.

Ihre häufigen Besuche haben Michelle im Laufe der Zeit zu einer routinierten Helferin gemacht. Sie fragt nichts, ich sage nichts und so hängt jeder von uns seinen eigenen Gedanken nach. Dabei würde ich ihr zu gern von dem Brief erzählen, von dem ich insgeheim hoffe, dass er mein Leben verändern wird. Was ich jetzt brauche, sind Fürsprache und Beistand.

Aber sind meine Beweggründe für einen Außenstehenden überhaupt nachvollziehbar? Wird Michelle wirklich gutheißen können, was ich getan habe? Vielleicht überhäuft sie mich stattdessen mit Vorwürfen und gibt mir mit ihrer Kritik den Rest.

„Wo ist eigentlich dein Mann?", fragt Michelle plötzlich.

„Wo wohl", antworte ich bekümmert. „In der Kneipe natürlich. Und wenn er erst mal dort ist, kommt er auch so schnell nicht wieder."

„Gott sei Dank!"

„Gott sei Dank?", wiederhole ich und glaube, mich verhört zu haben. „Dieser Mistkerl hängt dort nicht nur ab, sondern vertrinkt unser Geld!" Und zum zweiten Mal an diesem Tag füllen sich meine Augen mit Tränen. „Ich muss jede Mark zweimal umdrehen, damit wir unsere Rechnungen bezahlen können und trotzdem noch genug zu essen haben, und er wirft das Geld zum Fenster hinaus." Unbeholfen suche ich in meinen Hosentaschen nach einem Taschentuch. „Und zum Dank dafür muss ich mich dann noch von ihm beschimpfen lassen!" Ich wische mir die Tränen mit dem Hemdsärmel vom Gesicht. „Ich bin am Ende, Michelle! Ich weiß nicht weiter."

Michelle zieht mich in ihre Arme. „Was hat denn dieser unmögliche Mensch nun schon wieder angestellt?", fragt sie mitfühlend. „Vielleicht wird es langsam Zeit, dass sich dein Bruder mal mit ihm unterhält?" Sie grinst.

Ich muss auch lächeln. „Und was bringt es mir, wenn Jens ihm den Unterkiefer bricht?"

Michelle zuckt die Schultern. „Wer weiß! Vielleicht einen hübscheren Ehemann?"

Ich fühle, wie sich meine Mundwinkel in böser Freude strecken. Aber in meinen Augen sammeln sich schon wieder Tränen.

„Willst du mir nicht sagen, welchen Kummer du mit dir herumträgst?", fragt Michelle.

„Schau mich an und du weißt es", antworte ich. „Ich trage nur noch Lumpen auf meinem Leib, und wenn ich Wilfried glauben darf, dann zerfetzen sich die Leute im Dorf bereits ihre Mäuler darüber. Ich traue mich kaum noch auf die Straße."

„Aber das glaubst du ihm doch nicht etwa, oder doch? Der will dich mit diesen blöden Sprüchen nur in der Wohnung festnageln! Am liebsten würde ich diesem Dummschwätzer mit meinen eigenen Fäusten den Unterkiefer zertrümmern. Wessen Schuld ist es denn, dass nie genug Geld im Haus ist?"

Was wie ein Trost klingen soll, spornt mein Selbstmitleid nur noch mehr an, bauscht es auf, und meine Tränen laufen nun in Bächen über mein Gesicht. „Und wenn er recht hat?"

„Hat er aber nicht", erwidert Michelle. „Ich habe jedenfalls noch nichts dergleichen gehört. Aber vielleicht erzählst du mir erst einmal der Reihe nach, was passiert ist!"

Ich löse mich aus ihrer Umarmung und falte die Hände auf meinem Schoß. „Alles begann damit, dass Wilfried wieder einmal betrunken aus der Kneipe kam", beginne ich, und während der nächsten Minuten erzähle ich haarklein, was seit gestern Abend geschehen ist. Ich schildere die Begegnung mit Thea, mein Gespräch mit ihr und den Eindruck, den sie bei mir hinterlassen hatte. Dabei versäume ich nicht, meinen Bericht mit einer ordentlichen Portion Frust über die Zustände in unserem Land auszuschmücken, um Michelle in die Lage zu versetzen, meine Folgehandlungen zu verstehen. „Tja", sage ich schließlich. „Und weil mein Vater im Westen lebt, habe ich es getan."

„Was getan?"

„Ich habe ihm einen Bettelbrief geschrieben."

„Wem?", fragt Michelle verwundert.

„Meinem Vater", antworte ich.

Plötzlich ist es still und mein Herz klopft wie ein Vorschlaghammer. Ängstlich, aber dennoch erwartungsvoll, starre ich auf den Boden vor meinen Füßen und wage kaum, zu atmen.

Michelle stößt mich verwirrt von der Seite an. „An wen hast du geschrieben?", fragt sie noch einmal. „An deinen Vater?"

Langsam hebe ich meinen Kopf und sehe sie an.

„Und wer ist dann der Mann, den ich als deinen Vater kennengelernt habe?"

„Der zweite Mann meiner Mutter, mein Stiefvater."

„Ach ...!" Michelle knetet nachdenklich ihr Kinn zwischen Daumen und Zeigefinger. „Heinz ist also gar nicht dein richtiger Vater?"

„Doch", antworte ich und wundere mich selbst über die Entschiedenheit in meiner Stimme. „Schließlich war mir Heinz all die Jahre gegenwärtig, während mein leiblicher Vater im Laufe der Zeit zu einem Fremden für mich geworden ist. Dass ich unbeschwert aufwachsen konnte, verdanke ich neben meiner Mutter allein Heinz. Er war der soziale Vater, der eigentliche Vater für mich."

„Und der andere ... Vater?", fragt Michelle vorsichtig.

„War eigentlich bereits als Vater disqualifiziert, als er meine Mutter an einem 24. Dezember wegen einer anderen Frau verließ und sich nicht einmal von uns Kindern verabschiedete, sich verdrückte ..." Geistesabwesend halte ich inne und schaue zum Fenster hinaus. Ich spüre eine undefinierbare Sehnsucht in mir, ein wachsendes Verlangen nach etwas Unbeschreiblichem, schließe die Augen und öffne die Lippen. „Ich war damals gerade sechs Jahre alt", erzählt meine Stimme, die in der Stille dieses Moments künstlich klingt, wie einstudiert. „Und wie jedes Kind freute ich mich auf das bevorstehende Fest. Woher hätte ich denn wissen sollen, dass von diesem Tag an alles anders sein würde? Dass mein Vater von seiner Arbeit im Stahlwerk nicht nach Hause kommen würde? Dass er nie mehr kommen würde?" Ich halte kurz inne, um aufsteigende Emotionen herunterzuschlucken, für die ich nach so vielen Jahren einfach keine Verwendung mehr zu haben glaube. „Gegen Mittag klingelte dann ein Arbeitskollege von ihm an unserer Wohnungstür und übergab meiner Mutter seine Aktentasche ..."

„Was für ein Alptraum!"

„Ich erinnere mich an ihre Tränen und an den verzweifelten Ausdruck in ihren Augen, den sie so sorgfältig vor uns zu verbergen suchte. Ich erinnere mich an ihre Kraft und Stärke an diesem Tag - nicht der kleinste Schatten einer Missstimmung sollte auf das bevorstehende Fest fallen ..."

„Deine Mutter scheint schon immer eine starke Frau gewesen zu sein."

Ich nicke beipflichtend. „Und dennoch", fahre ich fort. „Ganz tief in mir spüre ich noch heute den Schmerz des kleinen Mädchens über seinen Verlust."

„An all das erinnerst du dich nach so vielen Jahren?", fragt Michelle mitfühlend.

„An das und an vieles andere mehr", antworte ich, ohne zu merken, dass ich immer lauter werde. „Ich war auf meinen Vater fixiert gewesen, habe ihn geliebt, wie man seinen Vater nur lieben kann. Und was tat er? Er verließ mich am Heiligabend, verdammt! Sagt das nicht eigentlich schon genug aus?"

Michelle sieht mich fragend an.

„Genug über was?"

„Über ihn, natürlich! Über Manfred, meinen Erzeuger? Den ganzen Nachmittag habe ich mich gefragt, ob es richtig war, ihm einen Brief zu schreiben. Doch jetzt, nachdem ich über ihn und seinen unrühmlichen Abgang gesprochen habe, stellt sich diese Frage nicht einmal mehr. Es war ein Fehler, ihn um Hilfe zu bitten. Ein dummer, dummer Fehler! Menschen wie er denken doch immer nur an sich selbst!"

„So ein Unsinn", widerspricht Michelle. „Dieser Mann ist dein Vater und wird dir sicher gern helfen."

Michelle hat sich vor mehr als einer halben Stunde von mir verabschiedet, als es plötzlich an der Tür klopft.

Verwundert schaue ich auf die Uhr. Um diese Zeit? Wer kann das sein? Welcher halbwegs normal denkende Mensch macht nachts nach zehn Uhr noch Besuche?

Ich presse mein Ohr an die Tür und lausche in die Stille des Hauses. Aber alles, was ich zu hören bekomme, ist das Rauschen meines eigenen Blutes.

Da klopft es erneut.

Erschrocken , halte ich mir das Herz. Wer zum Geier ist das nur?

Mit angehaltenem Atem lege ich meine Hand auf die Klinke. Ich öffne die Tür mit einem Ruck und weiche instinktiv einige Schritte zurück.

Vor mir steht eine junge Frau, die ich nicht zu kennen glaube.

„Hallo", sagt sie freundlich und streckt mir ihre Hand entgegen. „Ich bin Sandra."

Verblüfft nehme die Hand, bringe aber noch immer kein Wort hervor.

„Du weißt nicht, wo du mich hinstecken sollst, stimmt's?", lacht sie. „Hast du wirklich keine Erinnerung an mich? Keine Idee?"

„Nein", antworte ich wahrheitsgemäß. „Sollte ich denn?"

Sandra schüttelt den Kopf. „Natürlich nicht. Aber ich gebe zu, dass ich gehofft hatte, mit meinen Zwillingen einen bleibenden Eindruck bei dir hinterlassen zu haben, vor vier Wochen, beim Arzt."

„Die Zwillinge ...", denke ich laut nach, und tatsächlich fällt mir das junge Ehepaar mit seinen drei Kindern ein, das erst kürzlich in unser Dorf gezogen ist und über das man sich seitdem hanebüchene Geschichten erzählt. Ich habe die Leute von Weihrauchstäbchen reden hören, von Sexorgien und unkonventionellem Lebenswandel.

Derweil sieht mich Sandra erwartungsvoll an. „Na? Hat's geklingelt?"

Ich deute ein Kopfnicken an und muss lachen. „Ihr seid das junge Paar, das vor wenigen Wochen ziemliches Aufsehen erregte, weil es sich in Jeansklamotten kirchlich trauen ließ."

Sandra stellt sich ahnungslos.

„Haben wir das?", fragt sie. „Aufsehen erregt, meine ich?"

Ihre gespielte Ratlosigkeit erheitert mich.

„Das wusstest du nicht? Solltest du aber!"

Sandra schüttelt den Kopf. „Wer kümmert sich schon um das Geschwätz anderer Leute?"

„Die anderen Leute", antworte ich. „Die wissen nämlich nur zu gern, mit wem sie es zu tun haben."

Erst jetzt wird mir bewusst, dass wir bereits in ungezwungenem Plauderton miteinander sprechen. Das Eis ist gebrochen, und es ist ein ehrliches Lächeln, mit dem ich mich über ihr überraschtes Gesicht amüsiere. „Was hast du erwartet?", frage ich. „Anonymität wie in der Großstadt?"

„Natürlich nicht", antwortet Sandra. „Aber dass man ausgerechnet *uns* so viel Beachtung schenkt ..."

„Ihr seid neu und Neuigkeiten verbreiten sich bei uns schneller als ein Lauffeuer. Du brauchst dich bloß freitags ein paar Stunden beim Fleischer anstellen und bekommst neben der frischen Wurst auch noch den neuesten Klatsch über den Ladentisch gereicht - gratis!"

Noch immer stehen wir in der Tür. Ich trete einen Schritt zur Seite, damit Sandra hereinkommen kann. Sie folgt meiner Einladung ohne zu zögern und schaut sich ungeniert in der Küche um. Schranktüren gehen auf und fallen wieder zu, ja selbst vor dem Kühlschrank macht sie nicht halt.

„So ist das also", sagt sie beiläufig. „Und was erzählt man sich sonst noch über uns?"

Für meine Ohren verrät ihre Stimme kein echtes Interesse, also übergehe ich ihre Frage.

„Wollen wir nicht ins Wohnzimmer gehen? Dort ist das Licht nicht so grell und man sitzt gemütlicher."

„Ein andermal", sagt Sandra und nimmt auf einen Küchenstuhl Platz. „Heute kann ich nicht so ewig bleiben. Meine Zwerge warten unten im Auto."

Ungläubig werfe ich einen Blick auf mein Handgelenk.

„Um diese Uhrzeit? In ihrem Alter?"

Sandra lacht. „Was hat denn das Alter damit zu tun, wie müde ein Mensch zu einer bestimmten Zeit ist?"

Ich öffne meinen Mund, um ihr zu antworten, bringe aber vor Überraschung kein einziges Wort hervor.

„Meine Kinder schlafen morgens länger, halten täglich ihr Mittagsschläfchen und sind deshalb abends nicht so zeitig müde, das ist alles!"

„Als ob so kleine Kinder wüssten, wann sie müde sind", erwidere ich tadelnd.

„Aber entschuldige mal", protestiert Sandra. „Mein Großer ist inzwischen fünf Jahre alt, die Zwillinge sind drei. Natürlich wissen sie, wann sie müde sind und ins Bett müssen. Es sind vernunftbegabte Wesen wie du und ich, nur jünger und kleiner."

„Aber es sind Kinder!"

„Richtig! Kinder sind es und keine Gegenstände, über die wir Erwachsenen je nach Belieben verfügen können. Und in jedem dieser Kinder tickt seine innere Uhr, lebt eine eigenständige Persönlichkeit."

„Aber Kinder brauchen Ordnung!"

„Was sie vor allem brauchen, ist Respekt!"

Mit weit aufgerissenen Augen starre ich Ina an.

„Willst du damit andeuten, dass ich meine Kinder nicht respektiere, nur weil ich sie nach dem Sandmann ins Bett bringe?"

„Nein, natürlich nicht. Aber scheinbar definieren wir bei uns zu Hause den Begriff Respekt etwas anders."

„Ach ja? Wie denn?"

„Bei uns gehört das Recht auf Selbstbestimmung dazu", erklärt sie. „Unsere Kinder entscheiden immer selbst, was sie tun und lassen wollen."

Ich sehe Sandra an, als sei sie die Botin einer anderen, mir völlig fremden Welt.

„Immer?", frage ich.

„Selbstverständlich immer", antwortet sie belustigt. „Sag bloß, diese Vorstellung beunruhigt dich."

„Das nicht, aber ..."

„Aber was? Willst du mir etwa erzählen, dass dir die ewige Bevormundung deiner Eltern nicht auf die Nerven gegangen ist, damals, als du noch ein Kind warst?" Sie legt den Autoschlüssel auf den Tisch und verschränkt ihre Hände im Nacken.

Verwirrt zucke ich mit den Schultern. „Keine Ahnung, aber ich glaube nicht ..."

„Mir schon", sagt sie. „Und nicht selten fühlte ich mich durch ihre Bevormundung sogar in meiner Würde als Mensch verletzt. Denn meine Eltern entschieden, wann ich hungrig und durstig war, sie wussten, wann ich spielen wollte, sie sagten, wann ich auf Toilette musste." Bitter lachend schüttelt sie ihre lange dunkelblonde Mähne. „Gott weiß, wie sehr ich unter ihren Erziehungsmethoden gelitten habe." Wieder schüttelt sie ihr Haar und ihre Stimme verrät innere Aufruhr, unterdrückte Wut. „Deshalb schwor ich mir schon damals, eine Alternative zu althergebrachten Erziehungsmethoden zu finden. Erziehungsarbeit darf nicht darauf ausgerichtet sein, das Leben der Eltern so angenehm wie möglich zu machen. Vielmehr verlangt sie von den Eltern eine große Portion Verantwortungsbewusstsein. Unter ihren Händen bilden oder missbilden sich kleine Persönlichkeiten, keine Fließbandprodukte, sondern Unikate! In jedem Kind wohnt ein wertvoller kleiner Mensch, in dessen Seele wundervolle Gaben schlummern, die entdeckt und geweckt werden wollen."

Plötzlich verändert die junge Frau vor mir ihre Sitzhaltung. Ihre Gesichtszüge werden weicher und ein zärtliches Lächeln umspielt ihren Mund. „In meinem Mann Markus habe ich einen Partner gefunden, mit dem ich mir den Traum von einer neuen Familienqualität erfülle. Seit wir zusammen sind, verläuft unser Leben abseits eingefahrener Gleise - es ist aufregend und spannend. Hast du schon mal was von antiautoritärer Erziehung gehört?"

„Nein", gebe ich offen zu, aber schon beim gedanklichen Zerpflücken des Wortes *antiautoritär* sträuben sich mir die Nackenhaare.

„In der BRD wird diese Erziehungsmethode bereits seit etlichen Jahren in den verschiedensten Einrichtungen praktiziert", erklärt Sandra. „Sinn ist es, die Kinder auf ihrem Weg zum Erwachsenwerden nicht zu verbiegen, sondern zu fördern und zu begleiten." Sandra sieht mich herausfordernd an. Aber mehr als ein verlegenes Lächeln kommt nicht über meine Lippen.

Nach endlosen Minuten erhebt sie sich.

„Jetzt wird es aber Zeit für mich", sagt sie und geht zur Tür. Dort dreht sie sich noch einmal um. „Es war nett, mit dir zu plaudern. Ich würde mich freuen, wenn wir uns öfter sehen könnten. Besuch uns doch mal! Soviel ich weiß, bist du doch eh immer allein."

Ich sehe sie verwundert an.

„Ich verstehe nicht, woher ...?"

„Woher wohl?", lächelt Sandra amüsiert. „Wo kaufe ich wohl freitags meine Wurst ein?"

3. Tür

„Der Schichtbetrieb im Kabelwerk Meißen ist nichts für mich", stöhnt Wilfried und wälzt sich in seinem Bett hin und her. „Das frühe Aufstehen während der ersten Schicht macht mich fertig und von den Nachtschichten bekomme ich immer Bauchschmerzen."

„Und die zweite Schicht?", entgegne ich höhnisch.

„Mit der zweiten Schicht versaut man sich den ganzen Tag", antwortet er. „Du kommst spät in der Nacht nach Hause, schläfst am anderen Tag etwas länger und musst sofort nach dem Aufstehen wieder zur Arbeit gehen."

„Da geht es den Menschen wie den Leuten."

„Aber was ist das für ein Leben?"

„Ein Rechtschaffendes, falls du mit diesem Begriff etwas anfangen kannst." Ich stehe an der Tür des Schlafzimmers und schaue voller Verachtung auf den sich wohlig rekelnden Faultierkörper meines Mannes. „Aber ehrlich gesagt bezweifele ich, dass du weißt, wie er buchstabiert wird."

Wilfried dreht sich auf die andere Seite.

„Ach, leck mich doch …!"

Und ich? Ich stehe seinem Verhalten wieder einmal ohnmächtig und hilflos gegenüber.

Seit Monaten geht Wilfried nun schon keiner geregelten Arbeit nach. Anfangs habe ich es nicht einmal gemerkt! Er verließ das Haus wie immer, kam nach Hause wie immer und ging in die Kneipe wie immer.

Die Bombe platzte, als einer seiner Arbeitskollegen hier auftauchte, um ein klärendes Gespräch mit ihm zu führen. Erst durch ihn erfuhr ich, dass Wilfried seit Wochen nicht arbeiten ging, aber des Öfteren in der Bahnhofsgaststätte gesehen wurde. Am liebsten wäre ich vor Scham im Boden versunken.

Auch jetzt empfinde ich Scham. Doch meine Scham vermischt sich mit Wut. Wut darüber, dass Wilfried mit seinem Verhalten das Ansehen einer ganzen Familie zerstört. Dass er asozial ist, wird sich schnell herumsprechen und wie lange dauert es dann wohl noch, bis unsere ganze Familie als asozial gilt?

Wilfried liegt mit geschlossenen Augen vor mir und bewegt sich nicht. Er wirkt total entspannt, obwohl seine innere Stimme ihm eigentlich sagen müsste, dass er die Pflicht hat, seinen Lebensunterhalt zu verdienen.

„Mach, dass du aus dem Bett kommst, du Penner", schreie ich ihn an. „Wie kannst du am helllichten Tag schlafen, während andere Leute Geld verdienen?"

Wilfried öffnet müde seine Augen.

„Jedem das Seine", gähnt er und zieht sich die Decke über den Kopf. „Und jetzt raus mit dir! Ich will weiterschlafen!"

Für einen Moment stehe ich wie erstarrt. „Du bist doch wirklich das Letzte", flüstere ich. „Kannst du mir bitte mal verraten, wie es weitergehen soll?"

„Was denn?", stöhnt Wilfried genervt auf. „Ich weiß gar nicht, was du von mir willst, blöde Kuh! Lass mich endlich in Ruhe schlafen!"

Mir reicht es. Wütend laufe ich um das Bett herum und reiße ihm die Decke weg. „Raus mit dir, elender Scheißkerl!"

Wilfried zieht die Beine an und deckt sich mit dem Kopfkissen zu.

„Kümmere dich endlich um Arbeit, damit wir nicht länger als Abschaum leben müssen", brülle ich. „Vielleicht legst du ja keinen Wert darauf, dir mit anständiger Arbeit die Achtung und den Respekt deiner Mitmenschen zu verdienen, aber im Interesse deines Sohnes sollte man dir wenigstens eine Spur von Verantwortungsbewusstsein nachsagen können. Außerdem brauchen wir das Geld ..."

Wilfried fährt in die Höhe.

„Geld, Geld, Geld! Immer nur Geld! Was anderes hast du wohl nicht in deinem Spatzenhirn? Kann man denn nicht auch ohne Geld glücklich sein?"

Wieder verschlägt es mir fast die Sprache. Mit großen Augen sehe ich ihn an. „Bist du wirklich so ... Oder tust du nur so?"

„Ich weiß nicht, was du meinst", erwidert Wilfried verächtlich. „Was willst du mir denn nun wieder unterstellen?"

„Nichts, aber warum bist du so hart und rücksichtslos gegenüber deiner eigenen Familie? Was haben wir dir getan?"

„Ihr hängt wie Klötze an meinen Beinen und behindert mich bei jedem Schritt, den ich tue. Obendrein muss ich mich ständig von dir bevormunden lassen. Ich habe es satt, verstehst du? Es steht mir bis hier!" Er schlägt sich mit der flachen Hand gegen den Hals. „Dir geht es doch immer bloß um Geld, Geld, Geld."

„Weil wir von irgendwas leben müssen ..."

„Aber wir leben doch", unterbricht er mich böse. „Oder bin ich etwa schon tot?" Mit übertrieben hektischen Bewegungen betastet er seinen Körper und grinst, als er sich zwischen die Beine fasst. Seine Augen sind jetzt nur noch schwarze Schlitze und sein Mund ein messerscharfer Strich. „Ja, ich lebe! Auch wenn es ein Scheißleben ist, das ich mit dir führen muss - es sei denn, du lässt dich auf der Stelle von mir ficken!"

„Mieses Arschloch", presse ich angeekelt hervor und wende mich ab.

Wilfried zeigt sich nicht beeindruckt. „Ist es nicht merkwürdig, dass du in deiner Sprachlosigkeit immer in den Jargon der Gosse abgleitest?", fragt er, und seine leise singende Stimme klingt dabei so erhaben, dass ich an mich halten muss, um ihm nicht an die Kehle zu springen.

„Das musst du gerade sagen", entgegne ich. „Wenn überhaupt, dann bist du es doch, der mich in die Gosse zieht!"

Wilfried lacht. „Irrtum, Schatz! Jeder von uns ist genau dort, wo er hingehört. Ich im Bett und du? Ja, wo bist du wohl?"

Ohne eine Antwort abzuwarten, bringt er sich schwungvoll in die Horizontale und schließt die Augen.

Plötzlich ist es still. Eigentlich sollte ich etwas erwidern, aber ich kann nichts mehr denken. Mein Kopf ist wie ein Haus, in dem ein eisiger Wind durch eingeschlagene Fenster und aufgebrochene Türen pfeift. Mit dem Baby auf dem Arm verlasse ich das Schlafzimmer.

Ein Brief ...!
Ich kann es kaum glauben, aber mein leiblicher Vater hat mir tatsächlich einen Brief geschrieben!
Außer mir vor Freude nehme ich das Kuvert aus dem Briefkasten und betrachte es wie einen kostbaren Schatz.
Ehrlich gesagt habe ich nicht wirklich damit gerechnet, jemals eine Antwort auf meinen Bettelbrief zu erhalten. Nun verspüre ich Gewissensbisse wegen der vielen Beschuldigungen gegen meinen Vater.
Lautlos steige ich die Treppe zur Wohnung empor und schließe die Tür hinter mir ab. Ich lege ich den Brief auf den Küchentisch und setze mich erwartungsvoll davor.
Endlich, endlich, endlich ...
Minutenlang kann ich nichts anderes tun, als ihn anzuschauen, während mein Herz bis zum Hals klopft. Schließlich wurde der Stift, der meinen Namen auf dieses Kuvert geschrieben hat, von der Hand meines Vaters geführt.
Die gleichmäßige Schrift, mit der ich in meiner derzeitigen trostlosen Situation Schutz und Geborgenheit assoziiere, entfesselt in mir einen Sturm längst vergessener Zuversicht. Einen Sturm, der mit seiner Kraft jeden Zweifel der vergangenen Wochen hinwegfegt. Aufgeräumt und glücklich weide ich mich am Anblick dieses Stück Papiers.
Ob wohl in diesem Moment bereits ein Westpäckchen für uns unterwegs ist?
Mit einem Messer öffne ich den Brief und falte ihn behutsam auseinander und lese:

Liebe Tochter,

Ich muss mich doch wirklich sehr über dich wundern!
Sag, wie dumm bist du eigentlich?
Nach allem, was ich mir in der Vergangenheit von dir gefallen lassen musste, traust du dich tatsächlich, mich anzubetteln?
Hättest du nur einen Funken Verstand - du hättest uns beiden diese Peinlichkeit erspart ...

Betroffen lasse ich das Papier sinken und fühle mich wie die unterste Karte eines Kartenhauses - plumps und aus!

Ich weiß nicht, worauf mein Vater mit seiner Anschuldigung abzielt und stütze ratlos meinen Kopf in die Hände. Hält er mir etwa vor, dass ich während meines Studiums vor fünf Jahren, finanzielle Unterstützung von ihm einfordern wollte?

Auch wenn er wenige Monate vorher von der DDR in die BRD übergesiedelt war, so war er doch zum Unterhalt verpflichtet gewesen. Das dachte ich wenigstens. Doch letztlich waren alle meine Bemühungen erfolglos geblieben, weil mein Vater als Nicht-mehr-DDR-Bürger rein rechtlich nicht mehr in die Pflicht zu nehmen war.

Und moralisch?

Ich bezweifele, dass mein Vater mit dem Begriff Moral überhaupt etwas anfangen kann.

Sein Brief fliegt zusammengeknüllt in die nächste Ecke. Ihn zu Ende zu lesen, fällt mir im Traum nicht ein.

Und doch! Die ersten Zeilen treffen mich mehr, als ich zugeben möchte. Und die Scham, die ich empfinde, ist noch größer, als die Enttäuschung.

Jawohl, ich schäme mich. Ich schäme mich, meinen Vater um Hilfe gebeten zu haben, obwohl mir mein gesunder Menschenverstand sagt, dass ich mich vielmehr für ihn schämen müsste.

Ein Vater, der auf seine Tochter, die sich ihm vertrauensvoll offenbart und somit jede schützende Hülle fallen lässt, mit dem Finger zeigt und sagt: „Pfui, du hast ja gar nichts an", der verdient es nicht, *Vater* genannt zu werden.

Aber gut, mein Herr *Erzeuger*! Aus Fehlern lernt man! Ich werde dich bestimmt nicht mehr behelligen.

Nur lass dir ja nicht einfallen, mich eines Tages zu behelligen!

Und nun reicht euch die Hände, Gatte und Erzeuger! Ihr passt zueinander, habt einander verdient! Wenn es nämlich darum geht, eine Verantwortung weit von sich zu schieben, dann seid ihr zwei unschlagbar.

4. Tür

„Hast du nichts Besseres zu tun, als dein ganzes Leben zu verschlafen?", rufe ich von der Schlafzimmertüre aus. „Es ist bereits früher Nachmittag, die Hälfte des Tages ist um!"

Ich warte, aber außer dem widerlichen Mief, der mir aus dem Dunkeln entgegenschlägt, weil die Fenster geschlossen und mit Decken verhangen sind, dringt nichts zu mir herüber.

Kurz entschlossen entferne ich die Decken und öffne das Fenster.

„Lass das", bellt Wilfried sofort los. „Ich will schlafen!"

Von der Sonne geblendet, sieht er mich durch Augenschlitze an. Sein Gesicht glänzt fettig und die verfilzten Haare stehen ihm wild vom Kopf ab.

Was für eine Jammergestalt von Mann!

Und wie er jetzt da hängt - Himmel Herrgott noch mal! Wie habe ich so einen Mann heiraten können? Hätte ich denn nicht schon an seiner Körperhaltung erkennen müssen, was für eine Null er ist? Wo hatte ich nur meine Augen? Wo meinen Verstand?

Unverhohlen lasse ich Wilfried meine Gedanken vom Gesicht ablesen und sehe Zorn in ihm aufsteigen. Das gefällt mir - ich will mehr!

„Schlaf nur weiter", sage ich deshalb grinsend. „Vom Schönheitsschlaf kannst du noch jede Menge vertragen."

Beleidigt dreht er mir den Rücken zu.

„Ach, scher dich doch zum Teufel!"

Zum Teufel mit dir, du Arschloch, denke ich. Der Tag ist viel zu schön, als dass ich ihn mir von dir vergiften lassen möchte.

Sandras Einladung fällt mir ein.

Der Wonnemonat Mai macht seinem Ruf heute alle Ehre. Ein Jubeljauchzen liegt in der Luft und durchdringt meinen Körper.

Der Duft des Sommers benebelt mich, ich fühle mich leicht, wie schwerelos.

Während ich den Kinderwagen vor mir herschiebe, schaue ich mich um, als sähe ich diese Welt zum allerersten Mal.

Das ist also *meine* Welt ...

Zärtlich streichelnd schweifen meine Blicke über dieses Land, in dem die Zeit stillzustehen scheint.

Mein Dorf - charmant verschlafen und doch voller Leben -, ein Ort mit unverwechselbarem Gepräge.

Da ist zum einen die Kirche, ein prächtiges Bauwerk, das sich von einer Anhöhe aus weit über alle anderen Bauten erhebt. Für die Gläubigen ein Symbol der Allmacht Gottes und für uns Ungläubige nicht mehr, aber auch nicht weniger, als ein schön anzusehendes Stück Heimat.

Richtig, ich glaube nicht an Gott, auch wenn ich es manchmal gern getan hätte. Selbst heute noch. In Zeiten größter Verzweiflung schaue ich dann zum Himmel und bete: „Lieber Gott, wenn du mir jetzt hilfst, dann glaube ich an dich ..." Leider hat er mich bis heute nicht von seiner Existenz überzeugen können.

In meiner Kindheit spielte die Kirche trotz allem eine wesentliche Rolle. Zusammen mit meinen Geschwistern verbrachte ich viel Zeit in der christlichen Gemeinschaft. Zum einen wegen der geheimnisvollen, spannenden Geschichten aus der Bibel und zum anderen, weil unser Pfarrer Könitz über die besondere Gabe verfügte, Kindern ein Gefühl von Wichtigkeit und Einzigartigkeit zu geben. Meine kleine Person erfuhr durch ihn eine Wertschätzung, wie sie mir kein anderer Lehrer oder Erzieher zuteilwerden ließ. Als er in die Nähe von Leipzig versetzt wurde, hörte ich auf, in die Kirche zu gehen.

Direkt unterhalb der Kirche, praktisch ihr zu Füßen, steht das alte, villenartige Schulgebäude. Hier werden die Kinder aller umliegenden Ortschaften von der ersten bis zur zehnten Klasse unterrichtet.

An meine eigene Schulzeit erinnere ich mich gern zurück, weil ich mit dieser Zeit Werte wie Sicherheit, Geborgenheit und Unbeschwertheit verbinde. Ich verknüpfe mit ihr all das, was mir heute so sehr fehlt.

Holprig rollt der Wagen über das Straßenpflaster.

Inzwischen haben wir das Gasthaus „Historischer Gasthof Alma Kasper" erreicht. *Historisch*, weil dieser Gasthof schon gute 500 Jahre auf dem Buckel hat, und *Alma Kasper*, weil eine frühere Wirtin so hieß.

Unter der Führung von Alma Kasper erlangte dieser Gasthof in den dreißiger bis siebziger Jahren eine Bekanntheit, die weit über die Kreisgrenzen hinausging.

Manchmal werde ich sogar heute noch auf ihn angesprochen, wenn ich erzähle, wo ich zu Hause bin.

Alma Kasper ist seit einigen Jahren tot, aber noch immer ist ihr Name für viele, die sie kannten, ein Synonym für Geschäftstüchtigkeit und Herzlichkeit.

Die Alten sagen: „Ja, die Alma konnte knallhart kalkulieren ..." Doch ich, als Vertreterin der jungen Generation, habe nichts anderes als Herzlichkeit von ihr erfahren.

Bei jeder Gelegenheit griff sie nach meinem kleinen, zierlichen Körper und drückte ihn an ihre großen, weichen Brüste. Ihre Küsse waren feucht, aber das Eis aus ihrer Kühltruhe schmeckte lecker.

Später dann - meine Eltern hatten inzwischen den Gasthof übernommen - passte sie mich und meine Geschwister von Zeit zu Zeit auf dem Hof ab, wo sie noch immer wohnte, und steckte uns in ihre Badewanne, weil wir selbst keine hatten. Mit Inbrunst und Hingabe wusch und schrubbte sie uns dann und stopfte unsere Mäulchen mit allerlei Leckereien.

Die gute Tante Alma ...

Mit einem Lächeln auf den Lippen gehe ich weiter.

Auf dem Grundstück der Familie Schückel sehe ich blütenweiße Wäsche auf der Leine hängen. Lustig wedelt sie im lauen Frühlingswind und es fällt mir schwer, meinen Blick loszureißen. Emotionen werden geweckt. Ähnlich wie beim Blick in ein Feuer oder auf das tosende Meer. Aber doch anders. Denn während mein Körper von Leichtigkeit erfasst wird, wenn ich vor einem Lagerfeuer sitze und in die knisternden Flammen schaue, fühle ich beim Anblick der Wäscheleine Sehnsucht, Trauer und Wut.

An welchem Punkt in meinem Leben bin ich falsch abgebogen? Ich weiß es nicht. Dabei sah ich das Ziel meiner Reise anfangs klar vor mir: eine Arbeit, die mich ausfüllt, und eine Familie, mit der ich glücklich und zufrieden leben kann.

Mit einem guten Schulabschluss, meinem Studium und einem Herzen voller Liebe glaubte ich zudem, gut ausgerüstet zu sein ...

Aber die Reise ist zu einer Irrfahrt geworden.

Auch wenn ich das Ziel noch immer dicht vor Augen habe, fahre ich jedes Mal an ihm vorbei. Mein Leben ist wie eine Einbahnstraße; wenn ich Pech habe, wird sie in einer Sackgasse enden.

Warum darf ich nicht glücklich sein?

Wehmütig wende ich mich ab.

Marie, die heute am Fußende des Kinderwagens sitzen darf, unterhält sich angeregt mit ihrem kleinen Bruder. Es ist zugegebenermaßen eine einseitige Unterhaltung, denn während sie spricht, schaut er sie nur entzückt mit seinen großen blauen Augen an. Beinahe jedoch so, als würde er ihr aufmerksam zuhören.

Ich bleibe vor Rührung stehen und betrachte diese beiden wundervollen Geschöpfe. Und plötzlich bekommt meine Seele Aufwind und wedelt im lauen Frühlingswind wie die weiße Wäsche auf Schückels Leine. Der dunkle Schleier weht davon und enthüllt das kleine große Glück, das doch so fest verwurzelt in mir wohnt. Wie konnte ich das nur vergessen?

„Warum geht es nicht weiter, Mami?", fragt Marie und blinzelt niedlich in die Sonne.

Mein Gott, wie hübsch sie ist!

Statt einer Antwort küsse ich ihre Nasenspitze, die sie sich sofort kichernd trocken reibt. Also gebe ich ihr noch einen und setze den Wagen dann wieder in Bewegung. Sofort widmet sich das kleine Mädchen wieder ihrem Bruder: „Und die Vögelchen, die singen so schön, weil ..."

Ich beschäftige mich derweil mit der Frage, wie Sandra reagieren wird, wenn ich erst heute, knapp zwei Monate nach ihrer Einladung, bei ihr auftauche. Werde ich noch immer willkommen sein?

Ich zögere, doch schon erkenne ich das Gehöft in seinen Umrissen. Mit jedem Schritt, den ich mich ihm nun nähere, spüre ich seine Anziehungskraft stärker auf mich wirken. Selbst wenn ich wollte, könnte ich nicht mehr umkehren.

Ich kann es nicht!

Der Bauernhof liegt auf der Höhe einer Steigung, etwa hundert Meter von der Straße entfernt. Mühsam schiebe ich den Wagen auf dem unbefestigten Weg nach oben. Es erfordert einiges an Geschick, mit den hohen, schmalen Rädern die Grasbüschel zu überwinden, ohne den Wagen umzukippen.

Schon von weitem sehe ich drei blonde Kinder über das Grundstück jagen. Als sie uns erblicken, kommen sie neugierig näher.

„Wo wollt ihr denn hin?", fragt der Große.

„Na, zu euch", sagt Marie. „Oder denkst du, wir laufen hier einfach nur so rum?"

„Aber wir kennen euch nicht", sagt das Zwillingsmädchen und ihr Zwillingsbruder pflichtet ihr bei: „Genau! Wer seid ihr denn?"

In diesem Moment kommt Sandra freudestrahlend angelaufen. „Was für eine Überraschung", lacht sie. „Habt ihr euch endlich aufrappeln können?" Und während meine Augen bereits wohlwollend über das Grundstück gleiten, macht sie die Kinder miteinander bekannt: „Paul, Benny, Anne... Das ist Marie. Habt ihr Lust, mit Marie zu spielen?"

„Ja", rufen die Zwillinge im Chor.

„Aber wir kennen Marie doch gar nicht", erwidert dagegen Paul.

„Hm", macht Sandra. „Dann schlage ich vor, dass ihr zuerst Erdbeeren pflücken geht. Beim Naschen kommt ihr euch dann bestimmt schnell näher. Was sagst du zu dieser Idee?"

Paul spitzt den Mund. „Ist ganz okay ..."

Lärmend flitzen die vier Kinder davon und ich schaue sehnsüchtig hinterher. Aus den Augenwinkeln heraus bemerke ich, dass Sandra mich beobachtet.

Als ich ihr zulächele, reicht sie mir die Hand. „Komm mit", sagt sie. „Solange die Kinder beschäftigt sind, zeige ich dir unsere kleine heile Welt. Wenn sie dir gefällt, kannst du gern ein Teil von ihr werden."

Wenn? Ach, wenn sie wüsste ...

Mit geschlossenen Augen atme ich einmal tief durch und atme den Duft der heilen Welt.

Aus einem Meer von Blumen, Büschen und Bäumen erhebt sich der kleine malerische Bauernhof, den Sandra und Markus mit ihren drei Kindern bewohnen.

Zwei Fachwerkhäuser mit kleinen heimeligen Guckfenstern und zwei Scheunen begründen ihn. Die weiß getünchten Wände leuchten schon von weitem und bilden einen herrlichen Kontrast zu dem Holz des Fachwerks, das im Laufe der Jahrzehnte ein tiefes Schwarz angenommen hat. Seine Schieferdächer indes harmonieren Ton in Ton mit dem Blau des heutigen Himmels.

Dieser Anblick ist ein Freudenfest fürs Auge, ich bin überwältigt. Die Empfindungen verstärken sich noch, als wir näher an den Hof herantreten. Verschiedene Obstbäume, ein kleines Kräutergärtchen und das hochstehende Gras verbreiten das Flair unberührter Natur.

Keine Frage - das Paradies ist hier!

Gierig sauge ich jede Wahrnehmung in meinen Körper, um sie für immer festzuhalten. Jede einzelne versetzt mich in den

Rausch einer Unbeschwertheit, wie ich sie seit Ewigkeiten nicht mehr empfunden habe.

Wunderbare Erinnerungen werden wach. Tief in Gedanken versunken, drehe ich die Zeit um viele Jahre zurück und werde wieder klein ...

Ein kleiner Wirbelwind läuft durch diesen Garten und erlebt die Welt von ihrer schönsten Seite.

„Wir haben dieses Stück Land gesehen und wussten, dass wir hier und nirgendwo sonst leben wollen. Es war Liebe auf den ersten Blick. Der alte Mann, dem das alles gehörte, fühlte sich nicht mehr in der Lage, seinen Besitz zu unterhalten, also verkauft ihn an uns." Sandras Stimme dringt wie aus einer anderen Welt zu mir durch, dumpf wie durch eine Wand aus Panzerglas. „Wir übernahmen diesen Hof und ließen den alten Mann bis zu seinem Tod hier wohnen."

Mein Herz krampft sich zusammen.

Tot?

Mühsam schlucke ich meine Betroffenheit hinunter.

„Zeigst du mir jetzt das Haus?"

Sandra macht eine einladende Geste und sagt: „Bitte sehr."

Mit einem Blick in den Kinderwagen vergewissere ich mich, dass mein süßer, kleiner Junge inzwischen eingeschlafen ist. Im ersten Moment weiß ich nicht, ob ich ihn schlafen lasse oder doch lieber mitnehme und entscheide mich schließlich fürs Mitnehmen.

Ich hebe das Baby vorsichtig aus dem Wagen und lege es auf meinen gebeugten Arm. Dann folge ich Sandra. Der Pfad zum Haus ist schmal.

„Hoffentlich bist du nicht schockiert", ruft sie mir über ihre Schulter zu. „Mit Ordnung habe ich nämlich nichts am Hut."

Ich erwidere nichts, halte ihre Warnung vielmehr für das typisch gezierte Gehabe einer Frau, die unverhofft Besuch bekommt. In Gedanken aber sehe ich urgemütlich eingerichtete Zimmer mit gewienerten Holzfußböden vor mir ...

In den Fenstern wuchernde Grünpflanzen, auf dem Esstisch eine große Schale mit Obst ...

Im Geist höre eine Wanduhr ticken, sehe unzählige Fotografien an kunstvoll verzierten Wänden ...

In freudiger Erwartung wandele ich einer Oase der Ruhe und Beschaulichkeit entgegen.

Die Vorstellung zerplatzt wie eine Seifenblase, jäh und unerwartet, als ich das Wohnzimmer betrete. Seine kleinen Fenster wirken von innen wie Löcher, kahl und blind. An den weiß gekalkten Wänden stehen selbst gezimmerte grobe Regale, die mit Büchern und Zeitschriften vollgestopft sind. Ein altes Sofa, drei Stühle und ein uralter Tisch komplettieren seine spärliche Ausstattung.

Wie versteinert stehe ich in diesem Raum, taub und stumm, bis mein Blick auf die Wand neben der Eingangstür fällt. Sie ist mit bunten Klecksen, Tupfen, Spritzern und Kringeln beschmutzt worden. Davor stehen auf einem kleinen Tisch Farben, Pinsel und Stifte, die nur darauf warten, erneut benutzt zu werden ...

Ungläubig schüttele ich den Kopf.

„Wolltest du als Kind nie Wände beschmieren?", fragt Sandra, als hätte sie meine Gedanken vom Gesicht abgelesen.

Nein, will ich sagen. *Diesen Drang verspürte ich niemals! Schließlich gibt es doch Papier, Holz, Leinwand ...* Doch meine Kehle ist wie zugeschnürt. Ich kann kein Wort hervorbringen.

„Ich wollte es", bekennt Sandra freimütig. „Habe es auch getan und fürchterlichen Ärger mit meinen Eltern bekommen." Sie tritt nachdenklich an die Wand heran und berührt einen dunkelblauen Klecks mit ihren Fingerspitzen. „Als ob unser Glück von einer weißen Wand abhinge!" Sie lächelt. „Jedenfalls dürfen meine Kinder diese Wand hier bemalen, sooft sie Lust dazu haben. Und sollte irgendwann kein Platz mehr sein, dann weißen wir sie wieder und der Spaß beginnt von vorn." Sie geht zur Tür und öffnet sie. „Nun komm", sagt sie. „Ich will dir auch den Rest des Hauses zeigen."

Ich folge ihr beinahe widerwillig, und während ich über wüste Haufen von Hausrat steige, verliere ich mehr und mehr den Bezug zu diesem Haus. Was ich vorzufinden glaubte, deckt sich nicht im Mindesten mit der Realität. Für mich heißt das, dass ich ein Stück Vergangenheit begraben muss, wo ich doch hoffte, ein Stück heile Welt wieder zu finden.

Das Geschrei eines Kindes zerreißt meine trübsinnigen Gedanken. Zusammen mit Sandra laufe ich hinaus auf den Hof.

Es ist Anne, das kleine Zwillingsmädchen.

Anne hockt auf dem Dach eines verrosteten Autowracks. Tränen kullern aus den übergroßen blauen Augen und ein herzzerreißendes Schluchzen schüttelt den ganzen Körper. Zu meinem Erstaunen bewegt sich Sandra aber nur sehr langsam auf ihre Tochter zu.

„Was ist los?", fragt sie und stellt sich ahnungslos.

Die Kleine legt bittend ihren Kopf auf die Seite und streckt die Arme nach der Mutter aus.

„Ich komme nicht mehr herunter, Sandra!"

Aber Sandra übersieht die ausgestreckten Arme ihres Kindes und schüttelt den Kopf. Sie stellt sich neben das Wrack, ohne auf die Signale des Mädchens zu reagieren. „Wie bist du denn hinaufgekommen?", fragt sie völlig nüchtern.

„Hoch geklettert", erwidert die Kleine.

„Allein?"

„Ja." Die Stimme von Anne ist nur noch ein Wispern, und wieder ruht ihr Blick bittend auf dem Gesicht der Mutter. Das Flehen und Fragen in ihm berührt mich zutiefst und eine warme Welle von Zuneigung schwappt über meine Seele. Das kleine, magere Selbst glaubt doch tatsächlich, um die Hilfe der Mutter betteln zu müssen. Ich empfinde ein spontanes Verlangen, es in meine Arme zu nehmen und fest an mich zu drücken, alle Ängste und Zweifel aus ihm herauspressend. Ergriffen sehe ich Sandra an ... und erstarre.

Diese Frau steht doch tatsächlich nur da und schüttelt ungerührt mit dem Kopf.

„Hast du vergessen, was wir miteinander besprochen haben, Anne?", fragt sie. „Jeder ist für die Folgen seines Tuns selbst verantwortlich - war es nicht so?"

Anne nickt zustimmend, aber schon wieder kullern Tränen über ihre Wangen.

„Und was heißt das für dich, Anne?", fragt Sandra.

Das Mädchen senkt den Kopf. „Dass ich es allein schaffen muss."

„Richtig", sagt Sandra. „Und nun zeigst du mir bitte, wie du da rauf gekommen bist."

Betroffen sehe ich auf meine beiden Lieblinge herab: Felix schläft noch immer seelenruhig auf meinem Arm und Marie, die lautlos an uns herangetreten ist, lehnt sich an mein Bein und beobachtet das Szenarium mit großen braunen Augen. Zärtlich streichele ich ihren Nacken.

Sandra wird ungeduldig. „Komm schon, Anne", sagt sie. „Versuch es doch wenigstens!"

„Und wenn ich es nicht schaffe?", piepst das Kind.

„Wenn du es gar nicht erst versuchst, wirst du es nicht herausfinden."

Das ist zu viel für mich. Mir ist längst egal, was Sandra für hochgestochene Erziehungsvorstellungen hat - ich werde diesem Spuk jetzt auf der Stelle ein Ende bereiten, an das Autowrack herantreten und das Kind herunterheben. Sandra wird mich nicht daran hindern! Was ist denn das für eine Mutter? Schlägt in dieser Frau überhaupt ein Mutterherz.

Zu meinem Erstaunen strafft sich der kleine Körper plötzlich.

Anne rappelt sich auf, wischt sich das kleine Rotznäschen mit dem Handrücken sauber und lächelt ihre Mutter an.

Auch Sandra lächelt. „Nimm den gleichen Weg, den du raufgeklettert bist", rät sie.

Anne nickt entschlossen. Sie schaut sich noch einmal um, als könne sie die Situation wirklich abschätzen und legt sich dann schwer atmend auf den Bauch. Vorsichtig rutscht sie vom Dach des Autos auf die Motorhaube ...

Ich schrecke zusammen, mein Gott! Es hätte nicht viel gefehlt und das Mädchen wäre seitlich abgekippt. Aber es hält sich tapfer.

Sandra steht jetzt mit dem Rücken zu mir. Das stoßartige Heben und Senken ihrer Schultern verrät mir, dass auch sie mit dem Kind bangt.

Inzwischen ist Anne wohlbehalten auf dem Boden angekommen und fällt ihrer Mutter freudestrahlend um den Hals.

„Ich hab's geschafft", ruft sie glücklich. „Ich habe es wirklich ganz allein geschafft!"

Herzend und küssend schmiegen sich Mutter und Kind aneinander. Die Freude überwältigt auch mich. Verstohlen halte ich mir ein Taschentuch an die Nase und wende mich ab. Aber dennoch ... Eines ungut en Gefühls kann ich mich trotzdem nicht erwehren. Wenn das Konzept diesmal auch aufgegangen ist - ein schaler Nachgeschmack bleibt.

„Sandra?", höre ich Anne im Hintergrund fragen. „Wann kommt der Markus heute nach Hause?"

Ich stutze.

Wusste ich es doch! Ich habe es die ganze Zeit gewusst! Seit ich hier bin, saß es auf mir: kauernd, lauernd. Doch obwohl ich es spürte, konnte ich es nicht identifizieren. Aber, es war da - das Gefühl, dass hier etwas nicht zusammenpasst.

Und plötzlich weiß ich, was mich die ganze Zeit gestört hat.

„Ihr lasst euch mit dem Vornamen ansprechen?", frage ich. „Eure Kinder nennen euch beim Vornamen?"

Sandra zuckt nur mit den Schultern. Ihr durchdringender Blick irritiert mich, wirkt unheimlich auf mich, irgendwie fanatisch.

„Aber warum nicht Mama und Papa?", bohre ich weiter.

Jetzt lacht sie. „Ja, warum eigentlich Mama und Papa?"
„Weil ihr die Eltern dieser Kinder seid!"
„Was hat denn das Eine mit dem Anderen zu tun?" Sandra schüttelt verständnislos den Kopf. „Ich glaube fast, du verwechselst das Wort Eltern mit dem Wort Vorgesetzte. Vorgesetzte beim Militär brauchen Dienstgrade - wir nicht! Wir erziehen unsere Kinder antiautoritär. Hast du das schon vergessen?"

Ich fühle mich unbehaglich und die Situation wird langsam unerträglich für mich. Diese Welt ist nicht meine Welt. Das Leben dieser Leute hier existiert fernab meiner Vorstellungskraft. Ich ertrage diesen Ort nicht länger - ich will heim!

Als Markus kurze Zeit später nach Hause kommt, entspannt sich die Stimmung etwas. Während die Kinder aufgeregt umherlaufen, an ihm herumzerren und ihn mit Fragen löchern, erwartet ihn Sandra mit geröteten Wangen.

Alle freuen sich über sein Heimkommen.

Ich selbst nutze die Gunst des Augenblicks, um mich im Schutze eines fadenscheinigen Vorwandes zu verabschieden.

„Warum willst du denn schon gehen?", fragt Sandra enttäuscht. „Wir wollten doch noch ... Wenn du willst, erkläre ich dir ..."

Energisch schüttele ich den Kopf. Da ich ihre Ambitionen nicht teilen kann, interessieren mich auch ihre Argumente nicht. Ich habe für meine Begriffe schon genug gesehen und gehört. Ich will nur fort von hier, einfach nur weg. Selbst wenn sie vor mir auf die Knie fallen würde - hier hält mich nichts mehr!

Ich spaziere durch meine kleine Wohnung und fühle mich leer, irgendwie wie ausrangiert. Die Stunden bei Sandra haben mir schwerer zugesetzt, als ich zugeben möchte.

Da versucht man das trostlose Gewand der Gegenwart mit einem Fetzen heile Welt aus der Vergangenheit aufzupeppen und was passiert? Bei der kleinsten Berührung zerfällt dieser Fetzen zu feinem Staub, der vom Wind ins Nirgendwo geblasen wird.

Bekümmert setze ich mich ins Wohnzimmer und starre in die Luft. Draußen wird es langsam dunkel.

Ich bin nur froh, dass Wilfried nicht zu Hause ist. Seine Nähe könnte ich jetzt nicht ertragen. Er, der überall dort, wo er sich aufhält, Unfrieden stiftet und mit seiner permanent schlechten Laune die Atmosphäre vergiftet - möge er doch nie wieder auftauchen!

Inzwischen ist es stockfinster.

Dunkle Ruhe umhüllt mich tröstend und macht meinen Kopf frei. Ich habe keine Ahnung, wie lange ich so dagesessen habe, als ich auf einmal Schritte poltern höre. Da, ein Straucheln!

Wilfried ...?

Krachend springt die Tür auf.

Die Silhouette, die sich vom hell erleuchteten Hintergrund abhebt, gehört ohne Zweifel meinem Mann. Unbeholfen versucht er, den Lichtschalter zu ertasten. „Kannst du kein Licht machen, verdammt?", stößt er ungeduldig hervor. „Warum sitzt du denn im Dunkeln?"

Ich fühle ein wütendes Kribbeln in mir aufsteigen, doch bevor ich etwas erwidern kann, explodiert die Welt in gleißendem Licht. Meine Augen schmerzen. Alles um mich herum kommt mir unwirklich vor.

Auch Wilfried, der schwankend in der Tür steht, sagt kein Wort. Er steht nur da und grinst, obwohl es ihm scheinbar große Mühe bereitet, die Augen offen zu halten. Immer wenn ihm die Lider herunterfallen, reißt er sie wieder hoch. Die eckige Stirn liegt in tiefen Falten.

Plötzlich hört Wilfried auf zu grinsen. Er schließt die Augen und presst die Lippen zu einem scharfen Strich zusammen.

Unwillkürlich ducke ich mich, denn seine unberechenbare Wut bricht stets aus heiterem Himmel hervor.

Ich bewege mich nicht, wage kaum, zu atmen und beobachte ihn genau.

Jetzt hält Wilfried die Luft an, guckt kurz aus Augenschlitzen hervor, kneift sie wieder zusammen, hält erneut die Luft an und ... furzt.

Angewidert springe ich auf. Ich versuche an ihm vorbei aus dem Zimmer zu kommen, doch seine Hand packt mich und hält mich fest.

„Lass mich los, du Schwein!"

„Warum sollte ich?"

„Weil ich ins Bett möchte." Mit meinen Augen suche ich seinen Blick und hoffe, ihn im Sumpf von Alkohol und Nikotin vielleicht doch noch zu erreichen. „Ich bin müde!"

Aber seine Augen schauen nur auf meinen Mund.

Schlagartig wird Wilfried ernst, grinst noch einmal und kommt mir plötzlich ganz nahe. Unaufhaltsam schiebt sich sein Gesicht vorwärts, sein stinkender Atem nimmt mir die Luft und ich spüre, wie sich mein Magen zusammenzieht.

Schreiend kralle ich ihm meine Fingernägel in den Hals. Augenblicklich gibt er mich frei.

Wilfried ist sofort nüchtern. „Sag mal, spinnst du?", jault er erschrocken auf. „Warum musst du denn gleich böse werden? Ich wollte dich doch bloß küssen!"

Ich schüttele mich.

„Etwas Ekligeres kann ich mir aber nicht vorstellen."

Wilfried schnauft und reibt sich die zerkratzte Stelle an seinem Hals. „So ist das also", flüstert er. „Du ekelst dich vor mir! Dann wollen wir doch mal sehen, ob ich als dein Ehemann nicht trotzdem mit dir machen kann, was ich will."

„Träum weiter", entgegne ich, aber die Worte gefrieren mir auf der Zunge. Entsetzt starre ich das Monster an. Den Ausdruck im Blick dieses Mannes, der nun hoch aufgerichtet auf mich zukommt, kenne ich nur zu gut. Mit einer einzigen Handbewegung schubst er mich ins Wohnzimmer zurück. Ich spüre Unheil auf mich zukommen, eine Ahnung, die sich jedoch zusehends verstärkt.

„Ich mache was ich will, verstehst du?", grinst Wilfried mit offenem Mund. In den Höhlen seiner Augen sehe ich die Bestie, die nur darauf wartet, herausgelassen zu werden.

Seine Hände, seine dreckigen Pfoten greifen nach mir und berühren meine Brüste. Schützend kreuze ich die Arme über ihnen. Schließlich sind es meine Brüste; sie gehören mir! Greift er nach ihnen, dann greift er nach meinem Leben, und das werde ich ihm niemals überlassen!

Aber Wilfried rückt unaufhaltsam näher.

Jetzt gerate ich in Panik, schreie, kratze, trete ihn. Rückwärtsgehend versuche ich dem gnadenlos Unausweichlichen doch noch auszuweichen, aber schon nach ein paar Schritten habe ich das kleine Zimmer durchquert.

Weinend bettele ich nun, Wilfried möge mich doch gehen lassen ...

Stattdessen öffnet er seine Hose und stöhnt: „Oh, Baby! Es ist eine ganz neue Erfahrung für mich, dich winseln zu sehen. Das gefällt mir. Es macht mich geil." Er holt seinen steifen Penis hervor und reibt ihn kräftig. „Komm, du kleine, geile Fotze! Dreh dich um, damit ich dich ficken kann, wie eine läufige Hündin!"

Ich will schreien, bringe aber nur ein klägliches Wimmern hervor. Ich bin völlig am Ende. Heftig atmend stehe ich vor ihm, ein gehetztes Tier, dessen Blick sich in der unendlichen Tiefe einer Gewehrmündung verliert.

Wilfried lacht. Keuchend und mit glänzenden Augen nimmt er sein großes Ding in die Hand und kommt immer näher. Wie ein Blitz durchfährt mich der Gedanke, ihm in die Weichteile zu treten. Und noch ehe ich den Gedanken zu Ende gedacht habe, schnellt mein Bein vor ... Und trifft hart den Couchtisch, der unmittelbar neben mir steht.

Lodernde Hitze explodiert in meinem Fuß. Tränen steigen in die Augen - ich weiß nur nicht, ob vor Wut oder Schmerz.

Wilfried lässt mir auch keine Zeit, darüber nachzudenken. Mit nur zwei Schritten ist er bei mir, packt mich an den Haaren und dreht meinen Kopf so weit nach hinten, dass mein Körper sich mit ihm drehen muss. Im nächsten Moment lande ich schon hart auf meinen Knien. Meine Hose wird heruntergerissen ...

Wieder will ich schreien, um Hilfe rufen, aber Wilfried drückt mein Gesicht auf die Sitzfläche des Sofas vor mir.

Nach Minuten, die sich wie eine Ewigkeit dahin ziehen, ist der Alptraum endlich vorbei und Wilfried lässt von mir ab. Aber ich bin nicht mehr ich. Die Frau von vorhin ist tot.

Ich fühle mich gedemütigt, beschmutzt und besudelt. Aber in mir sind auch Entsetzen und Unglaube. Warum ist das geschehen? Bin ich denn nicht zu allererst ein Mensch? Und dann seine Frau?

Auf allen Vieren krieche ich in die Küche, denn mein Körper verlangt nach Wasser. Wasser, um mich zu waschen, und Wasser zum Herunter spülen des schalen Geschmacks im Mund.

Wasser ...!

Mühsam ziehe ich mich am Spülbecken hoch und öffne den Hahn. Das Wasser ist kalt. Es rinnt über meine Hände und holt mich in die Gegenwart zurück. Ich kann endlich weinen.

Mit einem nassen Tuch rubbele ich mir das Gesicht, um wieder zu mir zu kommen. Alles ist so furchtbar! Gibt es ein Leben nach so einem Tod?

Heiße Tränen laufen über eiskalte Wangen. Schlürfende Schritte hinter mir - ich fahre herum.

„Es tut mir leid", sagt Wilfried. „Ich weiß auch nicht, was plötzlich in mich gefahren ist. Es hat mich einfach überfallen."

„Sei still", zische ich und möchte in dieses Gesicht schlagen, es zertreten, zerstören.

„Ist es denn so schlimm, wenn ein Ehemann mit seiner Frau Geschlechtsverkehr haben will?", fragt Wilfried. „Sogar in der Bibel steht ..."

„Halte endlich deinen Mund!"

„Aber ..."

„Ich bin fertig mit dir, geht das nicht in dein Schrumpfhirn?" In mir brodelt ein Brei aus Hass, Wut, Angst und Ohnmacht. Ich kann sein Gelaber nicht mehr ertragen, nicht seine Gegenwart. Und als würde ich neben der Frau stehen, die ich selbst bin, beobachte ich, wie sie ein Messer aus dem Spülbecken ergreift und ihm entgegenstreckt.

Gebannt starre ich auf das Messer, an dessen Schneide Brotkrumen kleben, und ich stelle mir vor, wie sie zusammen mit dem Stahl in den Körper dieses Mannes eindringen ...

Wilfried springt entsetzt zurück. „Bist du bescheuert?" Er tippt sich mit dem Zeigefinger gegen die Stirn. „Du solltest mal zu einem Arzt gehen! Du tickst ja nicht mehr richtig!"

Das ist witzig, aber ich kann trotzdem nicht lachen. Emotionslos lege ich das Messer aus der Hand und wasche mich weiter, als wäre nichts geschehen.

Ich verwende das Wasser großzügig, dass es spritzt. Jeder Tropfen des eiskalten Nasses nimmt eine Spur seiner Berührung von mir fort, löscht die Erinnerung an den Ekel, den ich empfunden habe.

„Frieden?", fragt Wilfried, und das Wort kommt ihm fast zärtlich über die Lippen. Dennoch klingt es wie Hohn in meinen Ohren und ich kann noch immer nichts denken, sondern ihn nur fassungslos anstarren.

Und wie ich ihn mit weit aufgerissenen Augen anstarre, breitet er seine Arme aus und kommt mir entgegen. Im Zeitlupentempo sehe ich seinen Augenaufschlag und das Öffnen seines Mundes. Ebenso langsam schließen sich seine Arme um mich. Ich will ihm ausweichen, mich bewegen, aber mein Körper ist wie ausgebrannt. Erst im letzten Moment gelingt es mir, unter ihm hinweg zu tauchen.

Wilfried lehnt sich gegen die Wand. „Komm schon, gib deinem Herzen einen Stoß", sagt er enttäuscht. „Lass uns noch einmal von vorn beginnen."

Ich überhöre seine Worte, trotzdem redet er weiter.

„Ich habe heute in der Kneipe einen netten Kerl kennengelernt. Wir haben uns den ganzen Abend miteinander unterhalten." Er lacht kurz auf und schüttelt dann versonnen seinen Kopf. „Markus ist wirklich ein toller Typ! Ich glaube, das könnte eine richtige Männerfreundschaft werden."

Was interessiert es mich?

Ohne ihn zu beachten, gehe ich an ihm vorbei, hinaus in den Flur und dann ins Schlafzimmer. Eine unsichtbare Macht zieht mich zu meinem Baby. Dieses kleine Wunder, vollkommenes Glück aus dem Samen dieses unvollkommenen Schweins, schläft mit einem zufriedenen Lächeln auf den kleinen Lippen.

Eine Weile stehe ich regungslos vor seinem Bettchen und erwäge den sofortigen Umzug ins Kinderzimmer. Ich bin fest entschlossen, nie wieder an der Seite meines Mannes zu schlafen und mein Baby gehört zu mir.

Da ich aber befürchten muss, nicht nur den kleinen Engel, sondern auch Marie aus dem Schlaf zu reißen, verschiebe ich das Vorhaben auf den nächsten Morgen.

Morgen, gleich morgen ...

Plötzlich steht Wilfried hinter mir. Mein Körper spannt sich.

„Ich werde ab heute ein neuer Mensch sein, das verspreche ich dir", sagt er einschmeichelnd. „Kuscheln wir heute noch, bevor wir schlafen?"

Eisig sehe ich ihn an. Und als ich das Schlafzimmer verlasse, spüre ich seinen verstörten Blick im Rücken.

5. Tür

Die Tage vergehen. Sie reihen sich aneinander, wie die Latten eines Zaunes, unterschiedlich nur in der Dichte der intensiv gelebten Minuten. Wobei die Tage mit der größten Dichte das Privileg genießen, Erinnerungen für die Zukunft zu werden. Ohne unsere Einwilligung, versteht sich.

Deshalb verwundert es auch nicht, dass wir nicht nur die guten Erinnerungen in unserem Gedächtnis festhalten, sondern auch die uns zerstörenden Augenblicke, wenn sie nur zerstörerisch genug über uns herfallen ... Die schmerzlichen Begebenheiten, wenn sie uns nur tief genug verletzen - mein Kopf ist voll davon.

Dennoch stehe ich jeden Morgen wieder auf, um dem Alltag mutig die Stirn zu bieten.

Der Alltag - das ist mein tägliches Bestreben, meinen Kindern eine heile Welt vorzuspielen. Eine Welt, die so schon längst nicht mehr existiert, deren tägliche Neuinszenierung aber diesem tristen Leben einen Sinn gibt - oder wenigstens zu geben scheint; deren tägliche Neuinszenierung jedoch immer mehr Improvisationstalent erfordert, immer mehr Kraft.

Mein Alltag ist nicht nur der Mangel an Geld und menschlicher Wärme ... Ist nicht nur unser schäbiges kleines Zuhause, in dem die Mäuse so unverfroren unter den Dielen nagen, dass ich nachts vor lauter Anspannung keinen Schlaf finden kann ...

Nein ...!

Mein Alltag, das ist auch das Leben mit Wilfried und die damit verbundenen täglichen Reibereien; obwohl ich zugeben muss, dass es eine leichte Entspannung gegeben hat, seit er sich regelmäßig mit Markus trifft.

Die beiden Männer verbringen viel Zeit miteinander. Beinahe jeden Abend sind sie zusammen.

Wie sie ihre gemeinsame Zeit ausfüllen, weiß ich nicht. Ich weiß nur, dass sie seither keinen Fuß in die Nähe einer Kneipe gesetzt haben. Weshalb Wilfried auch keine Gelegenheit mehr hat, unser Geld zu vertrinken.

Allein diese Tatsache verringert den Druck auf meiner Brust erheblich. Ich kann wieder freier atmen, unbeschwerter leben und bin Markus in gewissem Sinne sehr dankbar dafür.

Markus steht schweigend im Rahmen der Küchentür und wartet auf Wilfried, der nur schnell Zigaretten holen wollte. Ein unauffälliger Blick auf die Uhr sagt mir jedoch, dass seitdem schon mehr als dreißig Minuten vergangen sind.

Wo er nur wieder bleibt, verdammt noch mal! Kann er sich nicht vorstellen, dass es mir unangenehm ist, für eine unbestimmte Zeit mit diesem fremden Menschen auf engstem Raum zusammen zu sein? Dieser Mensch, der mir schon deshalb suspekt ist, weil er sich mit einem Typen wie Wilfried angefreundet hat. Schließlich heißt es doch nicht umsonst: Gleich zu gleich gesellt sich gern. Oder: Sage mir, wer deine Freunde sind und ich sage dir, wer du bist.

Eine geschlagene halbe Stunde bemühe ich mich nun schon, die Anwesenheit von Markus zu ignorieren. Ihm den Rücken zugewandt, stehe ich am Campingkocher und bereite das Abendessen zu: Nudeln mit Pilzen. Wenn Wilfried nicht bald nach Hause kommt, gibt es Nudelbrei ...

Ich spüre Markus' Blick im Nacken und in Gedanken sehe ich, wie er sich die Lippen mit Speichel benetzt, während seine Augen jeden Millimeter meiner rückwärtigen Seite begutachten. Am liebsten würde ich herumfahren, um ihm gehörig die Meinung zu sage.

„Du kannst mich nicht leiden", sagt Markus plötzlich und seine tiefe Stimme berührt mich auf seltsame Weise. „Aber warum kannst du mich nicht leiden? Was habe ich falsch gemacht?"

Wie unter Zwang drehe ich mich um und schaue in ein offenes, lächelndes Gesicht.

„Gebe ich mir denn nicht die allergrößte Mühe mit dir?", fragt er weiter. „Befreie ich dich nicht, so oft es geht, von einem Mann, der nicht gut für dich ist? Von deinem Mann?"

Die Offenheit dieses Fremden überrascht mich so sehr, dass ich vor Schreck keinen einzigen Ton hervorbringen kann. Ich schlucke hart und spüre im nächsten Moment eine feurige Hitze in mein Gesicht steigen. Ich will mich abwenden, doch Markus lässt mir keine Zeit dazu.

„Gib doch wenigstens zu, dass du mir im Grunde deines Herzens dankbar dafür bist", fordert er leise. „Bitte, bitte! Ich sage es auch nicht weiter!"

Der kindlich bettelnde Unterton in seiner Stimme zwingt mir ein Lächeln auf die Lippen. „Ich bin dir dankbar", antworte ich amüsiert. „Und bei Gelegenheit werde ich mich auch gern erkenntlich zeigen."

Markus nickt zufrieden. „Dann will ich dich doch umgehend beim Wort nehmen und ..." Er stockt.

„Und?"

„Dich heute Abend ausführen."

„Was?" Entgeistert schüttele ich den Kopf. „Ich habe zwei kleine Kinder, die ich unmöglich allein lassen kann. Wie stellst du dir das vor?"

Markus lächelt noch immer, jetzt aber mit einem Feuer in den Augen, dass ich völlig die Fassung verliere.

Abrupt wende ich mich wieder meinen Töpfen zu und warte einfach ab.

„Ich stelle mir vor, dass du die Kinder mitnimmst."

„Wohin?", frage ich.

„Zu mir nach Hause - wir haben viel Platz, ihr könnt bei uns schlafen!"

„Aha ..."

„Was heißt denn hier: Aha?", fragt Markus. „Hältst du mich für einen Sittenstrolch?"

Ich erwidere nichts.

„Okay, vielleicht bin ich ein Sittenstrolch. Aber heute hast du nichts zu befürchten, weil meine Frau auch zu Hause ist."

Er sagt es in einem Ton, dass ich unwillkürlich lächeln muss. Langsam drehe ich mich wieder zu ihm herum, erstarre jedoch, als ich Wilfried dicht hinter ihm erblicke.

Wie hat er es bloß geschafft, sich so lautlos an uns heranzupirschen?

Heftig atmend und mit eiskalten Augen schaut er mich an. „Na, sieh mal einer an", schnauft er. „Meine Frau und mein bester Freund flirten miteinander. Kann man euch nicht ein paar Minuten allein lassen?"

„Ein paar Minuten?", höhne ich. „Ein paar Minuten …!"

Gerade möchte ich zur Höchstform auflaufen, als mir dieser gewisse Unterton in seiner Stimme auffällt. Kann es sein, dass Wilfried eifersüchtig ist? Schnell wende ich mich wieder meinen Töpfen zu, um das Gefühl von Genugtuung zu verbergen, das mich wie ein Blitz getroffen hat. *Eifersucht ist eine Leidenschaft, die mit Eifer sucht, was Leiden schafft.* Wie gern würde ich dem Affen Zucker geben!

Um jedoch glaubhaft zu bleiben, brauche ich einen kühlen Kopf, von dem ich im Moment - da mache ich mir nichts vor - meilenweit entfernt bin.

Mein Puls schlägt zu heftig und die Enden meiner Lippen ziehen sich immer wieder grinsend in die Breite.

Als ich mich dann endlich unter Kontrolle habe, drehe ich mich zu Markus um und schenke ihm mein schönstes Lächeln.

„Danke für deine Einladung", säusele ich. „Ich komme gern ein andermal darauf zurück. Und das mit der Übernachtung überlege ich mir dann auch. Wann, sagtest du, ist deine Frau nicht zu Hause?"

Markus runzelt die Stirn, sagt aber nichts.

Aus den Augenwinkeln heraus beobachte ich Wilfried, der sich, nachdem er kurz zusammengezuckt war, steil aufrichtet.

„Wie?", fragt er. „Was?"

Als ich nichts erwidere, räuspert sich Markus. Aber auch er sagt nichts. Dabei würde doch nur ein einziges Wort genügen, um das Misstrauen in Wilfried zu zerstören.

Provozierend schaue ich Markus in die Augen. Aber anstatt Vorwurf und Missbilligung in ihnen zu sehen, begegne ich einem Blick voller Wärme, dessen Ursprung in einer Vertrautheit wurzelt, wie sie zwischen uns noch gar nicht existieren kann.

Oder vielleicht doch?

Als diese Augen nun auch noch zu strahlen anfangen, ist mir, als ginge nach einer trostlos durchwachten Nacht endlich die Sonne auf. Von irrsinniger Freude erfüllt, erwidere ich das Lächeln mit klopfendem Herzen.

„Jetzt reicht es aber", zischt Wilfried und schlägt Markus mit der flachen Hand gegen die Schulter. „Komm jetzt, Kumpel! Lass uns endlich von hier verschwinden!"

„Und das Abendessen?", frage ich und zeige auf die Töpfe, in denen noch immer Nudeln und Pilze kochen. „Markus kann mitessen, es ist genug da!"

„Auf das Essen scheiße ich", erwidert Wilfried.

Markus schüttelt den Kopf. „Ich würde aber sehr gern ..."

„Nein", brummt Wilfried und schiebt Markus aus der Tür.

Dann fällt die Tür krachend ins Schloss.

Zwei Stunden später stehe ich im Kinderzimmer und beobachte den Schlaf meiner Lieblinge.

Die gleichmäßigen Atemzüge von Marie vermischen sich mit den kurzen, stoßartigen Zügen ihres kleinen Bruders.

Die Gesichter der Kinder glänzen cremig und der Duft von Florena dominiert den Raum. Ein wunderbarer Geruch, der mich an meine eigene frühe Kindheit erinnert. Eine Zeit, in der ich mich noch geborgen fühlen durfte, als die Welt noch in Ordnung war.

Plötzlich kommt Leben in den Körper von Marie. Sie strampelt und wälzt sich von einer Seite auf die andere. Findet erst Ruhe, als das Deckbett zusammengeknüllt am Fußende liegt und beide Beine aus dem Bett hängen.

Behutsam ändere ich ihre Lage und richte auch das Deckbett neu. Aber kaum habe ich ihr den Rücken gedreht, da strampelt sie die Decke auch schon wieder nach unten und hängt eines ihrer Beine über den Bettenrand. Gerührt lächele ich - ist es doch jeden Abend das gleiche Spiel! Obwohl ich weiß, dass ich mir die Mühe sparen könnte, trete ich wieder ordnend an das Bett heran. Schließlich kann ich das Kind nicht aufgedeckt liegen lassen. Was, wenn es im Morgengrauen zu frieren beginnt und seine Decke nicht gleich findet? Nein, das bringe ich nicht übers Herz.

Ich hebe also das Bein ins Bett zurück und streichele das hervorguckende dicke Bäuchlein, bevor ich alles bedecke.

Marie hat heute unglaublich viel von dem Abendessen verschlungen: Nudelbrei mit Zucker und Zimt. Dass ihr nicht schlecht geworden ist, kommt einem kleinen Wunder gleich.

In meiner Wut auf Wilfried hatte ich ihr gesagt, dass wir alles, alles aufessen müssten ... Mich selbst erinnert ein drückender, kneifender Schmerz an diese Völlerei. Drei Portionen Pilze liegen schwer in meinem Magen.

Als Marie endlich Ruhe gefunden hat, schleiche ich aus dem Zimmer und strecke mich lang auf dem Sofa aus. Zwar geht es mir im Moment tatsächlich nicht so gut, aber allein die Gewissheit, dass Wilfried sich über die leeren Töpfe ärgern wird, macht meine Qual zu einem Genuss.

Plötzlich taucht Markus vor meinem geistigen Auge auf und eine Welle von Zuneigung durchflutet mich. Und das, obwohl sich noch vor einem halben Tag keine einzige Faser meines Körpers für ihn erwärmen konnte.

Warum?

Weil ich annahm, er wäre aus dem gleichen Holz geschnitzt wie Wilfried. Aber das ist er nicht - nicht Markus!

Markus ist anders, ganz anders ...

Ein Mann, der selbst dann gentlemanlike schweigt, wenn ihm unmoralische Absichten unterstellt werden, beweist, dass er innerlich gefestigt ist und Humor besitzt. Von einem Mann wie Markus kann eine Frau wie ich nur träumen.

Ich denke an die Situation zurück, als er kurz die Stirn gerunzelt und mich dann mit leuchtenden Augen angestrahlt hatte, und muss unwillkürlich lächeln.

Mein Bauch entkrampft sich und ein Gefühl von Behaglichkeit durchströmt meinen Körper ...

Plötzlich trampeln schwere Schritte über die Holzdielen des langen Flures: Wilfried! Die Küchentür fliegt auf, ihre Klinke knallt gegen die Kinderzimmertüre.

Mit einem Satz fahre ich hoch und die Bauchschmerzen sind wieder da. „Muss das sein?", fauche ich. „Die Kinder schlafen - willst du sie aufwecken?" Ich bemühe mich, nicht laut zu werden, aber ich zische die Worte mit einer Gewalt, dass es nur so spritzt.

Wilfried schnieft. Ohne etwas zu erwidern, dreht er mir den Rücken zu und schaut sich bedächtig in der Küche um.

Interessiert verfolge ich, wie er mit seinem Blick über Kochplatten, Arbeitsfläche und den Tisch streift. Meine Verärgerung weicht der Schadenfreude: *Lach, lach, lach - was suchst du denn?*

Wilfried geht zum Kühlschrank, öffnet ihn, schaut hinein und knallt ihn zu.

Ich möchte laut auflachen, aber ich beherrsche mich noch.

Als sich Wilfried jetzt jedoch fragend an mich wendet, verzieht sich mein Mund wie von selbst zu einem breiten Grinsen, meine Nase kribbelt und meine Augen werden feucht.

„Wo ist mein Essen?"

„Dein Essen?", wiederhole ich jodelnd und wende mich ab. „Was für Essen? Ich habe keine Ahnung, was du meinst."

Hinter mir knallt eine Tür und eine Walze aus Tumult und Flüchen rollt über den langen Gang, um dann jäh zu verstummen.

Was folgt, ist Stille. Stille, deren Schrei das ganze Haus in Vibration versetzt.

Besorgt laufe ich ins Kinderzimmer. Beide Kinder schlafen. Der Lärm hat sie nicht aufgeweckt, Gott sei Dank!

Ich lege den Kopf in den Nacken und schließe die Augen. Unsichtbare Hände halten und streicheln mich und glätten so die Wellen meines tosenden Blutes. Sie erinnern mich daran, dass in diesem Raum Frieden herrschen soll. Denn nicht ich bin das Maß aller Dinge und nicht um meine Wünsche und Sehnsüchte dreht sich diese Welt. Es ist der Frieden im Kinderzimmer, dem ich zu allererst verpflichtet bin.

Die Kraft und Stärke, die meine Kinder selbst im Schlaf noch ausstrahlen, können nicht über ihre Verletzlichkeit und Abhängigkeit hinwegtäuschen. Instinktiv vertrauen sie darauf, dass ich sie beschütze. Ihr Wohl liegt in meiner Verantwortung. Aber manchmal fühle ich mich dieser Verantwortung kaum gewachsen.

Zurück im Wohnzimmer bin ich wie erschlagen. Ich fühle mich einsam und allein. Manchmal macht mir das Alleinsein nichts aus. Im Gegenteil. Wenn ein Mensch ab und zu allein ist, lernt er sich selbst besser kennen. Ist er jedoch zu oft allein, ertrinkt er in sich selbst. Fazit: Das Alleinsein ist ein guter Freund, der zum schlechten Umgang wird, wenn du dir deine Zeit zu oft mit ihm vertreibst.

Wo Michelle heute nur bleibt?

Vielleicht kann mir der Fernseher über die Einsamkeit hinweghelfen. Ich schalte ihn ein, das Bild öffnet sich mit einer leisen Explosion. *Bla, bla, bla* auf dem ersten Programm, *bla, bla, bla* auf dem zweiten Programm - auf beiden Programmen kulturpolitische Sendungen. Ich schalte ihn aus und lasse mich auf dem Sofa nieder.

Es ist still.

Angestrengt lausche ich in die Dunkelheit, die rasend schnell alle Gegenstände um mich herum verschlungen hat. Aber nichts bewegt sich, nichts rührt sich.

Ich umfasse die Knie mit beiden Händen und ziehe sie langsam zu meinem Körper. Die Knie stützen meinen Kopf, ich schließe die Augen.

Markus ... Ich sehe ihn so deutlich vor mir, dass ich ihn riechen kann. Mit einem einnehmenden Lächeln sitzt er neben mir. Aber es ist nur ein Traumbild, eine Wunschvorstellung.

Ich klettere auf einen Berg.

Dicht hinter mir höre ich Wilfried schnaufen und keuchen. Ich will ihm entkommen, aber je mehr ich mich beeile, desto schneller steigt auch er. Endlich oben angekommen, liegt alle Schönheit dieser Welt vor mir. Aber ich bin kein Teil von ihr, sondern stehe auf einer Insel, die nur Platz für meine Füße bietet. Von hier aus führt kein Weg weiter. Und der Weg zurück führt in die Arme von Wilfried ...

Im Wissen, dass alles nur ein Traum ist, lasse ich mich vom Gipfel dieses Berges in die Tiefe fallen. Ich schwebe, fliege ...

Und plötzlich steht Markus vor mir.

„Schade, dass du Wilfried einen Korb gegeben hast. Es hätte ein so schöner Abend werden können."

„Korb? Wilfried? Wovon sprichst du?"

„Davon, dass du unsere Einladung zur Geburtstagsfeier ausgeschlagen hast. Sandra hat zwar erst morgen Geburtstag, aber wir haben spontan entschieden, die Feier vorzuverlegen und in ihren Ehrentag hinein zu feiern."

„Aber, ich weiß nichts von einem Geburtstag", erwidere ich.

Markus wirkt ratlos. „Hat denn Wilfried nichts gesagt, als er zu Hause war? Er sollte dich doch holen kommen!"

„Keinen Ton."

„So ein falscher Fünfziger", sagt Markus. „Und jetzt sitzt er mit meiner Frau bei Kerzenschein an einem Glas Wein und lässt sich auch noch bedauern."

„Bedauern? Wieso?"

„Weil du ihn angeblich im Stich lässt, ihn nicht liebst, nicht verstehst."

„Dabei wollte er nur verhindern, dass wir zwei uns wieder sehen."

„Weil wir miteinander *geflirtet* haben"", lacht Markus.

„Und nun ist er wütend ..."

„Ich frage mich nur: warum? Flirten ist doch kein Verbrechen!" Er sieht mich mit strahlenden Augen an. Die Luft knistert. „Ist es nicht wunderschön, wenn zwei verwandte Seelen mit den Augen signalisieren, dass sie sich sympathisch sind? Macht es den Alltag nicht erträglicher und das Leben schöner?"

Ich erwidere nichts, weil ich das Gefühl habe, nichts erwidern zu müssen.

Markus lächelt noch immer. „Und manchmal entwickeln sich aus solchen Augenblicken wertvolle Freundschaften", sagt er. Er öffnet seine Hände und fragt: „Wollen wir Freunde werden?"

Ich reiche ihm zögernd meine Hände. „Sehr gern..." Und ehe ich richtig begreife, was passiert, liege ich in seinen Armen und spüre seine Wange an meinem Gesicht. Die Fremdheit dieses Gefühls nimmt mir kurzzeitig den Atem. Seine Haut fühlt sich weich und haarig an. Langsam dreht er seinen Kopf und sein Gesicht nähert sich dem meinen. Ich sehe seinen Mund ...

Ein Blitz durchzuckt die Luft - von meinen Lippen löst sich ein Schrei.

„Hast du etwa geschlafen?"

Enttäuscht öffne ich meine Augen, denn diese Stimme gehört nicht mehr Markus, sondern Wilfried, der ins Wohnzimmer getreten war und das Licht angeschaltet hatte. Der Traum endete so abrupt, dass ich eine ganze Weile brauche, ehe ich wieder richtig bei mir bin.

Schade eigentlich, dass alles nur geträumt war.

„Wo bist du gewesen?", frage ich gähnend, denn eigentlich interessiert es mich nicht.

„Ich war bei Sandra und Markus und habe mit den beiden Sandras Geburtstag gefeiert ..."

Mit offenem Mund starre ich Wilfried an.

Aber Wilfried versteht das anscheinend falsch.

„Wärst du nicht so fies gewesen", braust er auf, „dann hätte ich dich vielleicht mitgenommen. Sandra und Markus sind *meine* Freunde und die sehen es gar nicht gern, wenn du respektlos zu mir bist. Wenn du dich also in Zukunft besser benimmst und eine gute Frau bist, dann nehmen wir dich vielleicht in unseren Freundeskreis auf." Er grinst selbstgefällig, knipst das Licht aus und geht ins Bett.

Ich kann darüber nur den Kopf schütteln.

„Markus?", flüstere ich ins Dunkel. „Bist du noch hier?" Ich muss lachen. Natürlich ist er nicht hier. Ich bin ganz allein mit meinem Traum.

6. Tür

Ein schöner Sommer neigt sich langsam dem Ende. Während er die Tage auch jetzt noch in ein warmes Licht taucht und die Welt in sanften Pastelltönen malt, künden seine kühlen Abende bereits vom nahenden Herbst.

Der Sommer 1989 war ein Sommer mit Sandra und Markus. Picknicks am See, lange durchwachte Nächte am Lagerfeuer, faule Tage im Liegestuhl und Live-Band-Feten in ihrer Scheune ...

Das Leben war plötzlich wieder lebenswert, aufregend und schön.

Natürlich hatten all die schönen Erlebnisse mit Markus zu tun: Markus hat die tollsten Ideen, Markus spielt mit den Kindern, Markus besänftigt Wilfrieds aufbrausendes Wesen und zügelt dessen Herrschsucht ... Markus ist ein Engel!

Heute weiß ich, dass der Traum in jener Nacht kein Traum war, sondern ein Boot, das von geheimnisvollen Mächten geschickt worden war, um mich zu retten. Ein Boot, mit Markus als Steuermann.

Markus hatte mir in jener Nacht einen Rettungsring zugeworfen und ich hatte ihn ergriffen - so einfach war das gewesen. So einfach und trotzdem so schwer zu verstehen. Aber ich hinterfrage nichts. Es geht mir gut, was will ich mehr?

Sogar Wilfried ist ein anderer Mensch geworden. Er ist freundlicher und umgänglicher. Er ist aber auch eifersüchtiger.

„Erzähle mir doch nichts von Freundschaft", schimpft er. „Markus will dich doch nur ins Bett kriegen, deshalb ist er so nett."

Ich verdrehe genervt die Augen. „Dass ein Mensch einfach nur nett ist, weil er mit einem anderen Menschen befreundet sein möchte, kannst du dir wohl nicht vorstellen?"

„Nein", erwidert Wilfried. „Hier geht es nicht darum, ob ein Mensch mit einem anderen Menschen befreundet sein will, sondern um einen Mann, der einer Frau nachsteigt."

Ich zeige ihm den Vogel. „Du hast ja 'n Knall."

„Und du kriegst nichts mit", erwidert Wilfried vorwurfsvoll. „Es vergeht kein Tag, an dem Markus nicht hier vorbeischaut. Er bringt dir Obst für die Kinder, leiht dir bekloppte Bücher über die Liebe ... Und die ganze Mühe macht er sich nur, weil er mit dir befreundet sein will?"

Ich zucke die Schultern. „Ja."

„Eben nicht", erwidert Wilfried und schlägt sich mit der Hand gegen die Stirn. „Wie kann man denn so blöd sein? Muss er sein Ding erst bei dir reinstecken, dass du mir glaubst? Ich weiß doch genau ..."

Ich schalte auf Durchzug. Mich interessiert nicht, was er zu wissen glaubt. Es ist mir egal. *Er* ist mir egal.

Was mir jedoch nicht egal ist, ist der Umstand, dass er mit seinen Unterstellungen die freundschaftliche Beziehung zu Sandra und Markus belastet. Ich habe einfach Angst davor, dass er meine neu entdeckte Lebenslust töten wird, wie er es seit Jahren so meisterhaft versteht.

Wilfried ist ein Mensch, der sich mit Wollust entleert, bis er bis zum Hals in seinen eigenen Exkrementen steht. Aber anstatt herauszusteigen, zieht er jeden, der in seine Nähe kommt, in den Sumpf seiner kranken Vorstellungen mit hinein.

„Vielleicht kannst du mit Freundschaft nichts anfangen", beginne ich, aber Wilfried lässt mich nicht ausreden.

„Freundschaft zwischen Männern und Frauen gibt es nicht", entgegnet er. „Markus ist ein Mann wie ich und ihn beschäftigt nur eine Frage: Wie bringe ich die Alte dazu, sich von mir nageln zu lassen?"

Wütend sehe ich zu ihm auf. Warum beschmutzt er das Antlitz dieser Freundschaft? Mit welchem Recht nimmt er allem Schöngeist seinen Glanz?

„Was ist los?", fragt Wilfried. „Warum siehst du mich so an?"

„Weil du nicht im Ernst glauben kannst, dass es Gemeinsamkeiten zwischen Männern wie Markus und dir gibt", erwidere ich.

Wilfried winkt gelassen ab. „Ich lasse mich von dir nicht beleidigen."

„Wie auch?", frage ich. „Eine primitive Kreatur kann man doch gar nicht beleidigen."

„Vorsicht, mein Fräulein ..."

Ich stütze meine Hände in die Taille und beuge mich herausfordernd nach vorn. „Dann sag mir doch mal, wie du ein Wesen nennst, dessen Leben sich nur um Nahrungsaufnahme und Fortpflanzung dreht?", frage ich. „Ist dieses Wesen nicht auf einer ganz niedrigen Entwicklungsstufe stehen geblieben?"

Wilfried duckt sich, erwidert aber nichts.

„Markus ist aus einem ganz anderen Holz geschnitzt", füge ich noch hinzu. „Er lässt sich nicht von irgendwelchen angeborenen Instinkten geißeln ..."

Wilfried setzt wie eine Raubkatze zum Sprung an und hechtet mir mit geballten Fäusten entgegen. „Warum sagst du so was?", brüllt er. „Warum? Was habe ich dir denn getan?"

Ich weiche erschrocken zurück.

Wilfried sieht mich eine Weile von oben herab an. Ich schaue auf den Boden und erwarte jeden Moment, dass er mir ins Gesicht schlägt. Meine Hände, die ich hinter meinem Rücken zu Fäusten geballt habe, zittern vor Anspannung.

Plötzlich und für mich völlig unerwartet sinkt er jedoch vor mir auf die Knie und fängt an zu schluchzen.

„Ich bin mein Leben lang beschissen wurden. Meine Mutter hat mich im Stich gelassen, als ich fünf Monate alt war, und meinen Vater kenne ich nicht. Ich bin in einem Heim groß geworden, ohne Liebe und Zuwendung. Und nun, wo ich endlich die Liebe meines Lebens gefunden habe, kommt dieser Typ und nimmt sie mir weg."

Ich stehe ein wenig hilflos daneben und weiß nicht, wie ich mich verhalten soll. Jetzt hebt er den Blick und sieht mich Mitleid heischend an. Ich kann aber kein Mitleid empfinden. Die Geschichte seiner verkorksten Kindheit habe ich schon so oft gehört, dass sie mich nicht mehr berührt. Natürlich ist es schlimm, wenn ein Kind ganz ohne Nestwärme aufwachsen muss. Aber wenn Wilfried genau weiß, was er vermisst hat: Warum kann er unseren Kindern keine Nestwärme geben?

Nein - ich empfinde kein Mitleid für ihn. Die Situation ist einfach nur peinlich.

Ich will mich gerade von ihm abwenden, als er blitzartig aufspringt und mir mit spitzem Finger vor der Nase herumfuchtelt. „Aber damit ist jetzt Schluss! Ich lasse mich nicht länger zum Affen machen! Du bist *meine* Frau und wenn er unbedingt flirten will, dann soll er sich jemanden anders suchen!" Wilfried hat inzwischen die Haltung eines alten Weibes eingenommen. „Das habe ich ihm auch gesagt ..."

„Und was hat er erwidert?"

„Was er erwidert hat?", fragt Wilfried und kommt mir ganz nahe. Ich spüre seinen Atem auf meinem Gesicht und weiche erneut ein Stück zurück. „Dieser Sittenstrolch hat gesagt, dass ein einziger Trinkbecher den Durst vieler Menschen löschen kann. Na? Klingelt es?"

Ich weiß mit dieser Andeutung, ehrlich gesagt, nichts anzufangen und muss lachen. „Was ist denn an der Beschreibung über den Nutzwert eines Trinkbechers sittenwidrig?"

Wilfried stöhnt und antwortet: „Stelle dich doch nicht blöder, als du bist! Es geht hier nicht um einen Becher - es geht um dich! Mit seinem hirnverbrannten Bla-bla-bla meint er nichts anderes, als dass du nicht nur dazu da bist, *meine* sexuellen Gelüste zu befriedigen, sondern auch seine." Auf seinem rot angelaufenen Gesicht haben sich bereits neue Tränen verirrt, die er umständlich mit dem Hemdsärmel trocknet. „Klingelt's jetzt vielleicht?"

Meine Belustigung weicht kaltem Zorn. „Ich bin ganz und gar nicht dazu da, *deine* sexuellen Gelüste zu befriedigen", erwidere ich fest. „*Deine* sexuellen Gelüste befriedige ich überhaupt nicht mehr!"

„Aber seine, was? Nutte!" Und wieder drückt er ein paar Tränen hervor und lehnt sich, einen Schwächeanfall demonstrierend, an die Wand.

Ich presse die Lippen aufeinander und schüttele den Kopf. „Du bist so armselig, dass du mir nicht einmal mehr leidtust."

Um jeder weiteren Diskussion aus dem Weg zu gehen, laufe ich aus dem Zimmer. Während ich hinausgehe, greife ich hier und da nach einigen Sachen und stopfe sie in eine Tasche. Dann wecke ich die Kinder aus dem Mittagsschlaf.

Wilfried läuft mir hinterher. Er stellt sich mir in den Weg, er behindert mich. „Entschuldige bitte, Schatz", sagt er weinerlich. „So war das nicht gemeint. Ich weiß doch, dass du mir treu bist. Du hast es mir versprochen, als wir heirateten - weißt du noch?" Er versucht zu lächeln.

Ich dränge an ihm vorbei in die Küche zurück, er läuft mir nach. „Schuld ist dieser elende Kerl. Hätte ich ihn doch nie mit dir bekannt gemacht! Ich könnte mich noch heute dafür ohrfeigen."

„Aber das hast du gar nicht", erwidere ich und bleibe dicht vor ihm stehen. „Ich kannte Markus schon lange vor dir. Bist du jetzt überrascht?" Ich wende mich ab. Und ohne ihn weiter zu beachten, bereite ich das Fläschchen für Felix zu und schmiere Butter auf ein Milchbrötchen für Marie.

„Wir werden unsere Beziehung zu diesen Leuten einfach abbrechen", sagt Wilfried nach einer Weile. „Alles soll so schön werden, wie es einmal war. Wir beide allein mit uns ... Wäre das nicht wunderbar?"

Kopfschüttelnd gehe ich an ihm vorbei an den Tisch und ziehe die Kinder um.

Wilfried zieht seine Augenbrauen hoch. „Was hast du vor, wo gehst du hin?"

„Ich gehe zu Sandra und Markus, bin gegen Abend zurück."

Es ist der 11. September 1989.
Die Sonne sprüht vor jugendlichem Charme, als wäre das Jahr gerade erst drei Monate alt. Nur der würzige Atem des Tages, der Geruch von umgebrochener Erde, von Laub und Kräutern verrät, dass der Herbst seinen Fuß längst in der Türe hat.

Der Kinderwagen rollt an so einem Tag beinah wie von selbst über die Straßenpflaster. Mit beiden Händen umfasse ich seine Griffbügel, halte mich daran fest und setze mechanisch ein Bein vor das andere.

Durst nach Ruhe und Beschaulichkeit und Hunger nach menschlicher Nähe treiben mich voran und vorbei an der Dorfschule, der Kirche und dem Gasthof.

Als mein Ziel endlich am Horizont auftaucht, beschleunige ich meinen Schritt. Ich spüre ein Kribbeln im Bauch, eine leise Erregung. Endlich bin ich wieder hier!

Doch schon bald überkommt mich das seltsame Gefühl, dass hier irgendetwas nicht stimmt. Wo sind Sandra und die Kinder? Ich kann sie nirgends entdecken. Sie werden doch an einem Tag wie diesen nicht ihr furchtbares Haus hüten?

Und wo ist Markus? Sein Wartburg parkt in der Einfahrt - er *muss* doch zu Hause sein!

Ich ziehe eine Decke aus dem Gepäcknetz des Kinderwagens hervor und breite sie auf der Wiese im Garten vor dem Hof aus. Marie macht es sich mit ihrem Püppchen darauf bequem. Felix lege ich dazu. Sofort ist Marie über ihm und steckt ihm den Nuckel in den Mund.

„Erdrücke ihn nicht", mahne ich lächelnd.

„Nein, nein", sagt Marie und beginnt damit, ihrer Puppe den Strampler auszuziehen.

Zärtlich streichele ich ihr über das Haar. „Ich gehe mal schauen, ob ich Anne, Benny und Paul irgendwo sehe, ja?"

„Hm...", macht Marie ohne aufzusehen.

„Lauf nicht weg und achte auf deinen Bruder!"
„Ja, ja ..."

Ich betrete den Hof. An Holzböcke gelehnte Fensterflügel und ein geöffneter Farbtopf, auf dessen Deckel beschmierte Pinsel liegen, zeugen von abrupt unterbrochener Arbeit.

Ratlos sehe ich mich um.

Die Stille an diesem Ort wirkt ungewohnt, ja fast schon gespenstisch. Was ist bloß los? Was ist geschehen?

Langsam nähere ich mich der Haustür, sie ist nur angelehnt. Als ich sie mit der Hand aufstoßen will, wird sie plötzlich von innen aufgerissen und Markus steht lachend vor mir.

Ich blicke kurz zum Himmel und halte mir die Hand ans Herz.

„Willst du mich umbringen?"

Markus überhört meine Bemerkung. „Die Ungarn haben die Grenze zu Österreich geöffnet", jubelt er. „Hunderte DDR-Bürger verlassen das Land in den Westen. Ist das nicht toll?" Ohne eine Antwort abzuwarten, stürmt er auf mich zu, packt meine Schultern und schüttelt mich wild. Im nächsten Moment ist er wieder im Haus verschwunden.

Verwirrt reibe ich mir die Schläfe. Was hat er eben gesagt?

Ich habe den Sinn seiner Worte noch nicht begriffen, da kommt Sandra aus dem Haus gelaufen und fällt mir um den Hals.

„Ist das nicht herrlich? Ich könnte heulen, vor Glück!" Sie winkt Marie von weitem zu und fragt mich: „Wollen wir uns auch in die Sonne setzen?" Als ich zustimme, nimmt sie mich an die Hand und zieht mich hinaus in den Garten.

Auf der Decke neben Marie und Felix haben inzwischen auch Anne und Benny Platz genommen. Sie schauen zu, wie Marie ihre Puppe windelt. „Erst kommt die große Windel und dann die kleine ...", erklärt sie ihren Freunden. „So wird das gemacht, seht ihr?"

„Pfiffig, die Kleine", sagt Sandra.

Wir lassen uns ein wenig abseits von den Kindern auf der Wiese nieder. Ich kann noch immer nichts denken. Was die beiden mir eben mitzuteilen versucht haben, ist einfach zu unglaublich.

„Hättest du dir je träumen lassen, dass es einmal einen Weg hinaus geben könnte?", fragt Sandra.

Ich zucke die Schultern. „Ich habe mir nie Gedanken darüber gemacht."

„Nicht?" Sandra verändert ihre Position so, dass sie mir genau ins Gesicht sehen kann. „Hast du dich denn nie eingesperrt gefühlt? Ich jedenfalls finde es toll, dass die Ungarn dem Drängen ausreisewilliger DDR-Bürger nachgekommen sind und die Grenze nach Österreich geöffnet haben."

„Nein, ich habe mich nie eingesperrt gefühlt", erwidere ich ein wenig gereizt. „Was fällt den Ungarn überhaupt ein, sich in unsere inneren Angelegenheiten einzumischen? Die können doch nicht einfach so die Grenzen öffnen!"

Sandra sieht mich erstaunt an. „Nicht: einfach so", sagt sie. „Weißt du denn nicht, was seit mehr als vier Wochen in den Botschaften in Berlin, Prag, Warschau und Budapest los ist?"

Ich weiß es nicht und schüttele den Kopf.

„Allein in den letzten zehn Tagen verschafften sich Tausende DDR-Bürger Zutritt, um ihre Ausreise zu erzwingen. In Leipzig treffen sich die Menschen zu Friedensgebeten, Bürgerbewegungen werden ins Leben gerufen. Und davon willst du nichts mitbekommen haben?"

Ihre Worte sind wie Feinde in meinen Ohren. Sie attackieren mich und wollen mich in Bedrängnis bringen. Was ist das für Blödsinn, den sie da erzählt?

Die Menschen in der DDR sind glücklich! Sie sind froh, dass sie in diesem Teil Deutschlands leben dürfen! Sie würden nicht zu Tausenden abhauen und ihr Vaterland verraten, niemals! Das glaube ich nicht! Ich will davon nichts wissen!

„Es duftet hier so wundervoll", höre ich meine eigene Stimme sagen. „Weißt du eigentlich, dass ich die schönsten Tage meiner frühen Kindheit hier auf diesem Fleckchen Erde verbrachte?"

Aus den Augenwinkeln heraus sehe ich, dass Sandra mich mustert. Die Vertiefungen über ihren Augenbrauen signalisieren Skepsis.

Ich muss lachen, lache ihr offen ins Angesicht.

Auch Sandras Gesicht klärt sich und sie lächelt zurück, kleine Sommersprossen tanzen auf ihrer Nase.

„Hast du mir nicht erzählt, dass ihr erst in dieses Dorf gezogen seid, als du bereits zehn Jahre alt warst?", fragt sie.

„Ja", antworte ich. „Aber der alte Mann, der euch den Hof verkaufte, war mein Opa."

Sandra ist erstaunt. „Ehrlich? Warum hat er dann nie über euch gesprochen?"

Ich seufze. „Weil wir nichts mehr mit ihm zu tun haben wollten, nachdem er sich von meiner Oma scheiden gelassen hat."

„Das tut mir leid."

„Muss es nicht", erwidere ich. „Ich habe ihn nicht vermisst." Sehnsuchtsvoll schaue ich mich um. „Nur dieses Stückchen Land hier ... Damals war meine Welt noch in Ordnung, und wenn ich heute hier bin, dann spüre ich noch immer einen Hauch von heiler Welt."

„Du wirst hier immer willkommen sein", sagt Sandra mit bewegter Stimme. „Unsere Türen sind bei Tag und Nacht für dich geöffnet. Wann immer du das Bedürfnis hast, hier zu sein, komm einfach vorbei!"

Die nächsten Tage verbringe ich wie in Trance. Es war natürlich unmöglich gewesen, sich den Tatsachen auf Dauer zu verschließen. Die Botschaften in Berlin, Prag, Warschau und Budapest sind überfüllt.

Tausende DDR-Bürger kehren ihrem Vaterland den Rücken.

Und ich?

Ich verstehe die Welt nicht mehr.

Die Menschen um mich herum sind wie ausgewechselt. Berauscht von den Ereignissen der letzten Tage, laufen sie mit einem Dauergrinsen durch die Gegend.

Ein ganzes Dorf spielt verrückt. Selbst die Müßiggänger legen ein Tempo an den Tag, dass einem schwindelig werden könnte.

Ich rechne jede Minute, jede Sekunde damit, dass ein mörderischer Knall diese durchgedrehte Welt aus den Angeln hebt.

Und ... ich habe Angst! Ich sehe meine Kinder an und kann nichts anderes, als Angst haben.

Angst: ein überlebensnotwendiger Schutzmechanismus, der es uns ermöglichen soll, eine gefährliche Situation richtig zu bewerten.

Aber was ist, wenn Angst zum Dauerzustand wird? Was, wenn sie uns lähmt, anstatt uns zu beflügeln? Wenn sie uns zerstört, anstatt uns zu beschützen?

Was wird aus meinen Kindern, wenn ich sie nicht mehr beschützen kann?

Wilfried teilt meine Gefühle nicht. Er berauscht sich an den Meldungen über das Immermehr an Republikflüchtigen.

Mit leuchtenden Augen und feuerroten Ohren erzählt er mir soeben von der überstürzten Flucht guter Bekannter. „Die haben sich nicht einmal die Mühe gemacht und einen Koffer gepackt", sagt er. „Die sind einfach ins Auto und fort."

„Sind denn alle verrückt geworden?", entgegne ich fassungslos. „Was erhoffen die sich von einem Leben in der Bundesrepublik? Wollen sie Arbeitslosigkeit, Kinderarmut, Obdachlosigkeit, Drogen und Aids am eigenen Leib erleben?"

Wilfried winkt ärgerlich ab. „*Karl Eduard von Schnitzler* und sein *Schwarzer Kanal* lassen grüßen", sagt er. „Was weißt du denn schon?"

„Mehr als du jedenfalls ..."

„Aus der zensierten Zeitung vielleicht?", höhnt Wilfried. „Oder aus dem zensierten Fernsehen?" Er lacht und tippt sich gegen die

Stirn. „In Wahrheit hast du doch überhaupt keine Ahnung, mein Fräulein."

„Aber du, was?"

„Ich weiß zu Beispiel, dass sich dort jeder ein Auto kaufen kann, während wir hier nie zu einem Auto kommen werden."

„Da hast du allerdings recht", erwidere ich. „Wir kommen nie zu einem Auto ..."

„Meine Rede."

„... weil du nicht arbeiten gehst!"

„Siehst du? Und genau das ist der Unterschied. Ich bin sozusagen arbeitslos und habe nichts, während ein Arbeitsloser im Westen sich sehr wohl ein Auto kaufen kann."

„Der Unterschied ist ein anderer", entgegne ich voller Verachtung. „Die Arbeitslosen im Westen wollen arbeiten und dürfen nicht, du darfst arbeiten und willst nicht ..."

„Scheiße! Die Arbeitslosen im Westen sind auch nur zu faul zum Arbeiten."

„Auch nur?", wiederhole ich. „Dann gibst du also zu, dass du zu faul zum Arbeiten bist?"

„*War*", erwidert Wilfried und lächelt geheimnisvoll.

„Wieso war?"

„Weil ich der neue Hausmeister des hiesigen Kindergartens bin."

„Du? Nein ..."

"Doch! Und am Montag fange ich an."

Meine Brust weitet sich, während ich tief einatme. Der Sauerstoff füllt meine Lungen und weht als frische Brise durch meinen ganzen Körper; er bläst den Muff der letzten Monate aus ihm hinaus. „Ist das auch wirklich wahr?", frage ich verhalten erfreut.

Wilfried nickt stolz und erzählt mir ausführlich, wie er über Markus zu dem Job gekommen ist. Er erzählt vom Vorstellungsgespräch beim Bürgermeister und von seiner Idee, mich damit zu überraschen.

Nun müsste ich ihm eigentlich um den Hals fallen. Ich sehe, dass er darauf wartet. Ein drückendes Bauchgefühl hält mich jedoch zurück. In unserer Beziehung ist einfach kein Platz mehr für diese Art Vertrautheit. Wilfried ist längst ein Fremder geworden.

„Das ist wunderbar", sage ich deshalb nur und drücke seine Hand.

„Ist das alles, was du dazu hervorbringen kannst?", fragt er enttäuscht und lässt meine Hand fallen. „Ich reiße mir den Arsch auf und du sagst nur: Das ist ja wunderbar? Was soll ich denn sonst noch tun, damit du mich wieder liebst?"

„Es tut mir leid", erwidere ich zaghaft.

Wilfried tritt ein paar Schritte zurück und mustert mich. „Ach, es tut dir also leid", sagt er und kaltes Misstrauen funkelt in seinen Augen. „Es ist wegen Markus, stimmt's? Gib doch zu, dass du ihm schon total verfallen bist."

„Nein ...! Das hier hat einzig und allein mit uns zu tun."

Wilfried grinst, er hört überhaupt nicht zu. „Ist seiner etwa größer als meiner? Bumst er besser?" In seiner Stimme liegt ein hoher, falscher Ton, beinahe irrsinnig.

„Du bist krank."

Ich wende mich zum Gehen, aber er hält mich fest.

„Sag schon! Hat er einen besseren Hüftschwung als ich?"

Ich sehe ihm fest in die Augen, meine Lippen beben.

„Bitte ...!"

Sofort lockerte er den Griff und ich mache frei.

„Das war nicht so gemeint", sagt er. „Ich weiß nicht, was mit mir los ist."

„Schon wieder einmal?" Ich hole eine Tasche aus dem Schrank und packe mechanisch einige Sachen zusammen.

„Wo willst du denn schon wieder hin?", fragt Wilfried.

„Zu Michelle und meinem Bruder. Sie haben mich für heute zum Grillen eingeladen."

„Und ich? Was soll ich machen? Extra wegen dir suche ich mir eine Arbeit und was ist der Dank?"
Ich sehe an ihm vorbei. „Es kann spät werden."

Seit ich mich auf dem Weg befinde, verdränge ich jeden Gedanken an Wilfried. Kraftvoll schiebe ich den Kinderwagen den nicht enden wollenden Berg hinauf, der mein Dorf mit dem Dorf verbindet, in dem Michelle mit ihren Eltern zu Hause ist.
Marie sitzt bei Felix im Wagen und tätschelt seine kleinen Hände. Felix freut sich über die Zuwendung seiner Schwester.
Kühler Wind weht in mein Gesicht, das vor Anstrengung bereits schweißgebadet ist.
Dieser Berg ist eine Qual!
Ich möchte stehen bleiben, verschnaufen, aber meine müden Füße tragen mich weiter. Meine lahmen Arme stemmen sich gegen das Gewicht des Wagens und schieben ihn vorwärts. Sie tun das aus einem inneren Zwang heraus - gegen meinen Willen - und ich gehorche diesem Zwang und ignoriere meinen Willen. Ich laufe weiter und weiter.
Links von mir erstrecken sich weite Stoppelfelder, rechts von mir riesige Plantagen. Plantagen voller Äpfel - leuchtend rote, grüne und gelbe.
Der Herbst zeigt sich heute wahrlich von seiner schönsten Seite. Prächtig schimmert sein Gewand aus buntem Laub auf braunem Grund - ein Feuerwerk der Eitelkeiten, welches verzaubern und vielleicht auch Trost spenden soll. Trost dafür, dass seine Energie schon sehr bald verpufft sein wird, sein Glanz verglüht.
In wenigen Wochen werden die Bäume kahl sein und auf ihren nackten Ästen wird dann nur noch die jämmerliche und zähe Gestalt der Trostlosigkeit sitzen. Bei dieser Vorstellung überkommt mich ein leises Frösteln.
Inzwischen haben wir unser Ziel erreicht.

Aus der hintersten Ecke des großen Gartens dringen Musik und lärmende Stimmen herüber.

Unschlüssig bleibe ich stehen.

Der Gedanke, dass außer mir auch noch andere Leute eingeladen worden sind, missfällt mir. Ich hatte mich auf einen schönen Abend im kleinen Kreis gefreut und komme nun auf eine Party. Vielleicht kenne ich diese Leute nicht einmal! Aufkommendes Unbehagen mischt sich mit einem leisen Zorn auf Michelle und Jens. Warum haben sie mich nicht vorgewarnt?

Ich will gerade umdrehen, wieder nach Hause gehen, als Michelle fröhlich lachend angelaufen kommt. Ihr hübsches Gesicht glüht vor Erregung.

„Schön, dass ihr endlich da seid", ruft sie über den Zaun. „Wir warten schon eine Weile - mein Vater wollte euch schon mit dem Auto entgegenkommen."

„Nett von ihm."

„Ja", lacht Michelle. „Und er wird euch heute Abend auch nach Hause fahren."

„Schön ..."

„Und bis dahin wird er sich zusammen mit meiner Mutter um deine Kinder kümmern."

Erstaunt sehe ich sie an.

„Ja, du hast richtig gehört", lacht sie. „Du sollst dich doch heute mal amüsieren, ohne ständig ein Auge auf die Kinder haben zu müssen."

Ich folge ihr ins Haus, wo uns ihre Eltern auch wirklich mit offenen Armen empfangen. Wieder dringen Fetzen fröhlicher Gespräche an mein Ohr, aber nun freue ich mich auf die kommenden Stunden. Ich verspüre das egoistische Bedürfnis, mein reales Leben einfach abzuschütteln, jede drückende Verantwortung von mir zu streifen, wie ein lästiges Kleidungsstück. Meine Seele schreit förmlich danach.

Es fällt mir deshalb nicht schwer, meine Kinder der Obhut dieser Leute anzuvertrauen. Ich fühle, dass sie hier gut aufgehoben sind.

Vollkommen unbeschwert laufe ich neben Michelle her, begleite sie in die Grillecke, wo sie mich ihren Freunden Beate, Kristin, Robert, Jens und André vorstellt.

Als ich ihnen gegenüberstehe, diesen jungen Menschen mit ihren strahlenden offenen Gesichtern, offenbart sich mir erstmals, dass die vergangenen Jahre nicht spurlos an mir vorübergegangen sind. Ich fühle mich alt und meine aufgesetzte Lebensfreude zerfließt in ein Nichts aus Leere und Verlorenheit. Diesen Zustand überwinde ich auch nicht, als mich mein Bruder in eine begrüßende Umarmung zieht, um mich stolz als seine Schwester zu präsentieren. Ich gehöre hier nicht hin - ich bin zu alt für diese Runde.

Die jungen Freunde sehen das anscheinend genauso. Sie unterhalten sich, ohne den kleinsten Versuch zu unternehmen, mich in ihre Gespräche mit einzubeziehen; obgleich ich, nachdem ich eine Weile zugehört habe, keinen gesteigerten Wert darauf lege. Was die Jugend von heute zu interessieren scheint, ist zu oberflächlich, zu banal, als dass man darüber reden müsste ...

Ihre Probleme sind nicht meine Probleme, auch ihre Sprache ist mir fremd.

Aber trotzdem: Ihre Ignoranz verletzt mich tiefer, als ich es vertragen kann. Sie behandeln mich, als entstamme ich einer anderen Generation. Dabei bin ich gerade zwei oder drei, vielleicht vier Jahre älter als sie.

Ich habe inzwischen etwas abseits von der Gruppe Platz genommen und mustere sie heimlich. Die schlaksigen und großspurigen Gesten der jungen Leute bestechen durch ungezwungene Natürlichkeit und ihre unbedachten Worte sprühen vor Lebensfreude. Ihr Anspruch, der Mittelpunkt der Welt zu sein, offenbart die geballte Energie, die in jedem Einzelnen von ihnen steckt.

Ihre Sorglosigkeit ist weniger ein zu bemängelnder Makel, als das Überbleibsel einer behüteten Kindheit, ein Relikt aus einer heilen Welt, um das ich sie in diesem Moment beneide.

Ich frage mich immer wieder, wann und vor allem, warum ich so alt geworden bin. Liegt es an den Kindern, meiner Ehe vielleicht? Habe ich meine Jugend verloren, weil ich zu früh Verantwortung übernahm?

„Klar! Raus hier aus dem beschissenen Land!"

Verwundert blicke ich aus meinen Gedanken auf.

„Habt ihr gehört, was auf dem Dresdner Hauptbahnhof los war?", fragt Robert, ein hübscher Junge mit langen Haaren, während er sich über den Kartoffelsalat hermacht. „Voll der Horror, sag ich euch. Die Bullen haben jeden, der ..."

„Ich war mittendrin", ruft Kristin schrill dazwischen und springt auf.

Robert verstummt und auch die anderen lassen ihre Bestecke sinken und sehen Kristin erwartungsvoll an.

Das junge Mädchen setzt sich wieder, legt ihre Hände auf den Schoß und spielt mit den Fingern. „Ich war mittendrin - in Dresden auf dem Bahnhof", sagt sie. „Wie viele andere wollte ich nur nach Hause ..." Sie stockt und ihre Augen füllen sich mit Tränen. Aufgeregt wechselt ihr Blick von einem zum anderen. „Sicher, vielleicht waren auch Ausreisewillige unter den Reisenden, Leute, die auf einen der Züge nach Prag oder Warschau aufspringen wollten ... Ich habe mich umgesehen, aber die Reisenden unterschieden sich nicht voneinander. Umso unverständlicher erscheint mir heute die Aktion der Polizisten, die plötzlich das gesamte Gelände zu stürmen begannen und wahllos auf die Menschen auf den Bahnsteigen einknüppelten." Sie stockt wieder und zeigt auf eine Platzwunde auf ihrem Kopf. Erneut sammeln sich Tränen in ihren Augen, und lange Zeit kann sie keinen Ton hervorbringen.

Michelle scheint über den Verlauf des Abends nicht glücklich zu sein. „Leute, esst und trinkt", sagt sie. „Es ist von Allem genug da!"

Sehr zaghaft kommen sie ihrer Einladung nach. Doch ihre Blicke sind weiterhin gespannt auf Kristin gerichtet.

„Ich wollte doch nur nach Hause, wie jeden Tag", schluchzt sie herzerweichend, während ihr die Tränen über die Wangen rennen.

„Die Bullen gehören allesamt an die Wand", zischt Robert mit einem lauten Ausatmen. Seine Lippen beben. „Ich selbst würde schießen, wenn ich dürfte, das könnt ihr mir glauben."

Mir läuft ein eiskalter Schauer über den Rücken. Der Hass in den Augen dieses jungen Menschen macht mich betroffen, ja, er erschüttert mich zutiefst. Und die Anderen? Die Anderen sitzen schweigend da - nehmen seine Worte hin, als hätte er nur eine abfällige Bemerkung über das Essen gemacht.

Nur André, der Junge mit dem stoppelkurzen Blondhaar, scheint ebenfalls betroffen zu sein. Nervös zucken seine Lider; den Blicken der anderen weicht er aus. Sein ganzes Gesicht, der Hals, ja sogar die hervorschimmernde Kopfhaut sind von einer feurigen Röte überzogen.

Kristin hat inzwischen ihre Sprache wieder gefunden. Sie räuspert sich, bevor sie ihren Bericht fortsetzt. „In meinem ganzen Leben bin ich noch nie geschlagen worden! Nie habe ich mich hilfloser gefühlt. Ich meine, die Platzwunde ist beinahe verheilt, aber werden die Wunden auf meiner Seele auch verheilen?" Sie weint wieder. Und weil sie dabei unverwandt auf den Boden starrt, läuft ihr der Speichel aus dem Mund.

Beate will sie streicheln, aber Kristin schüttelt abwehrend ihren Kopf. Mit einem Taschentuch wischt sie sich das Gesicht trocken. „Ich weiß nicht, ob ich diese Demütigung jemals verwinden werde", sagt sie leise. „Ich fühlte mich so ohnmächtig - so hilflos!" Nach einer kurzen Pause fügt sie hinzu: „Aber der

Schlag auf den Kopf war noch nicht das Schlimmste an diesem Tag." Wieder verstummt sie, sieht keinen an.

Ich merke, wie sie aufkommende Tränen wegatmen will.

„Auf dem Bahnhof stand eine junge Frau mit einem Kinderwagen neben mir", erzählt Kristin. „Stand einfach nur da und hielt den Wagen fest. Und plötzlich stürmten Polizisten auf sie zu. Zwei von ihnen hielten sie an den Schultern fest, während ein Dritter ihr den Wagen entreißen wollte. Die Frau schrie: *Lasst mir mein Baby - bitte nehmt es mir nicht weg! Ich habe doch nichts getan! Mein Baby... Hilfe! Mein Baby!* Panische Angst verwandelte ihre Stimme in den Schrei eines verletzten Tieres. Ich werde diese Stimme nie vergessen können. Die Polizisten aber ließen sich nicht erweichen. Sie zogen und zerrten. Sie schlugen auf die festhaltenden Hände der Frau. Sie schlugen so lange auf sie ein, bis sie die Schmerzen nicht mehr ertragen konnte, bis sich ihre Hände vom Wagen lösten."

Totenstill ist es geworden. Keiner wagt zu atmen. Auch ich nicht. Sofort denke ich an Felix und Marie. Was wäre gewesen, wenn ich ganz zufällig meine Schwester in Dresden besucht hätte?

„Oh ja, ich würde die Bullen erschießen - ohne ein Fünkchen Mitgefühl für diese Schweine", sagt Robert leise, aber fest.

„Was ist aus der Frau mit dem Wagen geworden?", fragt Beate und spricht damit die Frage an, die auch mir schmerzhaft unter den Nägeln brennt.

Kristin zuckt unglücklich mit den Schultern. „Ich weiß es nicht", erwidert sie leise. „Als die Polizisten sie weggeschleppten, blieb der Kinderwagen auf dem Bahnsteig zurück. Ich sah ihn stehen und im nächsten Augenblick bekam ich den Gummiknüppel auf den Kopf."

„Großer Gott! Was sind das für Menschen?" Beate kämpft nun ebenfalls mit den Tränen. „Ich bin überzeugter DDR-Bürger, wie man so schön sagt, und habe für die Massenflucht keinerlei Verständnis. Aber vielleicht zeigt unsere Regierung erst heute ihr wahres Gesicht! Wenn Polizisten mit dem Segen der Obrigkeit so brutal mit Menschen umgehen, mit Andersdenkenden, mit Unschuldigen, dann werden sie vielleicht sogar schießen, wenn sie den Befehl dazu bekommen: auf Freunde, Verwandte, Frauen und Kinder!" Verächtlich spuckt sie auf den Boden.

Ich fühle mit ihr. Ich verstehe ihre Wut so gut. Und so, wie die jungen Leute jetzt vor mir sitzen, muss ich gestehen, sie falsch beurteilt zu haben. Sie sind alles andere als oberflächlich und sorglos.

André macht sich mit einem Klatsch in die Hände bemerkbar. Beschwörend hebt er sie nun und sieht in die Runde. In seinen Augen spiegeln sich Grauen und Entsetzen wieder. „Ihr wisst, dass ich gerade meinen Wehrdienst ableiste." Seine Stimme klingt brüchig. „Ihr wisst auch, dass ich bei der Bereitschaftspolizei in Dresden bin ..." Er verstummt.

Ich weiß, was das bedeutet und sehe ihn an. Dann sehe ich seine Freunde an. Ihre Blicke hängen an ihm - erst fragend, unsicher ... und dann, den Sinn seiner Worte begreifend, voller Feindseligkeit.

„Hast du etwa?", fragt Kristin leise und hält sich die Hand vor den Mund.

André sieht keinen an. „Offizielle Kreise sprachen von ungesetzlichen Zusammenballungen", erklärt er. „Wir Bereitschaftspolizisten müssen Befehle ausführen, wie andere Soldaten auch. Auf Befehlsverweigerung steht Militärgefängnis! Keiner hat Lust in *Schwedt* zu landen!"

Robert ist aufgesprungen. Er beugt sich zu André, ihre Gesichter trennt nun noch eine Hand breit Luft, und sieht ihm fest in die Augen. „Hast du keine Möglichkeit gehabt, dich über die tatsächlichen Zustände zu informieren?"

André springt ebenfalls auf und tänzelt von einem Fuß auf den anderen. Er steckt seine Hände in die Hosentasche und zieht seine Schultern bis an die Ohren. „Natürlich habe ich Zeitungen gelesen, habe die Nachrichten in Rundfunk und Fernsehen verfolgt. Aber überall sprach man von Provokationen der BRD und Brüskierungen der anderen Seite, um die Festveranstaltungen anlässlich des 40. Jahrestages des Bestehens der DDR zu stören."

„Und warum hast du uns davon nichts erzählt?", mischt sich nun auch Jens in das Gespräch ein und sieht seinen Freund vorwurfsvoll an.

„Weil ihr es sowieso nicht verstanden hättet", antwortet André. „Ihr steckt nicht in meiner Haut!"

Robert ballt seine Fäuste. „Dann erzähle uns jetzt, warum du dich wie ein Schwein verhalten hast", schreit er. „Erkläre es uns! Versuche es wenigstens!"

Ein Fenster öffnet sich. Der Vater von Michelle schaut hinaus. „Könntet ihr vielleicht weniger lautstark debattieren? Bitte ...!"

Robert entschuldigt sich, noch immer schnaufend vor Wut.

Als das Fenster wieder geschlossen ist, sehen alle erwartungsvoll auf André.

Ich spüre die sirrende Spannung zwischen den jungen Leuten und verstehe ihre Emotionen.

Zwar wird begangenes Unrecht sicher nicht gerechter, wenn man darüber spricht, aber hier geht es doch offensichtlich um mehr. Hier steht eine Freundschaft auf dem Prüfstand, von der keiner weiß, ob sie stark genug ist, dieser Zerreißprobe standhalten zu können.

Hilflos blickt André auf mich. Auf mich, die Außenstehende, die Unbekannte ...

Mit großen, weit aufgerissenen Augen sieht er mich an und plötzlich erkenne ich in ihm den kleinen, unfertigen Menschen, das Kind. Wie lange ist er volljährig? Ein Jahr? Ein paar Monate? Dieser arme Junge scheint total verstört zu sein. Begreift er überhaupt, was hier mit ihm geschieht?

Sein Anblick rührt mich; er tut mir so leid. Ich möchte ihm helfen und kann ihm doch nur Mut zulächeln. Er erwidert mein Lächeln und sein Körper strafft sich auffallend. Mutig wendet er sich wieder an seine Freunde. „Wir sind vereidigte Wehrdienstleistende und deshalb gibt es für uns nur zwei Möglichkeiten: Befehle ausführen oder Befehle verweigern. Entscheiden wir uns für Letzteres, dann bedeutet das auf jeden Fall Militärgefängnis ..."

„Warum kommt mir dieses Gefasel nur so bekannt vor?", unterbricht ihn Robert. „Schaut doch mal in die Geschichte zurück! Haben die Nazis nicht genauso argumentiert?"

„Lass ihn doch ausreden", fährt mein Bruder endlich dazwischen. Er hat sich die ganze Zeit zurückgehalten. Genau wie ich ließ er die Anderen agieren. Doch er ist der Älteste unter ihnen und alle haben Respekt vor ihm. Sein Tonfall jedenfalls duldet keinen Widerspruch. Alle pflichten ihm bei und Robert setzt sich murrend in eine Ecke und sagt keinen Ton mehr.

Es ist wieder still geworden.

André räuspert sich, bevor er weiter spricht. „Was wir tun, geschieht nicht aus einer inneren Überzeugung heraus, das müsst ihr mir glauben. Wir handeln nur aus Angst vor unseren vorgesetzten Offizieren, die sich einen Dreck um unsere Verfassung kümmern." Er lacht böse. „Am Hauptbahnhof stellten sie uns dorthin, wo es am gefährlichsten war. Es war die Hölle, verdammt! Steine flogen durch die Luft und prasselten auf unsere Schilde. Brand- und Säureflaschen schlugen vor uns auf den Asphalt. Polizisten fielen um, weil die Pflastersteine ihre Visiere durchschlagen hatten ... Und zu allem Überfluss jagte man uns ohne Schutzschilde in die Menschenmassen, um die Schuldigen mit beiden Händen packen und herauszerren zu können. Wir gehorchten, denn es war ein Befehl. Dabei hatten wir doch selbst nur eine Scheißangst!" Mit seinen großen Händen umfasst er schützend seinen Kopf und lässt sich in den Stuhl fallen. Tränen drücken sich durch seine geschlossenen Augenlider. „Vor uns die wütende Menschenmasse, blutrünstige Monster in Menschengestalt, und hinter uns die unerbittlichen Befehle der Offiziere ..." Traurig blickt er seine Freunde an, die nun alle sehr betroffen aussehen. „Und ihr wollt alle Bullen an die Wand stellen? Auch mich? Ihr kennt mich, ich könnte nie jemandem wehtun. Das, was ich auf dem Hauptbahnhof gemacht habe, tat ich einzig und allein aus Angst und Überlebenswillen."

Ich liege im Bett und kann nicht einschlafen. Mann, war das vielleicht ein Abend!

Zu gern würde ich jetzt mit jemandem über alles sprechen, denn ich kriege einfach nicht auf die Reihe, was heute alles geschehen ist. Aber Wilfried ist noch nicht zu Hause.

Schon kurz nach Andrés Darstellung der Vorkommnisse auf dem Dresdner Hauptbahnhof trennte sich die traurige Gesellschaft, die eine lustige hätte sein sollen. Michelle und Jens waren sehr enttäuscht, denn eigentlich wollten sie uns ihre Verlobung bekannt geben. Aber ihr geplantes Verlobungsfest wurde leider ein missglücktes Fest.

Durch wessen Schuld?

War es Robert mit seinem blinden Hass auf Polizisten? Oder Kristin, weil sie die Sache mit dem Gummiknüppel zum Besten geben musste? Oder war es André, der das Pech hat, gerade jetzt seinen Wehrdienst ableisten zu müssen?

Als ich nach Hause kam, hatte ich sofort den Fernseher eingeschaltet, um mich über den Stand der Dinge zu informieren. Ich hörte mir die Festansprache von Erich Honecker anlässlich des 40. Jahrestages der DDR an.

„Die die Existenz der sozialistischen Deutschen Demokratischen Republik ist ein Glück für unser Volk und die Völker Europas ..."

Wenn ich daran denke, gerät mein Blut in Wallung. Hat dieser alte Herr den letzten Schuss nicht gehört? Ist es wirklich noch nicht bis zu ihm vorgedrungen, was seit Tagen und Wochen in unserem Land abläuft?

Tausende haben inzwischen über Ungarn das Land verlassen. Zehntausende sind jeden Tag auf dem Hauptbahnhof in Dresden, um auf einen der Sonderzüge nach Prag oder Warschau aufzuspringen. Sie werden niedergeknüppelt, Kinder werden ihren Müttern entrissen ...

Und in einem kleinen Dorf bei Meißen geraten Freunde aneinander, weil die derzeitige Situation sie überfordert.

Und was kotzt dieser alte Honecker aus?

„Das Jubiläum der Republik ist für die Menschen in Stadt und Land Anlass, das Erreichte mit berechtigtem Stolz zu betrachten..." Ich möchte aufschreien vor Wut!

Als ich aufwache, ist bereits heller Tag. Während meine Marie immer noch schläft, strampelt und stampft der kleine Felix schon munter in sein Deckbett.

Die Geräusche, die er dabei von sich gibt, stolpernde Gurgler, vermischt mit komplizierten Atemübungen, zwingen mir ein Lächeln auf die Lippen.

Leise steige ich aus dem Bett und schleiche mich an das kleine Wunder heran, ohne jedoch ein zartes Rascheln verhindern zu können. Felix horcht auf und hält augenblicklich in seinen Bewegungen inne. Und als ich langsam neben seinem Bett auftauche, begrüßt er mich jauchzend und mit strahlenden Sternenaugen. Kann ein Morgen schöner beginnen?

Ich versorge den quirligen Burschen, wechsele seine Windeln und reiche ihm sein Fläschchen, das er im Handumdrehen ausgetrunken hat.

Faul und schwer hängt er nun für sein *Bäuerle* über meiner Schulter und lässt sich durch die kleine Wohnung tragen. Vom Kinderzimmer in die Küche, von der Küche ins Wohnzimmer und wieder zurück.

Einer plötzlichen Eingebung folgend spare ich diesmal das Schlafzimmer nicht aus. Das große Bett ist unberührt. Wilfried ist also die ganze Nacht nicht nach Hause gekommen.

Aber anstatt besorgt zu sein, fühle ich mich nur erleichtert. Der Tag beginnt viel harmonischer ohne ihn, diesem Morgenmuffel.

Inzwischen ist auch Marie aufgewacht und begrüßt den Tag mit einem strahlenden Gesicht.

„Meine Mami", sagt sie und legt mir ihre Ärmchen um den Hals. „Ich habe Hunger."

Ich küsse ihr die rosigen Bäckchen. „Gleich, meine Süße." Auch ich verspüre plötzlich einen Heißhunger auf Frühstück. Ich ziehe erst die Kinder und dann mich an. Als ich den Frühstückstisch decke, klopft es an der Tür.

Wer kann das sein? Wilfried? Nein, er klopft nicht an. Er hat ja einen Schlüssel.

Wieder klopft es. Spannungsgeladen, drehe ich den Schlüssel im Schloss herum und öffne sie. Überrascht weiche ich einen Schritt zurück. „Markus, du?"

Fröhlich streckt er mir einen Leinenbeutel entgegen. „Hallo, hier ist der Brötchendienst", ruft er und der Duft der Backstube weht mir entgegen.

„Wie komme ich denn zu dieser Ehre?", frage ich hocherfreut.

Markus zuckt mit den Achseln. „Mir war einfach so."

„Ach ..." Und während ich die Brötchen in einen Korb lege, schaue ich ihn prüfend von der Seite an.

Markus übersieht es. „Hast du übrigens deinen Mann schon vermisst?", fragt er. „Er hat bei uns geschlafen. Vollkommen betrunken stürmte er mitten in der Nacht unseren Hof, schrie immerfort deinen Namen und lallte wüste Beschimpfungen, die jedoch an meine Adresse gerichtet waren." Er lacht. „Der Chaot beruhigte sich erst, nachdem er sich persönlich davon überzeugt hatte, dass du nicht anwesend warst. Er war fix und fertig."

Um ein aufkommendes Schamgefühl zu überspielen, ergreife ich Markus' Hand und ziehe ihn in die Küche. „Du frühstückst doch mit uns, ja?"

„Sehr gern", sagt er und betrachtet mich aufmerksam. „Entspann dich, Mädchen! Du bist nicht verantwortlich für das, was dein Mann tut. Er sollte sich schämen, nicht du!"

Ich erwidere sein aufmunterndes Lächeln, obwohl ich doch lieber heulen würde. Denn bei allem Respekt ... Wenn Wilfried sich in der Öffentlichkeit unmöglich macht, dann fällt ein Schatten davon auch auf mich, seine Frau.

„Mama, ich habe Hunger", ruft Marie ungeduldig und die schöne Morgenstimmung hat mich wieder.

Ein drittes Gedeck ist schnell aufgelegt.

Wie eine Familie sitzen wir nun beieinander und lassen uns die frischen Brötchen schmecken. Ihr Geruch vermischt sich mit dem Duft des Kaffees und erinnert mich an die friedlichen Frühstücksmahlzeiten bei uns zu Hause, als ich selbst noch ein Kind war.

Keiner sagt ein Wort, aber es ist keine bedrückende Stille, die uns umgibt. Belebend erobert sie alle Sinne, füttert sie mit Schöngeist und ist Harmonie in schönster Weise.

„Du warst gestern mit den Kindern bei einer Grillparty? Wilfried erzählte uns, dass man ihn nicht eingeladen hatte und brüskierte sich über deine angeblich mangelnde Loyalität, weil du ohne ihn hingegangen bist."

„Dann darf er sich eben nicht immer und überall unbeliebt machen", rechtfertige ich mich. „Ich sehe überhaupt nicht ein, warum ich ausbaden soll, was er sich einbrockt! Außerdem war ich bisher loyaler, als es gut für mich war. Ich habe mich mit meinen Eltern überworfen, mit meiner Schwester ... Ja, soll ich mich jetzt auch noch gegen Michelle und Jens stellen?"

Markus lehnt sich zurück. „Nein."

„Nein?" Ich bin irritiert. „Und seine Vorwürfe?"

„Wilfried hat dir überhaupt nichts vorzuwerfen", erwidert Markus. „Wer sich grob fahrlässig ins Abseits manövriert, braucht sich nicht wundern, wenn er allein untergeht." Er nimmt sich ein Brötchen, schneidet es auseinander und belegt es mit

Schnittkäse. „Wenn du klug bist, dann trennst du dich von ihm. Allein bist du tausendmal besser dran."

Ich will davon nichts hören und schüttele den Kopf.

Markus hebt die Augenbrauen und sieht mich eine Weile schweigend an. „Es ist deine Entscheidung", sagt er endlich und nimmt das Brötchen zwischen beide Hände. „Jedenfalls werde ich für dich da sein, wenn du mich brauchst."

„Danke."

Jetzt schüttelt er den Kopf und lacht. „Ich bin dein Freund!" Und ohne mich aus den Augen zu lassen, beißt er genüsslich ins Brötchen hinein.

Darauf weiß ich nichts zu erwidern. Mit einem Lächeln auf den Lippen sitze ich ihm gegenüber und erwidere seinen Blick.

„War es wenigstens schön, gestern?", fragt er. „Hast du dich amüsieren können?"

„Nicht wirklich", antworte ich und erzähle ihm, was sich der Reihe nach zugetragen hatte.

Während ich rede, wird sein Gesichtsausdruck immer besorgter. Als ich ende, legt er sein Messer aus der Hand und verschränkt die Arme über der Brust.

„Das hört sich in der Tat nicht gerade nach einem fröhlichen Beisammensein an", sagt er.

„Nein, wirklich nicht", stimme ich zu. „Am Anfang war es ja ganz lustig, aber die Stimmung schlug schlagartig um, als die Rede auf die Ereignisse am Hauptbahnhof kam. Als André dann auch noch sagte, dass er als Bereitschaftspolizist gezwungen war, gegen Demonstranten vorzugehen, war es ganz aus."

„Der arme Kerl", seufzt Markus. „Eine Befehlsverweigerung wäre natürlich in den Augen seiner Freunde ein edler Zug gewesen. Aber was hätte sie ihm eingebracht?" Er schüttelt den Kopf. „Für uns Außenstehende ist es immer leicht, eine große Lippe zu riskieren. Wir sind es ja nicht, die das Pech hatten, zwischen zwei Fronten zu geraten."

„Als *Außenstehende* würde ich uns trotzdem nicht bezeichnen", entgegne ich vorwurfsvoll. „Wir sind doch alle Betroffene! Jeder von uns wird in den Strudel dieser Ereignisse gezogen, ob er nun will oder nicht."

„Und du willst das natürlich nicht ..."

„Du hast es erfasst! Ging es uns nicht gut, bevor dieser Wahnsinn begann? Jedenfalls hat es derartige brutale Auseinandersetzungen nicht gegeben."

Markus ergreift meine Hand. „Irrtum", sagt er. „In den vergangenen vierzig Jahren hat es immer wieder Auseinandersetzungen gegeben. Viele Menschen kamen ins Gefängnis, wurden abgeschoben oder hingerichtet. Und alles nur, damit unsere Parteigenossen noch feudaler leben können."

„Jetzt hörst du dich an wie Wilfried", entgegne ich ärgerlich. Ich will ihm meine Hand entziehen, aber er hält sie fest.

„Dann erkläre mir doch mal, warum die Parteikader im gelobten Arbeiter- und Bauernstaat in schönen Häusern im Grünen wohnen, während die Arbeiter und Bauern in Wohnsilos leben müssen! Ganz abgesehen davon, dass es noch immer nicht genug Wohnraum gibt! Die Verlogenheit von Honecker und Co schreit doch zum Himmel!"

„Ach! Und politische Vereinigungen wie das *Neue Forum* oder *Demokratie Jetzt* haben das Patentrezept aus diesem Schlamassel?"

„Sie beleben zumindest die öde Parteienlandschaft."

„Beleben die Landschaft - dass ich nicht lache! Ihre Mitglieder kommen allesamt aus intellektuellen Kreisen. Wer sagt mir, dass sie ihre Schlauheit nicht dazu missbrauchen, den einfachen Leuten die Köpfe zu verdrehen? Wer garantiert mir, dass sie wirklich den Sozialismus im Sinn haben? Einer Ellenbogengesellschaft fühle ich mich nämlich nicht gewachsen."

„Und welche Alternative bietet deine Partei an?"

Betroffen senke ich den Blick.

Weiß ich nicht, müsste ich antworten. Aber die Worte kommen mir nicht über die Lippen. Ich kann doch nicht zugeben, dass ich mich von meiner Partei, von der SED, in der ich seit vier Jahren Mitglied bin, schändlich im Stich gelassen fühle.

Seit Wochen gibt es nun schon keine Kontakte. Sie geben weder Informationen noch zeigen sie Interesse am Befinden ihrer Mitglieder. Es ist still und dunkel um mich geworden. Ich stehe ganz allein. Aber keiner meiner Vertrauensträger hält es für erforderlich, mir in dieser Situation seine Hand zu reichen, um mich zurück ins Licht zu führen. Keiner! Ist die viel gepriesene Einheit in unseren Reihen nur eine Farce?

Plötzlich wird die Tür aufgerissen.

Wilfried.

„Da sieh mal einer an", sagt er und glotzt blöd aus roten, glasigen Augen. Speichel hängt ihm in den Mundwinkeln und er stinkt wie ein vergammelter Fisch. „Da sieh mal einer an", sagt er noch einmal und kommt einen Schritt näher. „Gemeinsames Frühstück? Wollt ihr noch immer leugnen, dass ihr ein Verhältnis miteinander habt?"

Marie springt von ihrem Stuhl und vergräbt ihr Gesicht ängstlich in meinem Schoß. Beruhigend lege ich meine Hand auf ihr Haar.

„Ich habe etwas gefragt", brüllt Wilfried und lässt seine flache Hand auf die Tischplatte sausen. Das Geschirr klirrt. „Wollt ihr immer noch leugnen?"

Eingeschüchtert ducke ich mich. Ich fühle mich wie gelähmt. Kalter Schweiß bricht aus allen Poren hervor, und meine Augen klammern sich Hilfe suchend in das Gesicht von Markus, der sie mit einem liebevollen Lächeln auffängt.

„Nein", höre ich mich sagen und das kleine, freimütig daher gesagte Wort trifft Wilfried wie eine Bombe. Aus den Augenwinkeln sehe ich, wie er nach Luft schnappt. Markus grinst, aber ich halte den Atem an.

„Miese Schlampe", schnauft Wilfried. „Ich wusste doch, dass du für diesen Blender die Beine breit machst. Ich habe es von Anfang an gewusst!"

Markus dreht sich langsam zu Wilfried um. Seine graublauen Augen wirken nun beinahe schwarz. „Was bist du nur für ein armseliges kleines Würstchen?", fragt er mit blutleeren Lippen. „Hättest du nur ein bisschen Schamgefühl in dir, dann würdest du dich in der dunkelsten Ecke dieses Hauses verkriechen und nie wieder herauskommen." In den folgenden Minuten erzählt er uns, was sich in der vergangenen Nacht wirklich ereignet hatte. Er lässt nichts aus, schildert jeden Rülpser, den Wilfried von sich gegeben hat, jeden Furz ... Markus ist gnadenlos! Mir dreht sich beinahe der Magen um.

Wilfried indes sagt kein Wort, schaut stattdessen unverwandt aus dem Fenster.

„Und als ich dich heute Morgen schnarchend im Wohnzimmer vorfand", fährt Markus schließlich fort. „Als ich dich so gewissenlos und selbstgefällig in meinem Wohnzimmer herumliegen sah und mir vorstellte, dass du ein Vater und Ehemann bist, wollte ich deiner Familie einfach nur eine Freude machen. Ich bin also zum Bäcker gefahren und habe sie hier zu Hause überrascht - das ist alles!"

7. Tür

Jeder Tag schreit nach Taten und Engagement.
„Hammer und Zirkel im Ährenkranz ..."
Arbeiter, Intelligenz und Bauern sind sich einig wie nie zuvor: Immer in Bewegung bleiben! Nur keinen Stillstand zulassen!

Wer ohne Orientierung ist, der hüpft eben auf der Stelle weiter - wo ist das Problem? Alle hämmern, zirkeln und versuchen sonst irgendwie den Rhythmus unseres vertrauten Lebens zu stören, ihn zu unterbrechen. Missklänge sind an der Tagesordnung, ja, sie sind gewollt!

Die Zeit der Geruhsamkeit ist vorbei, auch wenn ich zugeben muss, dass es keine Langeweile mehr gibt.

Der Pulsschlag der Gesellschaft hat sich erhöht, und jeder Tag, der vergeht, jede Stunde, putscht ihn weiter auf.

Der Infarkt scheint nahe - ich erwarte ihn schon bald. Täglich schalte ich den Fernseher ein, um die Situationsberichte zu verfolgen. Die Ereignisse überstürzen sich.

Am 18. Oktober 1989 tritt plötzlich Erich Honecker zurück. Angeblich aus gesundheitlichen Gründen - wer's glaubt? Und wer bitte soll seine Nachfolge antreten? Wie? Der Rattenkopf? Das kann doch nicht wahr sein! Egon Krenz? Der ewige FDJ-ler vor Eberhardt Aurich? Ich krieg die Krise!

Am 30. Oktober erleben die Montagsdemonstrationen in Leipzig ihren Höhepunkt. Kann man den Journalisten glauben, gehen an diesem Tag nicht weniger als dreihunderttausend Menschen auf die Straße.

Und immer mehr verlassen unser Land.

Allein vom 3. bis zum 8. November 1989 sind es mehr als sechzigtausend. Das erschreckt mich.

Ohnmächtig muss ich zusehen, wie sich Bekannte und Freunde aus meinem Leben stehlen - oh, wie sehr ich sie dafür hasse! Merken sie nicht, dass sie mit ihrer Flucht ein Stück heile Welt zerstören? Das kleine Bisschen *meiner* heilen Welt?

Schmerzhaft deutlich nehme ich wahr, dass mit jedem, der geht, ein Stück Vertrautheit aus dem Bild gebrochen wird, das doch bis heute mein Leben war. Bald wird es leer sein - und was dann? Wie soll ich weiterleben? Wenn alle fort sind - habe ich dann eigentlich noch ein Leben?

Am 9. November 1989 geschieht etwas, was unsere Zukunft total verändern wird: Auf einer Pressekonferenz des Zentralkomitees der SED teilt Günter Schabowski in kaum mehr als einem Nebensatz mit, dass jeder DDR-Bürger ab dem 10. November 1989 das Recht habe, ohne Angaben von Gründen ein Visum zur mehrmaligen Ausreise in die BRD und nach Westberlin zu erhalten.

Das Ereignis des Jahrhunderts: Die Grenzen sind gefallen!

Später erfahre ich, dass Tausende Berliner in jener Nacht ein unvorstellbares Fest gefeiert hatten.

Ich selbst war in meinem Bett. Selenruhig habe ich die angebliche *Nacht der Nächte* verschlafen.

8. Tür

Genießerisch führe ich die Tasse an meinen Mund. Meine Psyche rekelt sich wohlig im Duft des Kaffees. Das ist die angenehme Seite eines Tages, der grau begann und genau so grau enden wird.

Draußen dämmert es bereits. Dabei ist es noch nicht mal 3 Uhr. Aber es ist November ...

Die Kerze auf dem Tisch züngelt lebhaft in die hereinschleichende Dunkelheit.

„Denkst du bitte daran, die Fenster noch vor dem Winter abzudichten?" Herausfordernd sehe ich Wilfried an, der, wie der Welt entrückt, zusammengesunken auf dem Stuhl sitzt und die Kerze beobachtet. „Hallo", rufe ich und fuchtele ihm mit der Hand vor dem Gesicht herum. „Wo bist du denn gerade mit deinen Gedanken? Hörst du mir überhaupt zu?"

„Hm", brummt Wilfried nur und lässt die Kerze nicht aus den Augen.

„Und? Wirst du es tun?"

Keine Antwort ist auch eine Antwort. Ich werde mich also wieder selbst darum kümmern müssen.

Verstimmt schaue ich aus dem Fenster in das trübe Licht der Straßenlaternen. Feuchter Nebel hängt wie Kloßmasse an den Lampen und dämpft ihre Leuchtkraft. Das ist ein November, wie er im Buche steht ...

Aber eben doch nicht ganz. Nicht nach den Ereignissen der letzten Nacht, in deren Bann sich mein Mann wohl noch immer befindet.

„Denkst wohl an die große weite Welt?", frage ich spöttisch, entlarve meine Ironie aber sofort als reinen Selbstbetrug. Denn auch ich bin begeistert, bin gefangen.

Zum ersten Mal seit Beginn der Unruhen empfinde auch ich eine unbändige Freude; bloß wage ich nicht, sie zu zeigen - sei es aus Scham oder aus Stolz.

Ich finde mich mit meinen Gefühlen kaum noch zurecht. Völlig unerwartet für mich öffnen sich plötzlich Türen und Tore und ich stehe davor wie ein lebenslänglich verurteilter Strafgefangener, der unverhofft freigelassen wird. Und das, obwohl ich mich in unserem Land bisher eigentlich nie unfrei gefühlt habe.

Wilfried zeigt noch immer keine Reaktionen.

Ist mir auch recht. Wer will schon streiten? Zumal wir uns seit einiger Zeit ganz gut verstehen. Wilfried ist ruhiger geworden, umgänglicher. Wir streiten uns viel weniger. Brüllen uns nicht mehr an. Fast könnte man meinen, unsere Beziehung sei an einem guten Punkt angekommen ...

In Wahrheit ist unsere Beziehung aber bedeutungslos geworden. Bedeutungslos angesichts der Fülle bedeutungsvoller Ereignisse.

Es wäre doch armselig, das Fehlen von Achtung, Zuverlässigkeit und Würde in unserer Partnerschaft zu beklagen, wenn mein Land, die DDR, auseinanderzubrechen droht. Meine Landsleute schreien nach Wiedervereinigung - das macht mir Angst!

Hans Joachim Vogels Beschwichtigung, dass es keinesfalls der Wille des Volkes sei, für die DDR kapitalistische Verhältnisse zu wünschen, beruhigen mich nicht. Wilfried ist das beste Beispiel dafür, dass sich der Politiker irrt. Schließlich gibt es in unserem Land Tausende Wilfrieds. Vielleicht bin ich sogar von Millionen dieser primitiven und hirnlosen Zeitgenossen umgeben. Ist es so, dann kann ich mir leicht ausrechnen, wie der Wille des Volkes aussieht.

Aber Wiedervereinigung hin oder her - seit Wilfried und ich uns selbst nicht mehr so wichtig nehmen, können wir sogar manchmal wie vernünftige Menschen miteinander reden ... Oder wie heute zusammen Kaffee trinken, ohne uns gleich an die Kehlen zu springen.

Im Moment fühle ich mich jedenfalls behaglich.

Plötzlich klopft es an der Tür. Und bevor einer von uns etwas sagen kann, wird sie auch schon aufgerissen und Markus steht atemlos vor uns.

„Welches Monster ist denn hinter dir her?", grinst Wilfried. „Hast du wieder einmal jemandem die Frau ausgespannt?"

„Du bist *so* witzig", sage ich und werfe ihm einen bitterbösen Blick zu. „Kein Wunder, dass wirklich jeder Mensch mit dir befreundet sein will."

Wilfried lässt die Schultern hängen. „Das war doch nur ein Spaß", versucht er sich zu rechtfertigen.

„Ha, ha", mache ich. „Selten so gelacht."

„Markus versteht ihn, nicht wahr Markus?"

Markus lächelt gezwungen, nickt aber und keucht: „Zieht schnell die Kinder an - wir wollen feiern!"

„Was denn?", fragt Wilfried. „Hast du etwa wieder jemandem ..." Er verstummt und grinst erneut. „Entschuldigung!"

„Stellt euch vor, Thea war gestern Nacht in Berlin dabei", erzählt Markus aufgeregt. „Es muss der pure Wahnsinn gewesen sein. Sie ist erst seit knapp einer Stunde zurück und will ihre Eindrücke mit uns teilen, solange sie noch frisch sind. Ist der Mauerfall kein Grund zum Feiern?"

Markus strahlt nun übers ganze Gesicht und rudert mit den Armen: „Los, los! Beeilt euch, damit wir nicht das Beste verpassen!"

Wir gehorchen sofort. Und wenige Minuten später befinden wir uns auf dem Weg. Meine Gedanken fahren Achterbahn: Thea, dieses verrückte Huhn ...! Sollte sie tatsächlich nach Berlin gefahren sein?

Ich selbst wäre ja nie auf den Gedanken gekommen. Ich habe nicht das Bedürfnis, überall dabei zu sein, mit der Masse zu schwimmen. Das erinnert mich zu sehr an: Im Gemüseladen an der Ecke gibt's Bananen ...!

Wo der Zusammenhang ist?

Ganz einfach! Ruft jemand: „Im Gemüseladen an der Ecke gibt's Bananen", dann mobilisieren sich plötzlich die Massen, die noch Augenblicke zuvor träge an ihren Schreibtischen gesessen hatten, und bilden eine kilometerlange Schlange vor dem Geschäft. Und dann können sie stehen und stehen und stehen ... Wenn es sein muss, stehen sie bis in den Feierabend hinein ...
Nein danke, nicht mit mir!
Ich lehne es ab, mich an der Masse des Volkes zu orientieren.
Aber, wer weiß? Vielleicht liege ich ja mit meiner Ansicht völlig daneben und sollte Leuten wie Thea dankbar sein. Schließlich sind es Leute wie sie, die die Mauer letztlich zum Fallen gebracht haben.

Als wir den Hof betreten, kommt Thea aus dem Haus gelaufen. Strahlend fällt sie mir um den Hals und springt wie ein Gummiball auf und nieder. Autsch - das waren meine Füße!

Ich versuche mich aus der Umarmung zu befreien, habe aber keine Chance. Vielleicht sollte ich einfach synchron mit ihr springen, damit sie mich nicht verletzen kann?

„Ich war dabei", quietscht sie begeistert. „Ich bin letzte Nacht über den Ku'damm spaziert - kannst du dir das vorstellen?"

Sie nimmt meine Hände und knetet und schüttelt sie, dass es schmerzt. „Ein Gefühl war das - bombastisch! Da kommst du aus einem grauen Land, kennst nur schlechte Straßen und leere Schaufenster und darfst plötzlich im größten und elegantesten Einkaufsviertel Berlins bummeln gehen! Der pure Wahnsinn, wirklich!"

Nachdem ich mich nun doch erfolgreich aus ihrer Umklammerung gelöst habe, bemerke ich wie beiläufig: „Und heute hast du dann gleich mal die Arbeit gebummelt?"

Thea sieht mich einen Augenblick verwundert an, findet aber schnell ihre Form wieder. „Ja, denkst du, ich gehe arbeiten, wenn so massiv am Rad der Geschichte gedreht wird?", erwidert sie. „So eine Nacht erlebt die Menschheit nie wieder, darauf gebe ich dir mein Wort!"

„Der Kaffee ist fertig!"

Sandra kommt aus dem Haus und stellt sich lächelnd zu uns. „Na, wie sieht es aus?", fragt sie. „Kommt ihr endlich herein oder soll ich ihn auf dem Hof servieren?"

Wir entscheiden uns für das Herein und gehen zu den Anderen ins Haus.

„Ihr hättet dabei sein sollen", beginnt Thea ihren Bericht.

Alle Anwesenden schauen gespannt auf sie und die Aufregung steht jedem Einzelnen von ihnen im Gesicht.

Bevor Thea weiter spricht, sieht sie sich befriedigt um. Das ist ihre Show und sie weiß das. „Ich glaube, während der letzten Nacht hat die ganze Welt den Atem angehalten. Und ich mit ihr. Und wäre ich nicht leibhaftig dabei gewesen, dann wäre ich erstickt."

„Warum bist du überhaupt nach Berlin gefahren?", fragt irgendwer.

Thea zuckt mit den Schultern. „Ich habe die Meldung über die beabsichtigte Grenzöffnung im Radio gehört und bin los! Ich musste einfach dabei sein, versteht ihr? Ich borgte mir also von meinen Eltern den Trabant und fuhr nach Berlin ..."

„Du bist ganz allein gefahren?", fragt Sandra erstaunt.

Thea lacht. „Ja, was blieb mir denn anderes übrig? Ich habe ein paar Freunde gefragt, aber diese Schlafmützen wollten nicht mit ..." Sie lacht.

Die Anwesenden nicken ihr hochachtungsvoll zu. Ja, Thea ist eindeutig der Star des heutigen Tages ... Und sie genießt es.

„Ich wollte eben unbedingt dabei sein", sagt sie und es klingt beinahe wie eine Entschuldigung. „Und auf einmal stand ich vor ihr ..."

Plötzlich ist es ganz still. Jeder ist ganz bei sich, als versuche er sich bildlich vorzustellen, was sie erlebt hat.

„Ich stand also vor der Mauer und fragte mich, ob sie nicht selber spürt, wie sinnlos sie geworden ist. In mir waren Schadenfreude und Hass. Ist es nicht irre, einem leblosen, seelenlosen Gebilde solche Gefühle entgegenzubringen? Egal! Tausende Berliner waren aus ihren Betten gestiegen, um ebenfalls dabei zu sein. Oh nein, ich war nicht allein! Ich war unter meinesgleichen. Der Platz war von den Scheinwerfern der Fernsehteams taghell erleuchtet. Überall sah ich in strahlende oder vor Freude heulende Gesichter. Irgendwann kletterte der Erste auf die Mauer. Und wie auf Kommando kletterten ihm sofort viele nach. Auch ich wurde von dem symbolträchtigsten Bauwerk dieser Stadt magisch angezogen. Zusammen mit vielen anderen stürmte auch ich dieses Ding."

Thea war aufgestanden. Leidenschaftlich presst sie nun ihre Hände gegen die Brust. „Diese Nacht wurde zu einem unvorstellbaren Volksfest. Ein Fest, wie es wohl nie wieder eins geben wird. Wir riefen: Die Mauer muss weg, die Mauer muss weg ..." Plötzlich holt sie tief Luft und es hört sich an, als hätte ihr jemand den Atem abgeschnitten. Ihr offenes Gesicht schnürt sich rund um die Nase zusammen, Tränen rinnen aus verkniffenen Augen und sie schluchzt. Und als wäre eben ein Stichwort gefallen, heulen einige der Anwesenden mit.

Ich heule nicht, aber ich weiß eines: Die Liebe seines Volkes sichert sich eine Regierung nicht, indem sie es einsperrt. Das nämlich ist erzwungene Liebe, Vergewaltigung, Nötigung ... Und alle, die sich an einem solchen Frevel beteiligen oder irgendwann beteiligt haben, sollen dafür bestraft werden wie Vergewaltiger.

9. Tür

„Wir brauchen eine andere Wohnung!"

Es ist nun schon das x-te Mal, dass ich dieses Thema anspreche, und zum x-ten Mal verdreht Wilfried wieder nur seine Augen, anstatt etwas zu unternehmen. Ihm ist es scheinbar egal, wie wir leben. Mir nicht!

So richtig bewusst wird mir unsere Notlage immer dann, wenn das Wetter so schlecht ist, dass wir den vier Wänden nicht entfliehen können.

„Die Kinder haben keinen Platz zum Spielen", sage ich zu Wilfried. „Wir hängen so dicht aufeinander, dass ich fürchte, jeden Moment ersticken zu müssen."

Wilfried liegt auf dem Sofa und stochert sich mit einem Streichholz im Zahn herum. „Und was soll ich deiner Meinung nach tun?", fragt er gereizt. „Ich kann mir eine größere Wohnung nicht aus den Rippen schneiden."

„Aber du könntest aufs Gemeindeamt gehen ..."

Er wirft seinen Zahnstocher auf den Tisch. „Eine Einbildung hast du", sagt er und tippt sich gegen die Stirn. „Glaubst du, die sitzen dort herum und warten auf mich? Wir haben doch vor zwei Jahren diese Wohnung hier erhalten und stehen nun wieder ganz hinten auf der Liste - akzeptiere das!"

In mir baut sich eine riesengroße Wut auf. „Das ist wieder einmal typisch für dich", fauche ich ihn an. „Dich geht das alles nichts an! Du verdrückst dich, wenn es dir zu bunt wird! Ich sitze mit den Kindern in diesem Loch fest!"

„Du übertreibst ..."

„Ach, Scheiße! Das einzige beheizbare Zimmer ist ganze zehn Quadratmeter groß - kennst du vielleicht eine vierköpfige Familie, die in vergleichbaren Verhältnissen leben muss?"

„Wenn doch aber keine Wohnungen da sind ..."

„Im Nachbarort werden demnächst Neubauwohnungen fertiggestellt. Wenn wir schnell sind, bekommen wir vielleicht eine ab."

Wilfried lacht höhnisch auf. „Arbeitet deine Mutter bei der Gemeindeverwaltung? Oder hast du einen Vater im Gemeinderat? Nein? Dann kannst du es gleich vergessen!"

„Als ob es nur um fehlende Beziehungen geht", erwidere ich.

„Du hast nur keinen Arsch in der Hose - das ist alles!"

Wilfried winkt müde ab. Er sieht mich nicht einmal an, als er aufsteht und seine Jacke vom Haken nimmt, um wieder einmal die zu eng gewordene Wohnung zu verlassen.

„Ich verstehe ja Ihre Lage, aber wir haben alle einmal klein angefangen." Der Bürgermeister, Herr Negro, grinst mich blöde über seine Brillengläser hinweg an. Mit geducktem Kopf sitzt er hinter seinem vollgepackten unordentlichen Schreibtisch und rollt einen Stift zwischen seinen Fingern.

Ich kann seiner Äußerung, die angesichts meiner Situation mehr als nur unpassend ist, nichts Amüsantes abgewinnen und verziehe keine Miene.

Schnell wird auch Herr Negro wieder ernst.

„Junge Frau, Sie müssen auch meine Lage verstehen! Wo soll ich die Wohnungen hernehmen, wenn keine da sind? Soll ich sie mir vielleicht aus den Rippen schneiden? Ich kann nicht zaubern!"

„Und die Neubauwohnungen, die demnächst fertig werden?"

„Die gehören der LPG ..."

Ungläubig schüttele ich den Kopf. „Aber doch nicht alle, oder?"

Mein Gegenüber wühlt geschäftig in irgendwelchen Papieren herum und rutscht nervös auf seinem Stuhl hin und her. „Die wenigen Wohnungen, die unsere Gemeinde davon abbekommen hat, sind bereits vergeben", sagt er unerwartet scharf.

Ich werde hellhörig. Warum diese gereizte Stimme? Warum der eiskalte Blick? Was läuft hier ab? Schiebung vielleicht? Sollte Wilfried diesmal tatsächlich recht haben und die Wohnungen wurden unter der Hand vergeben?

Ich springe von meinem Stuhl auf. „Verraten Sie mir bitte, wie das geht?", frage ich aufgebracht. „Wie können diese Wohnungen schon vergeben sein, wenn sie noch nicht einmal fertiggestellt sind? Mit Vitamin B vielleicht?"

Negro springt ebenfalls auf und zeigt mit einer eindeutigen Geste Richtung Tür. Sein Gesicht ist feuerrot, seine Nasenflügel beben. Er sagt nichts.

„Sie schmeißen mich raus?" Meine Augen bohren sich in seine Stirn. „Gehen Ihnen etwa die Argumente aus?"

Herr Negro schüttelt den Kopf. „Ganz und gar nicht", sagt er. „Aber ich möchte Sie trotzdem höflichst bitten, mein Büro jetzt zu verlassen."

„Warum?"

„Weil ich wirklich nichts für Sie tun kann."

Darauf weiß ich nichts zu erwidern. Wutschnaubend laufe ich hinaus und versetze der Bürotür einen solchen Stoß, dass sie laut krachend ins Schloss fällt. Augenblicklich fühle ich mich besser.

Ich verlasse das Gebäude und lehne mich rücklings an die Wand. Die Enttäuschung treibt mir die Tränen in die Augen. Manchmal habe ich das Gefühl, nicht wirklich Einfluss auf mein Leben zu haben. Wie jetzt. Ich weiß nicht, wie es weitergehen soll und die Bonzen der Partei teilen die Sahnehäppchen wie immer untereinander auf.

Bisher habe ich solche Ungerechtigkeiten hingenommen, aber damit ist es vorbei. Ich habe die Nase voll! Seit Monaten wird gegen eben diese Zustände mobilgemacht. Machtmissbrauch und Amtswillkür sind wie Parasiten, die auch dem letzten Patrioten seinen Patriotismus heraussaugen.

Alle Macht dem Volk - hurra, hurra, hurra! Die Deutsche Demokratische Vetternwirtschaft muss endlich aufhören!

Meine Gedanken überschlagen sich.

Nun mal ganz langsam: Ich bin hergekommen, weil meine Familie schon viel zu lange in unzumutbaren Verhältnissen leben muss. Wenn es keine neuen Wohnungen gäbe, würde ich nicht darauf pochen. Aber es gibt sie!

Zu allem entschlossen stoße ich mich von der Wand ab und steuere mit eiligen Schritten auf die öffentliche Telefonzelle zu. Prinzipien hin, Prinzipien her - in diesem Fall werde ich mit ihren eigenen Waffen gegen sie vorgehen. Ich habe nämlich auch Vitamin B, *Beziehungen* also.

Mein Vitamin B heißt Herr Lenz und ist Amtsleiter im Wohnungsamt beim Rat des Kreises Meißen. Da ich auch dort beschäftigt bin, wenn auch in einer anderen Abteilung, sind wir uns doch schon ab und zu über den Weg gelaufen. Ich gebe zu, dass ich mich von den anzüglichen Blicken dieses alternden rotgesichtigen Lustmolches oft belästigt gefühlt habe, aber zum Glück habe ich mich niemals darüber beschwert.

Ich nehme den Hörer in die Hand und wähle zum Wohnungsamt durch.

„Lenz, guten Tag", höre ich die tiefe, mir bestens bekannte Stimme und atme erleichtert auf. Ich nenne meinen Namen und werde sofort mit einem Erguss hocherfreuter Floskeln überschüttet. „Das ist ja eine Überraschung", sagt er. „Wann ist denn Ihr Babyjahr um? Wann kommen Sie wieder? Und nun mal raus mit der Sprache: Was kann ich für Sie tun? Sie rufen mich doch nicht aus lieber Langeweile an, oder?"

„Ich brauche Ihre Hilfe, Herr Lenz", antworte ich mit zitternder Stimme. „Ich habe ein Problem und weiß einfach nicht mehr weiter."

„Was ist den los, um Gottes willen?"

„Bitte besuchen Sie mich so schnell wie möglich zu Hause", erwidere ich mit tränenerstickter Stimme. „Dann werde ich Ihnen gern alles erzählen."

Mit meiner Beherrschung ist es nun endgültig vorbei. Ein Kloß im Hals verhindert, dass ich den galligen Saft herunter schlucken kann - ich schmecke mein Selbstmitleid. Und obwohl ich oft gelesen habe, dass ein edles Gemüt eine solche Gefühlsregung nicht zulassen darf, schäme ich mich nun nicht, hemmungslos loszuheulen. Ich habe eben kein edles Gemüt.

„Nicht weinen, bitte", höre ich die hilflose Stimme des alten Mannes. „Weinen Sie doch nicht! Geben Sie mir Ihre Adresse! Ich komme so schnell wie möglich vorbei. Kopf hoch, Kleine - wir werden das Kind schon schaukeln!"

Ich gebe ihm meine Anschrift und hänge den Hörer zufrieden in die Gabel zurück. Na also, so schlimm war's doch gar nicht.

Als ich wenig später mit geschwollener, roter Nase nach Hause komme, ist die Schadenfreude auf Wilfrieds Gesicht nicht zu übersehen. Auf sein: „Ich habe dir doch gesagt, dass der Weg ins Amt sinnlos ist", habe ich gerade noch gewartet! Aber ich lasse ihm seinen armseligen Triumph - wozu streiten?

Ein paar Tage später steht Herr Lenz plötzlich vor unserer Tür und sieht sich mit gerunzelter Stirn um.

Als Wilfried nicht in der Nähe ist, fragt er: „Warum haben Sie *diesen* Mann geheiratet?"

Diese Frage kommt so unerwartet, dass ich nicht gleich antworten kann. Nicht, dass es ihn etwas anginge ... Aber habe ich mir diese Frage nicht selbst schon oft gestellt?

„Mädchen", sagt Lenz. „Sie hätten doch *jeden* haben können! Warum *der*?"

Schweigend sehe ich ihn an. Seine Augen blicken gleichermaßen traurig und verständnisvoll. Nein, er erwartet keine Antwort, nicht wirklich - das kann ich in ihnen lesen.

Dennoch habe ich das Bedürfnis, mich mitzuteilen. Als ich aber den Mund öffne, noch immer im Bann seines mitfühlenden Blickes, tritt plötzlich Wilfried zu uns. Meine Lippen schließen sich und Herr Lenz blickt wieder förmlich.

„Wenn Sie mir jetzt bitte Ihren Waschbereich zeigen würden", sagt er und sieht sich suchend um.

Ich lächele ihm verlegen zu und zucke die Schultern.

„Na, kommen Sie schon, Mädchen! Ich habe die kleine Küche, das Kinderzimmer, das Wohnzimmer, das Schlafzimmer und ...", er räuspert sich. „Wie soll ich sagen ... Ihre Toilette gesehen. Jetzt wüsste ich noch gern, wo Sie sich und die Kinder waschen. Wo sind Waschbecken, Wanne, Dusche oder Ähnliches?"

Beschämt senke ich den Kopf. „Wir haben nichts dergleichen."

„Und wo waschen Sie sich?"

„Im Spülbecken", erwidere ich. „Ich stelle eine Schüssel ins Spülbecken und wasche mich dort."

„Das ist aber unhygienisch ..."

„Wem sagen Sie das!"

„Und einen Herd haben Sie auch nicht, wie ich sehe ...!"

Ich schüttele den Kopf. „Die Tanten auf der Gemeinde meinten, dass ich auf dem Beistellherd kochen könne. Ich müsste eben aufpassen, dass immer genug Kohlen nachgelegt werden."

Lenz schüttelt den Kopf. „Wie im Mittelalter", murmelt er. „Und wo kochen Sie tatsächlich?"

Ich zeige auf einen kleinen Campingkocher, den mir meine Eltern irgendwann überlassen haben.

Lenz seufzt und schüttelt abermals den Kopf. „Ein untragbarer Zustand, wirklich! Akzeptabel allenfalls als Übergangslösung, für die Dauer jedoch untragbar." Er wendet sich an Wilfried. „Nur vollkommen verantwortungslose Menschen lassen zu, dass Kinder in derartigen Verhältnissen aufwachsen."

Meine Augen füllen sich mit Tränen. „Aber ich habe doch ... Was kann ich denn ...?"

Herr Lenz legt mir seinen Arm um die Schulter und drückt mich an sich. „Der Vorwurf geht nicht an Sie, meine Kleine", sagt er. „Sie haben getan, was Sie konnten, aber Ihr Bürgermeister wird mir einiges erklären müssen."

Er schaut auf die Uhr. „Herr Negro erwartet mich bereits seit zehn Minuten. Ich muss gehen, bin aber in circa einer Stunde wieder bei Ihnen." Er tätschelt mir die Wange und lächelt. „Kopf hoch, Kleine! Verlassen Sie sich ganz auf mich! Alles wird gut."
Schnell ist er verschwunden.
Als die Haustüre wenige Augenblicke später zuklappt, klatscht Wilfried erfreut in die Hände.
„Genial", lacht er. „Da denkst du, du bist in diesem Land der letzte Arsch und dann entpuppt sich unser Bürgermeister doch als Menschenfreund. Hättest du gedacht, dass er auf unsere Anfrage hin gleich den Rat des Kreises einschaltet?"
„Nein", entgegne ich. „Aber das hat er auch nicht."
Wilfried sieht mich verwundert an. „Wer denn sonst?"
„Na, ich."
„Bitte?"
Triumphierend zeige ich auf mich und nicke. „Herr Lenz ist mein Vitamin B."
Wilfried lässt sich auf einen Stuhl fallen. Er wirkt beinahe entsetzt. „Der alte Knacker ist also wegen dir hier?"
Ich weiß nicht so recht, wie ich seine Reaktion einordnen soll, und nicke zaghaft.
„Und zum Dank dafür will er wohl hinterher mit dir ins Bett gehen?"
Der Stolz über das Erreichte weicht einem Gefühl, dass man vielleicht auch Mordlust nennen könnte. Hat dieser Mensch denn wirklich nur Scheiße im Schädel?
„Du bist ja krank", presse ich mühevoll hervor.
„Krank?", brüllt er. „Ich bin nicht krank! Ich bin nur realistisch! Heute macht keiner mehr was aus reiner Nächstenliebe! Ich habe doch gesehen, wie der alte Lustgreis an dir rumgefummelt hat!"
In diesem Moment klopft es an der Tür. Herr Lenz. Am liebsten würde ich im Boden versinken, so schäme ich mich.

Ich sehe dem netten alten Mann an, dass er verärgert ist. Wilfrieds Einladung einzutreten, lehnt er prompt ab. Er sei in Eile, sagt er, habe überhaupt keine Zeit mehr.

Wie lange hatte er wohl bereits vor der Tür gestanden, bevor er angeklopfte? Hörte er unser Gespräch?

Ohne weitere Umschweife erzählt er uns, dass die Neubauten im Nachbarort wirklich schon alle zugewiesen seien. Er sagt, dass an den Entscheidungen nicht mehr gerüttelt werden könne, auch wenn die Kriterien, nach denen diese Wohnungen vergeben wurden, nicht in jedem Fall nachvollziehbar wären.

„Dann bleibt also alles beim Alten?", frage ich hilflos und habe das Gefühl, als würde mir der Boden unter den Füßen weggezogen werden.

Herr Lenz seufzt. „Ich hätte Ihnen gern geholfen, eine dieser begehrten Wohnungen zu bekommen", sagt er ernst, aber hinter seinen Augen glaube ich ein verschmitztes Lächeln zu entdecken. „Wären Sie denn auch mit einer Wohnung in einem anderen Ortsteil einverstanden? Im Badezimmer können Sie Tango tanzen und die Badewanne ist nagelneu ..."

Ohne darüber nachzudenken springe ich ihm um den Hals. „Mit einer Badewanne?", jauchze ich und meine Stimme überschlägt sich vor Freude. „Ist das auch wirklich wahr? Das ist ja riesig! Wo kommt denn diese Wohnung so plötzlich her? Herr Negro sagte doch, es gibt keine."

Herr Lenz runzelt sorgenvoll die Stirn. „Das ist ein Punkt, den es noch zu klären gilt", sagt er. „Der Vormieter ist bereits vor Wochen in die BRD übergesiedelt - vor Wochen! - und seit dem steht die Wohnung leer. Nun ist es Ihre ... Vorausgesetzt Sie wollen sie." Er stellt sich ahnungslos, strahlt aber schon im nächsten Augenblick übers ganze Gesicht. „Morgen schon können Sie die Wohnung besichtigen. Wenn sie Ihnen gefällt, erhalten Sie umgehend Ihre Zuweisung."

„Danke, danke, danke", sage ich nur immer wieder. Andere Worte fallen mir nicht ein. Ich kann mein Glück kaum fassen!

Lächelnd schaue ich dem älteren Herren hinterher, der nun beschwingten Schrittes das Haus verlässt.

„Wir bekommen eine Wohnung", raunt Wilfried von hinten an mein Ohr und umschlingt meinen Körper.

Ohne ein Wort zu verlieren, löse ich mich von ihm und verlasse ebenfalls das Haus.

Die Tage vergehen und das Warten auf die Wohnungszuweisung gerät zur Tortur.

Nachdem wir besagte Wohnung mit einem mürrischen Bürgermeister besichtigt hatten, sagten wir natürlich freudestrahlend zu. Das war allerdings vor zehn Tagen und die Zuweisung haben wir bis heute nicht erhalten.

Es ist der 24. November 1989 - ich sitze vor dem Fernseher.

Zum ersten Mal öffnen sich für die DDR-Medien die Tore zur Regierungssiedlung Wandlitz. Und zum ersten Mal dürfen auch wir einfachen Bürger vom Fernseher aus über den Zaun auf die Häuser und Grundstücke unserer Partei- und Staatsführung blicken ...

Was ich zu sehen bekomme, verschlägt mir allerdings die Sprache: Die Eigenheime erheben sich inmitten unberührter Natur und vor mir tut sich eine ganz andere Welt auf, eine Welt fernab von Gestank, Lärm und Verfall.

Kurt Hager und seine Frau spazieren über den Bildschirm. Die Journalisten der Jugendsendung *Elf 99* sehen sich ungeniert um. Als sie mit laufender Kamera das Wandlitz eigene Geschäft betreten, kocht mir bereits das Blut in den Adern ... teure Westimporte, Kosmetika und Tontechnik, die nicht einmal im Intershop erhältlich sind, stehen hier für DDR-Mark im Regal.

In der Obst- und Gemüseabteilung sehe ich Früchte, die ich nicht einmal mit Namen kenne. Sogar ganze Ananasfrüchte liegen in den Stiegen. Habe ich je vorher eine ganze Ananas in einem normalen Geschäft gesehen?

Auf die Frage, ob sie denn wüsste, was *draußen* an Obst und Gemüse im Angebot sei, antwortet die Verkäuferin:
„Na, das Gleiche wie hier ..."
Ehrlich gesagt habe ich mir nie darüber Gedanken gemacht, wie ein Erich Honecker, Erich Mielke, Günter Mittag, Willi Stoph oder Kurt Hager lebt. Hielt sie einfach nur für selbstlose Materialisten mit edlen Zielsetzungen: *alles für das Wohl des Volkes und den Frieden...* Schließlich haben *Honecker und Co* in der Zeit des Faschismus ihr Leben für den Sieg der Arbeiterklasse riskiert.

Damals, während des Zweiten Weltkrieges, so glaubte ich wenigstens bis heute, hatten sie uns die Kohlen aus dem Feuer geholt und seither dafür gesorgt, dass kapitalistische Kriegstreiber keinen Fuß mehr in unser aufblühendes, kleines Land setzen konnten.

Mit dem Bau der Mauer am 13. August 1961 schoben sie deren regelmäßigen Sabotageakten einen Riegel vor - so wenigstens habe ich es all die Jahre eingeimpft bekommen – aber ... War es wirklich so?

Oder doch nicht? Wenigstens nicht ganz? Ich weiß nicht mehr, was ich glauben soll und fühle mich beinahe sogar betrogen.

Jeder Mensch baucht seine Helden, aber meine sind gerade gestorben.

Ich hole meinen Parteiausweis aus der Schublade und stecke ihn in einen Briefumschlag. Und obwohl ich weiß, dass ich das Richtige tue, bin ich traurig.

Warum eigentlich? Weil der Tod so endgültig ist? Mit der Anschrift meines Parteisekretärs beschriftet, schicke ich das Kuvert auf den Weg und die Wehmut, die ich einfach nicht abschütteln kann, begleitet mich auf meiner zweiten Mission an diesem Tag.

„Guten Tag, was haben Sie denn schon wieder auf dem Herzen?"

Das aufgesetzt wirkende freundliche Gesicht unseres Bürgermeisters lächelt mir entgegen.

„Ich komme, um mir die Wohnungszuweisung persönlich abzuholen. Seit Tagen warten wir nun schon ..."

„Welche Wohnungszuweisung?", fragt Herr Negro und stellt sich dumm. „Glauben Sie, Sie waren die Einzigen, die sich die Wohnung angesehen haben? Außer Ihnen ist noch eine andere Familie im Gespräch. Wer diese Wohnung letztlich erhält, entscheidet der Gemeinderat am Ende des Monats."

Ungläubig schüttele ich den Kopf. „Aber Herr Lenz hat uns doch versichert ..." Was wie ein Protest klingen soll, hört sich kläglich an. „Er hat uns versprochen ..."

„Aber Herr Lenz hat das nicht zu entscheiden, junge Frau", sagt Herr Negro, steht auf und öffnet die Tür. „Ich bin der Bürgermeister und ich entscheide ..."

Mehr muss ich mir nicht anhören. Wutentbrannt stürme ich an ihm vorbei aus seinem Büro. Es stört mich nicht im Geringsten, dass die Gemeindetanten kopfschüttelnd hinter mir hersehen.

Was wissen die denn schon?

Nach einem kurzen Telefonat beim Wohnungsamt fühle ich mich besser. Wieder zu Hause sinne ich auf Rache. Ich werde mir etwas für unseren Bürgermeister ausdenken, ihn bloßstellen, lächerlich machen.

So ein Arschgesicht aber auch! Erst verschweigt er, dass verfügbarer Wohnraum vorhanden ist und dann zieht er auch noch eine gemachte Zusage zurück! Was glaubt er eigentlich, wer er ist? Der Liebe Gott? Für mich ist er nicht mehr, als ein gemeines, charakterloses Lügenschwein. Aber er weiß nicht, mit wem er sich anlegt ...

Ich habe ein ganz besonderes Talent: Das Karikieren von Menschen. Diese Gabe ist nicht nur ein amüsanter Zeitvertreib, ein kleines Highlight auf Partys, sondern manchmal auch eine wirksame Waffe, wenn sich der Mund aus Sprachlosigkeit verschließt.

Damals, während meiner Studienzeit, sorgten meine Dozentenkarikaturen für Heiterkeit unter den Studenten. Meine Kommilitonen haben sich schräg gelacht.

Diesmal sollen sich die Dorfbewohner schräg lachen. Mit Tusche und Papier setze ich mich an den Tisch - der Kopf gelingt mir auf Anhieb: runde Murmel, breiter Schädel, Haare darüber gekämmt, Vollbart, spitze Nase und ein ewig grinsendes Gesicht ... Sehen Sie, sehr verehrter Herr Bürgermeister, Ihre Unverschämtheiten haben mir zwar die Sprache verschlagen, aber sprachlos bin ich deswegen noch lange nicht!

„Hör zu, das muss ich dir unbedingt erzählen!" Wilfried hat die erste Hälfte seines Arbeitstages hinter sich. Er ist noch immer Hausmeister im Kindergarten - heizt zweimal am Tag den großen Ofen und kümmert sich um kleinere Reparaturen. Über die Mittagszeit kommt er zum Essen nach Hause.

Es ist Mittag.

Seine gute Laune erstaunt mich. Es kommt selten vor, dass er sich mit einem fröhlichen Gesicht an den Mittagstisch setzt.

Er setzt sich also und beginnt sofort, wie wild auf dem Teller herum kratzen.

„Ich höre ...", sage ich, um seine Künstlerpause abzukürzen.

Er sieht mich kurz an, stopft seinen Mund noch einmal ordentlich voll und erzählt: „Ich bin doch heute Morgen wie immer zur Arbeit gegangen - du kennst ja den Weg, ich muss an der Bushaltestelle vorbei, am Feuerwehrhaus ..."

„Ich kenne den Weg."

Wilfried holt tief Luft und verstaut die aufgenommene Nahrung in seinen Backentaschen. „Wie ich also am Feuerwehrhaus vorbei komme, steht da ein Mann vor dem *Schwarzen Brett* und lacht lauthals. ‚He, Leute', rief er den Wartenden an der Haltestelle zu. ‚Habt ihr schon das Bild hier gesehen? Unser Bürgermeister fliegt auf einer Kanonenkugel durch die Luft...' Die wartende Meute setzte sich natürlich sofort in Bewegung, um das Bildnis zu betrachten. Sie johlten und lachten und hielten sich die Bäuche. Und dann las ein anderer den Text vor, der darunter stand: ‚Die Kugel ist der rechte Lohn für unseren Herrn Lügenbaron.' Und wieder grölte die Menge. Urplötzlich verstummte sie, als der Bus um die Ecke kam. Jetzt musste ich lachen, denn der Haufen bewegte sich wie eine Traube im Laufschritt an die Haltestelle zurück. Das hättest du sehen sollen! Ihre Gesichter waren plötzlich wie erstarrt. Sie wollten nur noch in den Bus steigen, um zur Arbeit zu fahren. Als sie dann endlich weg waren, hatte ich selbst Gelegenheit, mir das Bild anzusehen. War wirklich gut ...! Der Negro muss wohl irgendjemandem ordentlich auf die Füße getreten sein."

Es klopft - mir stockt der Atem - wer kann das sein? Staatssicherheit? Mein Gott, es sind schon Leute für weniger eingesperrt worden!

Wieder klopft es.

Wilfried hebt den Arm. „Willst du nicht aufmachen?"

Ich gehe langsam zur Tür und öffne sie mit klopfendem Herzen. „Herr Lenz?" Erleichtert atme ich auf. „Guten Tag, treten Sie doch bitte ein!"

Lenz schüttelt den Kopf. „Ich habe nicht viel Zeit", sagt er, ohne meinen Gruß zu erwidern. „Ich habe mich jedoch so geärgert, gestern nach Ihrem Anruf, dass ich ..." Er atmet einige Male tief durch. „Na, jedenfalls können Sie sich in einer halben Stunde Ihre Zuweisung auf dem Gemeindeamt abholen. Bis bald, mein Mädchen! Wir sehen uns irgendwann ..." Er reicht mir die Hand und ist schon wieder verschwunden.

Wilfried sieht mich verdutzt an. „Du hast ihn angerufen?", fragt er und lässt verständnislos seine flache Hand vor der Stirn hin und her tanzen. „Sag mal, bist du bescheuert? Musst du dich denn unbedingt mit Herrn Negro anlegen? Ganz sicher hättest du deine Zuweisung auch ohne diese Scheiße hier erhalten! Die Welt dreht sich nämlich nicht nur um dich, gnädige Frau!"

Ohne jede Gefühlsregung übergibt mir der Bürgermeister die Wohnungszuweisung. Meinen Blicken weicht er gekonnt aus.
Ob das seine Art ist, mich zu bestrafen? Lächerlich! Als ob ich mir meine Hochstimmung durch kindische Spiele vermiesen lassen würde!
In mir sprudelt eine Welle des Glücks - ich könnte die ganze Welt umarmen. Den Gedanken, dass in meinem Gegenüber ganz andere Quellen sprudeln, lasse ich einfach nicht zu.
„Vielen, vielen Dank, Herr Negro. Ich freue mich ja so ..."
Seiner Haltung sehe ich an, dass meine Freude an ihm abprallt wie ein Ball, der gegen eine Hauswand geworfen wird. Aber das ist mir egal - mir ist jetzt eigentlich alles egal.
Ich mache auf der Sohle kehrt und schicke mich an, das Zimmer zu verlassen.
„Ein schönes Gemälde - wirklich!"
Meine Hand erstarrt auf der Türklinke und ich werfe erschrocken einen Blick zurück. Über meine Schulter sehe ich in zwei eiskalte, hasserfüllte Augen. Aber wieder reagiere ich nur mit Sprachlosigkeit, einer systematisch anerzogenen Sprachlosigkeit. Einer Sprachlosigkeit, die aus Angst, Unsicherheit und unterdrücktem Selbstwertgefühl geboren wurde.
Eilig verlasse ich das Zimmer.

Alle meine Gedanken kreisen seit Tagen um die neue Wohnung. Ich schwebe auf Wolke Sieben. Dass bis zu ihrem Bezug noch viel Zeit, Kraft und Mühe nötig sein werden, kann meine Freude nicht schmälern.
Tapezieren ist Männersache. Wilfried protzt doch ständig mit seiner Männlichkeit. Nun kann er mal zeigen, was tatsächlich in ihm steckt. Die Aussicht auf eine helle, große Wohnung sollte sogar einem trägen Burschen wie ihn auf die Sprünge helfen.

Wilfried.

Seit zwei Stunden liegt dieser Mann nun schon schnarchend auf dem Sofa und verpestet mit seinen dreckigen Socken die Luft. Gleich nach der Arbeit, und ohne sich zu waschen, hatte er sich hingelegt und sich seither nicht bewegt.

Ich öffne leise das Fenster und inhaliere die frische Luft, die sich wohltuend im Zimmer ausbreitet.

Wilfried öffnet knurrend seine Augen. „Muss das sein?"

„Du stinkst", erwidere ich ungerührt. „Wie wäre es, wenn du dich wäschst? In der Küche steht heißes Wasser!"

„Mir ist kalt ..."

„Und mir ist schon ganz schlecht von deinem Gestank."

Wilfried erhebt sich langsam. „Erstunken ist noch niemand, erfroren schon viele", sagt er müde und geht in die Küche, wo er geräuschvoll mit Schüssel und Wasser hantiert.

Zufrieden schalte ich den Fernseher ein, die Nachrichtensendung Aktuelle Kamera beginnt gerade und das dicke Gesicht von Helmut Kohl erscheint auf der Mattscheibe. Er sagt etwas, aber Wilfried wäscht sich so geräuschvoll, dass ich kein Wort verstehen kann. Ich stelle den Fernseher lauter: „... Zehn-Punkte-Plan zur Wiedervereinigung bekannt geben ..."

„Wiedervereinigung?", platzt es aus mir hervor. „Wer hat denn ...? Wer will *die* denn?" Fassungslos falle ich in den Sessel vor dem Fernseher.

„Wiedervereinigung?", grölt jetzt auch Wilfried und springt nackt ins Zimmer. „Oh Mann, ist das geil! D-Mark für alle, schöne Autos für alle ... Weißt du eigentlich, was das für uns bedeutet?"

Ich bin noch immer fassungslos und vergrabe mein Gesicht in den Händen. Natürlich weiß ich das. Die Wiedervereinigung wäre der Anfang vom Ende. Sie wäre die Geburt kapitalistischer Zustände auch hier in der DDR, die es ja dann nicht mehr geben wird.

Die Mieten werden steigen, je größer die Wohnung, desto höher die Miete, und Frauen mit kleinen Kindern werden schon bald arbeitslos sein ...

Ich bin unfähig, die Nachrichten weiter zu verfolgen. Wie war das noch mit Wolke Sieben? Schwebte ich nicht noch vor wenigen Augenblicken auf ihr durch den Raum? Aber je höher man fliegt, desto tiefer wird man fallen - so ist das eben.

Langsam gehe ich ans Fenster und schaue hinaus in die Nacht, die schwarz ist und undurchsichtig, wie mir scheint.

So, ja, genau so, stelle ich mir meine Zukunft vor.

Es ist Dezember geworden.

Die Weihnachtszeit rückt näher und näher, aber Vorfreude will sich in diesem Jahr nicht so recht einstellen.

Das drohende Aus des Sozialismus nimmt mir jede kindlich staunende Gefühlsregung.

Weihnachten - das Fest der Besinnung ...

Worauf soll ich mich besinnen? Dass in meinem Vaterland endlich *Demokratie* herrscht? Dass das Geschick unseres Landes zukünftig von der Mehrzahl der Bevölkerung bestimmt werden soll? Die Mehrzahl der Bevölkerung ist dumm. Essen wollen sie und ficken. Und meckern natürlich. Meckern über alles und jeden. Und das nennen sie dann *Mitbestimmung*. Dabei wissen sie nicht einmal, was sie wirklich wollen!

Ich habe Angst! Angst davor, dass die atemberaubenden Veränderungen weiterhin rasend schnell über unser Land hinwegfegen und die Menschen nicht mehr genug Luft bekommen, um in Ruhe nachzudenken.

Das Erwachen kommt bestimmt - ein Rauschzustand hält nicht ewig an.

Aber nicht nur hier befinden sich die Menschen in einem Rauschzustand. Auch in Polen, in der CSSR und in Rumänien demonstrieren sie Einigkeit in ihrem Bestreben, dem Sozialismus in ihren Ländern den Garaus zu machen.

Der Traum vom Arbeiter- und Bauernstaat scheint ausgeträumt zu sein. Dabei hatten die Menschen in unserem Land bis vor wenigen Wochen nur freier sein wollen!

Sie erzwangen, was vorher niemand für möglich gehalten hätte: erst den Mauerfall, dann den Rücktritt Erich Honeckers und schließlich die Streichung der Führungsrolle der SED aus der Verfassung.

Aber anstatt mit dem Erreichten zufrieden zu sein, wollen sie nun immer mehr. Sie haben Blut geleckt.

Bereits Anfang Dezember bekannten sich die Sozialdemokraten der DDR zur Einheit der deutschen Nation. Zwar wehren sie sich angeblich gegen eine vorschnelle Vereinigung, unter dem Motto etwa: Gut Ding will Weile haben, haben jedoch mit ihrem Bekenntnis einen Stein ins Rollen gebracht, den sie auf diesem unwegsamen und unbekannten Terrain nicht wirklich unter Kontrolle behalten können.

Welten werden aufeinanderprallen ...

Privateigentum an Produktionsmitteln auf der einen Seite und Volkseigentum auf der anderen Seite. Privatwirtschaft in der BRD, landwirtschaftliche Produktionsgenossenschaften bei uns. Reiche Wessis dort und mittellose Ossis hier - und so weiter, und so weiter!

Die vielen Parteineugründungen können mich auch nicht beruhigen. Die Macht des Volkes ist schließlich nicht von der Anzahl der in einem Land wirkenden Parteien abhängig.

10. Tür

Der Schnee fällt in leisen dicken Flocken vom Himmel. Sanft schweben sie hernieder - auf die Straßen, die Wiesen und den kleinen Ententeich vorm Haus.

Die Lichtmasten haben lustige Mützen bekommen, Bäume und Sträucher ächzen und stöhnen unter der Last der weißen Pracht.

Gestern war Heiligabend ...

Es war eine Heilige Nacht, wie sie schöner nicht sein kann. Mit einem aufwendig geschmückten Tannenbaum, einem Meer von Kerzen und gedämpfter Weihnachtsmusik hatte ich unser kleines Wohnzimmer in eine Märchenwelt verwandelt. Und Marie und Felix hatten keinen Mucks herausgebracht, als sie ins Zimmer gebracht worden waren, aber ihre strahlenden Äugelein haben Bände gesprochen. Strahlende Kinderaugen, in denen sich der Schein der Weihnachtskerzen widerspiegelt, haben die Macht, auch die letzte dunkle Ecke in unserem Inneren auszuleuchten und sie in gleißendes Licht zu tauchen.

Jedenfalls versöhnte das Glück in den Augen meiner Kinder mich und Wilfried für ein paar Stunden und wir erfreuten uns gemeinsam an den Geschenken, die wir ein paar Tage zuvor in Westberlin eingekauft hatten.

„Stille Nacht, heilige Nacht ...", tönt es aus dem Radio, ebenfalls ein Mitbringsel aus Westberlin.

„Sag mal, wie war's eigentlich in Westberlin?", fragt Michelle, die vor ein paar Minuten vorbeigekommen ist, um den Kindern auch ein paar Kleinigkeiten zu schenken. „Ich will die nächsten Tage mal mit meinen Eltern hin."

Ich sehe ihr Erstaunen, als sie die vielen bunten Spielsachen unter dem Weihnachtsbaum entdeckt.

„Schöne Sachen, nicht wahr?", sage ich stolz. „Hätte nie gedacht, dass man vom Begrüßungsgeld so viele schöne Dinge kaufen kann."

„Das ist alles vom Begrüßungsgeld?", fragt Michelle ungläubig. Ich zucke lächelnd mit den Schultern. „Einhundert DM pro Person - das sind vierhundert DM für die ganze Familie ..."

„Und ihr habt euch nicht geschämt, in eine Bank zu gehen und das Begrüßungsgeld abzuholen? Geld, das euch ja eigentlich nicht gehört, weil ihr es nicht verdient habt. Schürt es nicht Unfrieden zwischen Ossis und Wessis?"

„Kann ich mir nicht vorstellen", erwidere ich. „Der Westen ist doch froh, dass wir alle kommen und das Geld abholen, um es sofort wieder auszugeben. Oder glaubst du, es würden so viele in den Westen fahren, wenn sie sich nicht mal eine Wurst vom Stand kaufen könnten? Die Wenigsten von uns haben doch D-Mark. Die Aktion mit dem Begrüßungsgeld ist weniger selbstlos, als alle annehmen. Sie erfüllt einen ganz bestimmten Zweck. Die Wessis wollen, dass wir kommen, und wir Ossis kommen, weil wir endlich dürfen und es uns - Dank des Begrüßungsgeldes - auch leisten können."

„Egal", sagt Michelle. „Ich würde mir jedenfalls wie eine Bettlerin vorkommen."

Ihre Meinung ärgert mich. Soll ich ihr an dieser Stelle sagen, dass jeden Tag Hunderte von DDR-Bürgern vor den Banken der Bundesrepublik und Westberlin stehen? Dass sie nur eine unter vielen sein würde? „Fahre mit deinen Eltern hin", sage ich stattdessen. „Dann beantworten sich alle deine Fragen ganz von selbst."

Michelle nickt mir steif zu. Ihre Bewegungen spiegeln ihre Skepsis und ihren Argwohn wieder. Sie will mir scheinbar glauben, bloß kann sie es nicht. „Und wie ist es dort?", fragt sie. „Ist es schöner als hier?"

Geschickter Themenwechsel - bravo! Aber wie soll ich beschreiben, was mich fast umgehauen hat? Sie wird mir sowieso kein Wort glauben. Egal ...

„Der Himmel ist blauer, das Gras ist grüner und die Sonne scheint heller ..."

„Jetzt spinnst du aber", unterbricht sie mich auch prompt und lacht. „Diese Phrasen sind inzwischen so abgedroschen, dass ich sie dir auf keinen Fall abkaufe!"

„Wenn es doch aber stimmt", erwidere ich mit einem Auflodern von Begeisterung. Es ist die gleiche Begeisterung, die ich empfunden hatte, als ich in Westberlin von der U-Bahn auf die Straße getreten war. „Westberlin ist so bunt mit den Straßengeschäften und den Schaufenstern ... Ist so hell mit den Leuchtreklameschildern und den Weihnachtsdekorationen. Inmitten unseres grauen und trostlosen Einerlei erstrahlt Westberlin wie ein Diamant. Westberlin ist ein Erlebnis ..."

Plötzlich halte ich den Mund und stutze. Habe ich mich eben verhört? Das kann doch nicht sein! Bis vor wenigen Minuten übertrug Radio-DDR das Weihnachtskonzert der Kruzianer, jetzt ertönt die Stimme des Nachrichtensprechers.

Michelle, die etwas sagen will, verstummt, als sie meine gehobene Hand sieht, aber die Nachrichten sind vorbei.

Ich schalte den Fernseher an und habe Glück: Hier beginnen die Nachrichten gerade. Mit Entsetzen hören wir, was die Nachrichtensprecherin verkündet: „Das rumänische Staatsoberhaupt Nicolae Ceaucescu und seine Ehefrau Elena wurden heute am frühen Morgen hingerichtet ..."

Benommen lehne ich mich im Sessel zurück. Ich höre das leise Schrappen eines Hubschraubers - es wird lauter, kommt näher und näher. Bald ist das ganze Zimmer erfüllt von seinem Lärm. Die Sprecherin spricht, aber ich kann sie nicht mehr hören. Sie bewegt nur noch ihre Lippen - was sie sagt, verstehe ich nicht.

Ich laufe zum Fenster, aber da ist kein Hubschrauber. Ich begreife, dass das Geräusch aus meinem Kopf kommt.

Michelle ist gegangen, zum Gänsebratenessen bei meinen Eltern - die Glückliche ist eingeladen worden.

Mein Campingkocher lässt das Zubereiten solcher Gaumenfreuden leider nicht zu. Aber letztlich stört das sowieso niemanden, denn Marie isst kein Fleisch und Wilfried ist nicht zu Hause.

Wo er nur wieder steckt?

Marie lässt sich ihre Nudeln mit Tomatensoße schmecken, Wilfrieds Portion stelle ich in den Kühlschrank. Mir selbst ist der Appetit vergangen, ich esse nichts.

Heute ist Weihnachten, das Fest des Friedens und der Freude ... Auch in Rumänien. Doch was machen die Rumänen? Anstatt mit ihren Familien friedlich beisammen zu sein, ermorden sie zwei Menschen. Freilich kann ich ihren Zorn verstehen - sie wollen auch freier sein, wollen mehr Gerechtigkeit für ihr Volk. Aber rechtfertigt das den Mord an Ceaucescu und seiner Frau?

Kollektiven Mord nennt man so etwas!

Mein Gott, warum töten diese Menschen? Ist ihnen denn nicht bewusst, dass sie damit genau die Art Unrecht fortsetzen, gegen die sie aufbegehren?

Einerseits werden Machtmissbrauch und Amtswillkür angeprangert und andererseits bedient sich der Pöbel genau der gleichen Mittel. Weshalb das Blutvergießen?

Die Bilder der Hinrichtung gehen mir nicht aus dem Kopf: Zwei alte Leute - schlecht gekleidet, unscheinbar fast und klein - stehen vor einer grauen Wand. Ein paar dumpfe Schüsse und ihre Körper sacken leblos in sich zusammen.

Vor der Wand liegen nun zwei tote Menschen ...

Ein Schluchzer durchzuckt meinen Körper - ja, es sind Menschen, verdammt noch mal!

Mich fröstelt, in der Wohnung ist es kalt geworden. Der kleine Nachtspeicherofen im Wohnzimmer kann die Wärme nicht lange genug halten - wo Wilfried nur bleibt!

Unendlich traurig wische ich mir die Tränen aus dem Gesicht; ich muss in den Keller und Kohlen holen.

Marie begleitet mich auf dem Weg ins Erdgeschoss, wo unsere Kohlen im ehemaligen Stallbereich eingelagert sind. Wir verhalten uns ganz still, denn seit einigen Tagen wohnt eine dreiköpfige Familie in der Wohnung hier unten.

Die junge Frau kenne ich noch aus der Schule. Was hat sie nur veranlasst, in so ein Haus einzuziehen?

Schweigend gehen wir an der Tür vorbei, die sich plötzlich einen Spaltbreit öffnet.

Vor uns steht Ina, die fünfjährige Tochter unserer neuen Nachbarn. Sie sagt kein Wort, lächelt nur verlegen und hält sich verkrampf an der Türklinke fest.

Marie kennt Ina aus dem Kindergarten. „Hallo, Ina", sagt sie und beide Mädchen kichern.

„Wollen wir spielen?", fragt nun das Nachbarkind, jedes Wort so lang wie eine Eisenbahn, und wieder kichern die Zwei.

Jetzt öffnet sich die Tür ganz und ihre Mutter Dagmar lacht uns freundlich entgegen. „Fröhliche Weihnachten", sagt sie. „War der Weihnachtsmann fleißig? Bist du wieder einmal mit den Kindern allein? Wo ist dein Mann? Bekommt ihr heute noch Besuch, oder seid ihr irgendwo eingeladen? Habt ihr schon gegessen? Was stehen wir hier herum? Wollt ihr nicht mit hereinkommen?" Mit großen erwartungsvollen Augen sieht sie mich an.

Ich kann im ersten Moment nichts sagen, bin perplex.

Dagmar hat sich überhaupt nicht verändert. Schon als Kind konnte sie reden, ohne Luft zu holen. Sie sprudelt wie ein Wasserfall und ich habe Mühe, nicht in ihren Worten zu ertrinken.

„Fröhliche Weihnachten", erwidere ich schließlich und versuche meine verwirrten Gedanken zu ordnen. Das dauert ...

Aber Geduld ist anscheinend auch eine von Dagmars Stärken. Jedenfalls sagt sie kein Wort und verliert auch ihr Lächeln nicht aus dem Gesicht.

„Also", beginne ich schließlich. „Über die Geschenke können wir uns nicht beklagen. Ja, ich bin mit den Kindern allein zu Hause. Wo sich mein Mann in diesem Moment aufhält, weiß ich nicht. Wir bekommen keinen Besuch und sind auch nirgendwo eingeladen ..." Gespielt ratlos zupfe ich mir mit Daumen und Zeigefinger an der Unterlippe herum. „Was wolltest du noch wissen?"

„Ob ihr schon gegessen habt und ob ihr hereinkommen wollt", lacht Dagmar. „Wie du siehst, habe ich mich nicht verändert. Mein Verstand sitzt auf der Zunge und was ich denke, kommt mir sofort über die Lippen. Außerdem bin ich neugierig; schließlich haben wir uns eine Ewigkeit nicht gesehen!" Sie legt ihre Hände auf meine Schultern und atmet zufrieden aus. „Ich freue mich wirklich, dich zu sehen. Mein Mann ist nämlich auch nicht zu Hause. Er hilft meinem Vater im Stall - du weißt ja: Rindviecher kennen keine Feiertage und wollen jeden Tag versorgt sein."

Marie und Ina schlüpfen an Dagmar vorbei in die Wohnung. Sie schaut ihnen hinterher und sagt: „Die Kinder haben ihre Entscheidung getroffen. Was ist mit dir? Nimmst du meine Einladung an?"

„Wir haben aber schon gegessen", erwidere ich.

„Kein Problem, dann koche ich uns eben nur Kaffee. Also kommst du?"

„Sehr gern. Ich will nur noch schnell ein paar Kohlen in meinen Ofen werfen, damit er nicht ausgeht."

Nebenan im Stall fülle ich meine Eimer mit Kohlen. Als ich mit den vollen Eimern zurückkomme, steht Dagmar noch immer an der Tür. „Ich habe Dresdener Christstollen - soll ich ihn aufschneiden?"

Ich bin schon an ihr vorbei und schleppe die Eimer die schmale Treppe hinauf. „Keine Umstände, bitte", keuche ich.

„Das sind keine Umstände", ruft sie mir hinterher. „Wenn du kommst, dann bringe das Baby mit! Ich schiebe schon mal den Kinderwagen in die Küche, damit sich die Matratze aufwärmen kann ..."

Langsam kommt Freude auf. Schließlich ist Weihnachten!

Beschwingt heize ich den kleinen Ofen wieder an, der nun doch völlig ausgebrannt war. Dazu baue ich drei Kohlen wie ein U auf, lege ein Stück brennenden Anzünder hinein und decke ihn mit einer vierten Kohle ab. Jetzt noch ein paar dünne Holzscheite und die obere Ofentür kann geschlossen werden. Sofort lodert das Feuer auf. Nun muss ich warten, bis die Kohlen vollständig glühen, damit die untere Ofentür geschlossen werden kann. Der Ofen wird die Wärme aufnehmen und nach und nach an den kleinen Raum abgeben.

In der Zwischenzeit kann ich das Baby versorgen. Ich gehe ins Kinderzimmer. Felix schläft noch tief und fest. Vorsichtig schlage ich die Decke zurück und umfasse seinen Körper unter den Achseln. Und so behutsam, wie ich nur kann, hebe ich ihn aus dem Bettchen. Als er sicher an meiner Brust liegt, spüre ich, dass er erwacht. Ich kenne seine Art zu erwachen, es läuft immer gleich ab: Erst macht er sich ganz klein und zieht beide Beinchen und den Hals ein. Dann streckt sich der kleine Körper so lang es nur geht und als Nächstes öffnet er seine Äugelein.

Ich fühle die lebendige Wärme seines Körpers und sehe unbändige Freude in seinen blauen Augen, als er mich erblickt.

„Hallo, mein Süßer", piepst eine gerührte Stimme aus mir. „Hast du so lange geschlafen? Mein lieber Junge, mein Sternchen, mein Schätzchen! Die Mama macht dich jetzt ganz fein und dann besuchen wir die Tante Dagmar ..."

Auf einer Decke, die ich zuvor auf dem Küchentisch ausgebreitet habe, wechsele ich seine Windeln und ziehe ihm den wollenen Strampler an, den meine Mutter vor ein paar Jahren für Marie gestrickt hatte.

„Fertig! Was guckst du denn so? Ist deine Marie nicht da? Ja, wo ist sie denn nur? Wollen wir sie suchen?" Ich nehme ihn wieder hoch und hole ein Fläschchen selbst gepressten Möhrensaft aus dem Kühlschrank. Unter dem heißen Wasserstrahl aus dem Boiler erwärme ich ihn.

Felix lässt die Flasche nicht aus den Augen. Er gibt schnalzende Töne von sich und zappelt wild auf meinem Arm.

„Ist ja gut, mein Schätzchen. Wir suchen Marie und dann kriegst du dein Fläschchen." Felix lässt sich erst beruhigen, als ich ihm einen Nuckel zwischen die kleinen Lippen schiebe.

Mit Baby und Flasche begebe ich mich nun auf den Weg ins Erdgeschoss.

Auf halber Strecke kommt mir Wilfried entgegen.

„Wo willst du denn hin?", fragt er entgeistert. „Ich habe Hunger, muss was essen!"

„Vielleicht schaust du mal auf die Uhr?"

„Es ist ja wohl meine Sache, wann ich zum Essen nach Hause komme", erwidert er. „Ich habe Hunger und du wirst mir was zu essen machen!"

„Träum weiter", sage ich nur und drängele mich an ihm vorbei - die Treppe ist elend schmal -, kämpfe mich Schritt für Schritt weiter nach unten. Dieser Nachmittag gehört mir! Den lasse ich mir diesmal nicht verderben!

„Dein Essen steht im Kühlschrank", rufe ich ihm über die Schulter zu. „Brauchst es dir nur warm zu machen."

„Was sind denn das für Moden?", brüllt er hinter mir her. „Vielleicht stelle ich mich als Mann auch noch an den Kochtopf! Dafür bist du zuständig, blöde Kuh! Du bist meine Frau!"

Ich bin an der Nachbarwohnung angelangt und werfe ihm noch einen spöttischen Blick zu. Mein Gott, wie dämlich er heute wieder aussieht!

Mit eingezogenem Hals und scheinbar gebrochenen Flügeln hüpft er hinter mir her.

„Was willst du?", fahre ich ihn an. „Kapierst du nicht, dass du hier nicht erwünscht bist?"

Ich klopfe kurz an die Tür, öffne sie sogleich und schlage sie dann Wilfried genau vor der Nase zu.

Dagmar kommt gelaufen. „Ist dein Mann draußen?", fragt sie erfreut. „Bring ihn doch mit, dann kann ich ihn endlich einmal kennenlernen!"

„Das ist keine gute Idee", erwidere ich, aber ... Zu spät! Dagmar ist bereits an der Tür und lässt auch Wilfried eintreten.

„Du wirst doch nicht allein essen wollen", sagt sie zu ihm. „Ich habe noch Kaninchenbraten und Rotkohl auf dem Ofen. In Gesellschaft isst es sich gemütlicher! Es ist Weihnachten ...!"

Wilfried sitzt vor seinem Kaninchenbraten und grinst bösartig zu mir herüber. Dabei läuft ihm die Soße aus dem Mund und das unrasierte Kinn herunter, wo sie nur noch von seinen Bartstoppeln daran gehindert wird, ihren Weg bis zum Bauchnabel fortzusetzen. Aber Wilfried nimmt von den Irrwegen seiner Soße nichts wahr. Er ist viel zu sehr damit beschäftigt, sich wieder mal als Sieger zu fühlen und schaufelt geräuschvoll seinen Teller leer.

„Da ...! An deinem Kinn ...! Soße!", sagt Dagmar zaghaft und zeigt mit dem Finger drauf.

Jeder andere hätte sich vielleicht geschämt, doch Wilfried macht sich nichts daraus. „Das ist gewollt", sagt er knapp. „Aber wenn es dich stört, dann bringe ich das natürlich sofort in Ordnung!" Und vor Dagmars verdutzten Augen lässt er seinen langen rosa Zungenlappen kreisen und erledigt den Rest mit dem Hemdkragen. „Gut so?"

Dagmar sieht mich erschrocken an und zieht die linke Augenbraue hoch. Ich antworte mit einem angedeuteten Ich-habe-dich-gewarnt-Schulterzucken.

Am liebsten würde ich ihm in sein hässliches Gesicht springen. Warum ist er nicht geblieben, wo er war? Was will er hier? Ich würde am liebsten vor Scham im Boden versinken.

Dagmar ist sprachlos. Sie weiß offensichtlich nicht, wie sie sich verhalten soll - lachen vielleicht?

„Kann ich Nachschlag bekommen?", fragt Wilfried unverhofft. „Das Essen ist lecker - da kann sich so manche andere Frau eine Scheibe abschneiden."

„Du hast genug", erwidere ich schnell, bevor Dagmar etwas sagen kann. „Wenn du noch Hunger hast, dann geh nach oben und mache dir die Nudeln warm, die seit heute Mittag für dich bereitstehen."

„Nudeln zu Weihnachten?" Wilfried spukt verächtlich auf den Boden. „Zu Weihnachten isst man Braten, aber keine Nudeln!"

„Hast du einen Braten eingekauft?", frage ich betroffen. „Einen Braten, den ich wo zubereiten sollte?" Ich fühle mich gedemütigt, bin verletzt und meine Unterlippe zittert. Was soll nur Dagmar von mir denken?

„Mir doch egal", erwidert Wilfried und grinst böse. „Wo ein Wille ist, ist auch ein Weg ..."

Wut und Verzweiflung treiben mir die Tränen ins Gesicht - ich lasse ihnen nun freien Lauf. Soll Dagmar doch denken, was sie will. Inzwischen ist doch sowieso alles egal.

Ich spüre ihren Blick auf mir und wünschte nun, ich wäre nie auf ihre Einladung eingegangen.

Ohne ein Wort zu sagen, steht Dagmar plötzlich auf und geht zum Ofen. Wenig später kommt sie mit einem Topf zurück.

„Willst du noch Soße?", fragt sie Wilfried, dessen Körperhaltung sich sofort hocherfreut strafft.

„Immer her damit", raunt er vergnügt. „Ich fühle, dass das der Beginn einer wunderbaren Freundschaft sein wird."

Dagmar antwortet ihm mit einem Lächeln und schöpft eine Kelle braune Soße auf seinen Teller.

„Fleisch?"

„Ja, bitte ...!"

Ich halte es nicht mehr aus und will gerade aufstehen, um zu gehen, als Dagmar aus großer Höhe ein Stück Fleisch auf Wilfrieds Teller klatschen lässt - und noch eins, und noch eins. Die Soße spritzt.

Wilfried springt auf.

„Sag mal, spinnst du?" Sein Hemd trieft vor Fett - die Soße tropft ihm auf den Hosenbund. „So eine Sauerei", schimpft er. „So eine verdammte Sauerei!"

Entsetzt sieht er an sich herab, sieht dann mich an und stürmt, ohne ein weiteres Wort zu verlieren, aus der Wohnung.

Dagmar und ich lachen hinter ihm her. Schadenfreude ist doch die schönste Freude. Sichtlich mit sich zufrieden schließt Dagmar die Tür.

„So ein Arschloch", sagt sie mehr zu sich und streckt mir dann einladend ihre Hand entgegen. „Komm, ich zeige dir unsere Wohnung!" Sie führt mich von einem Zimmer in das nächste - ich sehe nur uralte, abgewohnte Möbel: in den Schränken ist der Wurm drin und die Polster der Couchgarnitur sind zerschlissen.

Mein erster Gedanke ist, dass die drei noch armseliger dran sind als wir. Ihre Wohnung ist größer, zugegeben, aber sonst ...?

Als wir wenig später auf den Polstern sitzen und Kaffee trinken, frage ich: „Warum seid ihr in so ein Loch gezogen?"

„Weil die Gemeinde das Haus, in dem wir bisher wohnten, verkaufen will."

„Aber hier kommt Ihr doch nie wieder raus!"

„Doch, doch", erwidert Dagmar mit einem Ton innerer Überzeugung. „Das hier ist nur eine Übergangslösung, bis der Bürgermeister etwas Neues für uns gefunden hat."

„Übergangslösung?", wiederholt Wilfried lachend, der wie aus dem Nichts plötzlich hinter uns steht.

Dagmar stöhnt kurz auf, schenkt ihm aber ansonsten keine Beachtung. "Für unsere neue Wohnung kaufen wir dann auch neue Möbel", sagt sie. „Wir sparen seit ein paar Jahren jeden Pfennig dafür. Dort im Schrank ...", sie zeigt auf eine alte Anrichte, „... haben wir schon fünftausend Mark zusammengespart. Und in ein paar Monaten ..."

„Dass du dich da mal nicht täuschst!" Wilfried setzt sich neben mich auf die Couch und seine Hand landet derb auf meinem

Oberschenkel. „Mein Schatzi und ich können ein Lied davon singen. Wir haben einen nervenaufreibenden Kampf hinter uns. Und dabei ist unsere Wohnung noch viel kleiner als die hier ..."

„Aber wir haben das Wort des Bürgermeisters", entgegnet Dagmar.

„Das nicht viel wert ist, wenn man bedenkt ..."

Dagmar springt auf. „Wenn du nicht bald deine Klappe hältst, dann schmeiße ich dich eigenhändig aus dieser Wohnung! Bist du total beschränkt? Merkst du nicht, wenn du unerwünscht bist?"

Wilfried schluckt. Mit einem gekränkten Gesicht schlürft er in die Küche zurück.

Dagmar schüttelt den Kopf. „Was hast du dir nur bei diesem Mann gedacht?", fragt sie. „Der kann doch unmöglich immer so drauf sein!"

Ich kann mir einen Seufzer nicht verkneifen: Ach, wenn sie wüsste!

„Und als ob du nicht mit dem schon genug hast, willst du jetzt auch noch in das Haus eines Lustmolches einziehen!"

Verwundert sehe ich sie an. „In das Haus eines Lustmolches?"

Dagmar zieht die Augenbrauen nach oben. „Sag bloß, du weißt nicht, dass euer neuer Nachbar jedem weiblichen Wesen nachstellt, das nicht schnell genug um die Ecke ist?"

Ich schüttele den Kopf. „Das kann ich mir nicht vorstellen."

„Warum nicht? Weil er mit einer hübschen Frau verheiratet ist?"

„Nein, weil ich mit seiner großen Tochter in eine Klasse gegangen bin."

Dagmar lacht. „Na, dann pass nur auf, dass du ihm nicht im Dunkeln begegnest."

11. Tür

Der Boden dampft. Unter dem wärmenden Licht der Sonne wallen in ihm die im Herbst versiegten und seither verborgenen Säfte allen Lebens.
Die Natur erwacht.
Sich rekelnd öffnet sie glücklich ihre Augen, weil sie sich endlich aus der Umklammerung des Winters befreien konnte. Ihr Atem erfüllt die Luft mit süßen Düften.
Inspirierend und betörend umschmeicheln sie ihren Schoß, aus dem schon hier und da zartes Grün das Licht der Welt erblickt.
Es ist Frühling.
Die Jahreszeiten-Uhr hat zu ticken begonnen ...
Aber auch für mich fängt ein neues Leben an.
Nach vielen aufreibenden Wochen haben wir endlich unsere neue Wohnung beziehen können. Aufreibend deshalb, weil es an mir hängen geblieben war, die Wohnung in einen bezugsfertigen Zustand zu bringen.
Mein Mann?
Der hatte keine Lust! Mit Sätzen, wie: *Hast du die neue Wohnung gewollt oder ich?* trieb er mich beinahe in den Wahnsinn.
Als er meinem Drängen endlich nachgegeben hatte, hielt er sich mehrere Wochen damit auf, die Tapeten von den Wänden zu reißen. Er fuhr täglich mit einem Sack voller Bierflaschen auf dem Motorrad in die Wohnung und kam erst spät in der Nacht betrunken zurück.
Ich ertrug diese Situation irgendwann nicht mehr und legte selbst Hand an.   Und um mir meinen Traum von der neuen Wohnung zu erfüllen, lief ich jeden Tag, bei Wind und Wetter, fünf Kilometer mit dem Kinderwagen hin und fünf Kilometer zurück und tapezierte unsere Wohnung allein.

Im Moment stehe ich auf dem Wäscheplatz unseres neuen Zuhauses. Ich habe gerade die Leine gespannt und lasse mir nun die Sonne warm ins Gesicht scheinen. Wie sehr habe ich mich nach ihren Strahlen gesehnt - gerade während der freudlosen Zeit der vergangenen Monate, in der sich die trostlosen Tage zäh dahinschleppten und jedes Fünkchen Frohsinn in mir erdrückten.

Wo war die Hoffnung, die jetzt so übergroß in meinem Herzen lebt?

Überwältigt presse ich beide Hände gegen die pochende Brust, um die Schläge zu dämpfen: Liebes Herz, brich nicht entzwei, sondern gewöhne dich an das Glück - diesmal wird es von Dauer sein.

Die Haustür öffnet sich und mein neuer Nachbar, Herr Meiße, kommt heraus. Seit wir hier wohnen, habe ich noch kein Wort mit ihm oder seiner Frau wechseln können. Beide arbeiten tagsüber und ziehen sich abends still in ihre eigenen vier Wände zurück.

Der dicke Herr Meiße wabbelt die Treppe des Hauseinganges herunter. Mit seinem ungepflegten, langen Oberlippenbart erinnert er mich an eine Seerobbe - ich lächele stumm in mich hinein.

Herr Meiße nickt mir freundlich zu. Ich grüße zurück. Plötzlich fasst er sich in den Schritt. Im ersten Moment glaube ich mich zu vergucken und starre verdutzt in seine Richtung. Als er mich nun auch noch lüstern angrinst, während er nicht aufhört, die Jeans zwischen seinen Beinen zu kneten, fallen die Worte von Dagmar ein: *Na, dann pass nur auf, dass du ihm nicht im Dunkeln begegnest ...*

Herr Meiße grinst noch immer. „Hundert Mark?", fragt er.

„Wie bitte?" Das Blut schießt mir ins Gesicht und ich weiß nicht, wie ich mich verhalten soll. Es könnte ja sein, dass ich seine gegrunzten Worte nur nicht richtig verstanden habe. Er kann mir doch unmöglich eben einhundert Mark geboten haben! Wofür?

Ich fasse mir ein Herz und frage: „Entschuldigen Sie bitte, Herr Meiße, was ...?"

„Hundert Mark", stößt er hervor und bewegt sein Becken im traditionellen Rhythmus angeborener Instinkte.

Im Stillen sage ich mir immer wieder, dass das alles ein Scherz ist ... Oder ein Irrtum ... Aber der Becken schwingende Mann steht leibhaftig vor mir. Die Augenschlitze in seinem roten Gesicht taxieren mich wollüstig und der Mund stößt grunzende Laute aus.

Ich stehe wie versteinert, kann nicht glauben, was ich doch so hautnah erleben muss. Ein Kopfschütteln ist alles, was ich hervorbringen kann. Angewidert wende ich mich ab und verfolge ihn aus den Augenwinkeln, bis er im Stall bei seinen Kaninchen verschwunden ist.

Ich schaue zum Himmel und suche die Wolke, die so plötzlich die Welt um mich herum verdunkelt hat. Aber der Himmel ist blau und das Haus wird von der Sonne beschienen, als sei es der Mittelpunkt der Welt.

„Ich gehe in den Westen."

Ich traue meinen Ohren nicht. „Was machst du?" Entgeistert starre ich Wilfried an. Ich sitze ihm gegenüber auf der Couch und stopfe die Löcher in den Strumpfhosen von Marie. Gerade hatte ich ihm erzählt, was mir heute mit unserem Nachbarn widerfahren ist und gehofft, er würde dafür sorgen, dass ich nie wieder in so eine Situation gerate. Aber anstatt mich zu beschützen, will er mich sogar allein lassen. Allein im gleichen Haus mit diesem Lustmolch. „Du kannst mich doch nicht wirklich ..." Meine Augen füllen sich mit Tränen. „Das glaube ich einfach nicht! Harmlosen Männern wie Markus unterstellst du schmutzige Absichten und wenn ich tatsächlich belästigt werde, ziehst du den Schwanz ein!"

Wilfried steht auf und kniet sich vor mir nieder. „Sieh mal", sagt er und ergreift meine Hände. „Ich würde Westgeld verdienen - Geld, das wir dann eins zu fünf tauschen könnten. Überlege doch mal, was wir uns dann alles leisten könnten! Komm schon, zieh nicht so ein Gesicht! Denkst du, es fällt mir leicht, von hier weg zu gehen?"

„Und warum tust du es dann?"

„Weil ich meiner Familie etwas bieten will." Er grinst. „Manchmal muss ein Mann tun, was er tun muss, wenn er ein Mann sein will."

„Und was tut ein Mann, wenn seine Frau kurz davor steht, von einem fetten Schwein vergewaltigt zu werden?"

Wilfried seufzt. „Okay, ich rede mit ihm, bevor ich fahre."

„Und was willst du ihm sagen?", frage ich.

„Keine Ahnung! Mal sehen ..."

„Dir fällt also nichts ein, was du ihm sagen könntest? Ist es dir denn völlig egal, dass er denkt, er könnte sich für Geld mit deiner Frau amüsieren?"

„Mach doch deswegen nicht so ein Theater!" Wilfried steht auf und setzt sich zurück in seinen Sessel. „Vielleicht hat er sich von dir animiert gefühlt."

„Du solltest mich eigentlich besser kennen ..."

„Im Grunde könntest du doch stolz darauf sein, dass dich ein anderer Mann geil findet. Ich bin es jedenfalls!"

Ich lege das Stopfzeug und Strumpfhosen beiseite und stehe langsam auf. „Das ist doch wieder einmal typisch für dich", entgegne ich böse. „Wenn sich ein Kerl nicht beherrschen kann, dann ist natürlich die Frau schuld."

„Unsinn!" Wilfried fährt abwehrend mit der Hand durch die Luft und steht ebenfalls auf. „Und wenn ich dir verspreche, dass ich ihn mir vorknöpfe, bevor ich fahre? Bist du dann zufrieden?" Ohne eine Antwort abzuwarten geht er ins Schlafzimmer und holt eine Reisetasche aus dem Schrank.

Ich setze mich zurück auf die Couch und lege das Stopfzeug auf meinen Schoß. „Was wird das?", frage ich ängstlich, dabei glaube ich es längst zu wissen. Aber ich will den Gedanken nicht zulassen, weil ich mir einrede, dass eine Realität, die ich nicht zulasse, auch nicht real ist. Aber es gibt nun mal nur eine Realität und die existiert unabhängig von meinem Bewusstsein.

„Gecko wird mich morgen früh hier abholen ..."

„Nein", heule ich los.

„Ich habe bereits zugesagt."

„Das kannst du doch nicht allein entscheiden!"

„Aber ich habe es bereits allein entschieden, mein Schatz", erwidert Wilfried ungerührt. „Außerdem wärst du die Letzte, die mich davon abhalten könnte. Jahrelang hast du mir vorgeworfen, nicht genug für die Familie zu tun. Und jetzt willst ausgerechnet du mich daran hindern?"

Seelenruhig packt er seine Sachen zusammen und würdigt mich keines weiteren Blickes.

„Und die Kinder?", frage ich vorsichtig.

„Die sind bei dir gut aufgehoben, das weiß ich!"

„Und wie soll ich sie versorgen? Ich habe nicht einmal mehr zwanzig Mark und du würdest in ein paar Tagen Geld bekommen. Warte doch wenigstens noch deinen Lohn ab!"

„Nein", erwidert Wilfried. „Ich habe mich entschieden und basta! Außerdem werde ich in höchstens einem Monat wieder hier sein und dann haben wir so viel Geld, dass du nicht weißt, wofür du es ausgeben sollst."

„Und bis dahin?", frage ich hilflos.

Wilfried hebt seine Augenbrauen und betrachtet mich geringschätzig. „Da sollte dir doch wohl was einfallen, oder? Hältst dich doch sonst für so clever! Du hast doch studiert!"

Meine Hilflosigkeit schlägt in Wut um. Schließlich ist das, was wir unser Leben nennen, das Resultat unseres Unvermögens, miteinander umzugehen. Und in diesem Wulst von Unzulänglichkeiten will er mich nun allein zurücklassen?

„Was erhoffst du im Westen zu finden, was du hier nicht finden kannst?", schreie ich ihm ins Gesicht. „Warum solltest du dort erreichen, was du hier nicht schaffst? Denkst du wirklich, die da drüben warten nur darauf, sich von einem ungebildeten Ossi die Arbeit wegnehmen zu lassen? Wofür hältst du dich? Für Supermann?"

Wilfried schüttelt den Kopf. „Du kannst mich mit deiner rotsockigen Kommunistenpropaganda nicht beleidigen. Arbeit gibt es in der BRD genug. Und Wohlstand für den Fleißigen sowieso. Ich werde mir einfach ein Stück vom Kuchen abschneiden und als reicher Mann zurückkommen."

12. Tür

Zwölf Wochen ist es jetzt her, seit Wilfried uns, seine Familie, bedenkenlos im Stich gelassen hatte.

Im Morgengrauen war er verschwunden - ohne ein letztes Wort und ohne jeden Skrupel.

Der Bürgermeister fragte: „Wo ist Ihr Mann? Warum hat er heute seine Arbeit nicht aufgenommen?" Größe und Macht strahlte er an jenem Montag aus. Aber vielleicht kam es mir auch nur so vor, weil ich unter der Flut seiner Beschimpfungen immer kleiner geworden war. Die Gewalt seiner Worte erdrückte mich umso mehr, als ich einsehen musste, dass er mit allem, was er sagte, vollkommen Recht hatte.

Wilfried hatte sich aus dem Staub gemacht, ohne an die vielen kleinen Kinder zu denken, die durch seine Rücksichtslosigkeit einen ganzen Tag in einer kalten Einrichtung zubringen mussten.

„Haben Sie denn überhaupt keinen Funken Verantwortungsbewusstsein im Leib?", beschimpfte er mich. „Vor ein paar Monaten besaßen Sie die Frechheit, meine Kompetenzen als Bürgermeister infrage zu stellen – doch welche Kompetenzen besitzen Sie? Sie sind selbst Mutter! Wie konnten Sie zulassen, dass die Kinder einer gesamten Einrichtung einen ganzen Tag lang frieren?"

Seine Worte waren ohne Erbarmen und spitz wie Pfeile auf mich herniedergeprasselt, von denen jeder ins Schwarze traf.

Ich weiß nicht, warum ich überhaupt zuließ, dass sie mich verletzten. Warum war ich sofort in Tränen ausgebrochen, anstatt mich gegen ihn aufzulehnen und ihm die Tür zu weisen?

„Leute wie Sie wissen immer sehr genau, was ihr Recht ist", behauptete er. „Wehe jedoch, man erwartet Pflichtbewusstsein! Das Wort *Pflicht* scheint in ihrem Wortschatz nicht vorhanden zu sein! Hauptsache Ihnen geht es gut, nicht wahr?"

Wilfrieds Nacht- und Nebelflucht hatte sich erstaunlich schnell im Dorf herumgesprochen. Als ich ein paar Stunden später einkaufen gegangen war, hatten die Leute bereits hinter vorgehaltener Hand getuschelt - nicht heimlich, sondern immer so, dass ich es auch merkte.

Argwöhnisch und sogar feindselig betrachteten sie mich, schüttelten mit den Köpfen hinter mir her, als wollten sie mich absichtlich demütigen und verletzen ...

Mit Ausnahme einer jungen Frau: Uta, die mir aufmunternd zugelächelt hatte.

Den Tränen nahe, hatte ich nur schnell Brot und Milch in den Warenkorb gepackt und war dann schnell zur Kasse geeilt.

Nur raus hier - nichts wie weg, hatte ich gedacht, doch als ich zahlen wollte, befand sich kein Pfennig Geld mehr in meinem Portemonnaie. Wilfried hatte mir alles weggenommen.

Heulend war ich aus dem Laden gestürzt, nadelspitze Blicke im Genick, und hatte mich zu Hause aufs Bett geworfen und weitergeheult, bis mir der Kopf auseinanderzubrechen drohte. Ich glaube, dass ich an diesem Tag allen Vorrat an Tränen aufgebraucht habe und bis zu meinem Lebensende nie mehr weinen kann.

Stunden später hatte dann plötzlich die junge Frau aus dem Laden vor der Tür gestanden und mir Milch und Brot gebracht ...

Meine Gefühle und Empfindungen sind heute weitgehend hinter einer Mauer aus Stein isoliert worden.

Die Erfahrungen der letzten Wochen offenbarten sich als wahre Baumeister.

Endlich kann mich keiner mehr verletzen! Die Häme der Leute dringt nicht mehr zu mir durch. Und sehen sie mich schief an, na und? Es stört mich nicht. Sind sie doch nichts anderes, als ein Pack von hirnlosen, blutgierigen Wesen, die immer nur das tun und denken, was ihnen andere vorschreiben. Im Grunde wissen sie nichts. Weil sie im Grunde auch nichts wissen wollen.

Soeben ist ein Auto auf dem Hof vorgefahren. Motorengeräusch zerschmettert den Kristall flirrender Ruhe und Abgeschiedenheit. Wer mag das sein? Ich gehe zum Fenster, presse meinen Rücken an die seitliche Wand und sehe durch die Gardinen nach unten. Vor dem Haus steht ein roter Wartburg ... Sandras Wartburg!

Aber ich möchte sie nicht sehen. Nicht heute!

Eigentlich möchte ich niemanden sehen - nicht heute und an keinem anderen Tag sonst! Wo war Sandra während der vergangenen Wochen gewesen? Wo war Markus? Wo waren die beiden, als ich sehnsüchtig auf ihren Besuch gewartet, ihren Beistand erhofft hatte?

Ich werde einfach nicht aufmachen. Ich werde Sandra vor der Tür stehen lassen, bis sie wieder abzieht.

Siedend heiß schießt es mir durch das Hirn, dass die Wohnungstür nicht mehr abgeschlossen ist, seit ich ein paar Kräuter aus dem Garten geholt habe. Auch die Haustür ist offen. Sandra wird hier eindringen, ohne dass ich es verhindern kann. Sie wird anklopfen und eintreten.

Mit feuchten, steifen Fingern greife ich nach dem Schlüsselbund, der auf dem kleinen Regal vorn im Eingangsbereich liegt. Kalt und schwer liegt er in meiner Hand. Der längste Schlüssel ist der Schlüssel für die Wohnungstür - behutsam nehme ich ihn zwischen Daumen und Zeigefinger. Gerade als ich hingehen möchte, um sie zu verschließen, klopft es laut und die Tür springt auf.

Erschrocken zucke ich zusammen.

Mit einem lauten: „Hier kommt das Taxi zur Party", stürmt Sandra ins Zimmer. Sie runzelt die Stirn, als sie mich zusammenzucken sieht. „Was ist los? Geht es dir nicht gut?"

„Doch, doch, alles bestens", lüge ich und drücke meine Hände gegen die Brust. „Ich habe nur nicht damit gerechnet, dass im nächsten Moment die Tür aufspringt."

Das Gesicht von Sandra klärt sich. „Dann bin ich ja beruhigt", erwidert sie. „Markus hat mich beauftragt, dich und die Kinder abzuholen. Packe schnell ein paar Sachen zusammen, damit ihr zwei bis drei Tage bei uns wohnen könnt."

Ich bin ehrlich überrascht. „Aber ... Ich ...", stottere ich verwirrt. „Das ist sehr nett von euch, aber ..."

„Aber?", fragt Sandra.

„Aber es passt mir gerade nicht."

„Was du nicht sagst!" Sandra lacht. „Es passt dir also nicht?"

„Nein", antworte ich.

Sandra schüttelt den Kopf. „Das interessiert mich aber nicht. Du packst und kommst mit! Oder denkst du, ich will wegen dir Ärger mit meinem Mann bekommen?" Ihr Gesicht blickt ernst, aber in ihren Augen blitzt der Schalk spitzbübisch auf.

Plötzlich werde ich mir der übergroßen Freude bewusst, die ganz unbemerkt Besitz von mir ergriffen hat. Freude über die Chance, meinem armseligen Schattendasein für ein paar Stunden zu entkommen, um zu reden und zu lachen. Und wer weiß, vielleicht werde ich sogar meine Probleme für ein paar Stunden vergessen können.

Ich öffne meinen lachenden Mund, bringe aber kein einziges Wort heraus, so sehr überwältigen mich meine Empfindungen.

„Also dann ..." Sandra klatscht vergnügt in die Hände. „Wie kann ich dir helfen?"

Es dauert keine zehn Minuten und Wäsche, Babynahrung und Toilettenartikel sind im Wartburg verstaut.

Marie ist ganz aufgeregt und strahlt, als wir den Wagen besteigen. Ihre Wangen sind gerötet.

Selbst Felix spürt, dass wir etwas Besonderes vorhaben - er jauchzt und gluckst vor Freude.

Der Anblick meiner Kinder rührt mich. Schmerzhaft deutlich wird mir bewusst, dass sich die beiden schon lange nicht mehr so gefreut haben.

Als wir auf dem Bauernhof ankommen, werden wir bereits erwartet. Paul, Anne und Benny springen wie kleine Kobolde herbei und begrüßen Marie herzlich. Anne nimmt mein Mädchen sofort an ihre Hand und führt es fort. Ich höre gerade noch, wie sie sagt: „Du sitzt neben mir." Dann sind sie verschwunden.

In der Zwischenzeit hat Sandra den Kinderwagen aus dem Kofferraum geholt und ich lege Felix hinein.

Es ist Mittagszeit.

Ein langer Tisch inmitten scheinbar unberührter Natur zieht sofort meine Aufmerksamkeit auf sich. Auf seinem blanken Holz stehen Teller, liegen Bestecke und in der Mitte sonnt sich ein knuspriger Laib Brot.

Mit den Augen überfliege ich jedes Detail dieser herrlichen einfachen und doch so stimmungsvollen Welt und mit einem Anflug heißer Angst zähle ich das Geschirr ab: fünf plus zwei ...

Sieben Gedecke!

Aufgeregt wippe ich auf den Zehenspitzen - sie haben fest mit uns gerechnet und ich bin froh darüber.

Warum fühle ich mich heute wieder so wohl an diesem Ort? Ist es wegen der Sonne, die hier auf eine besondere Weise scheint? Der Versuch, die dichten Blattzweige der Obstbäume zu durchscheinen, verwandelt ihre Strahlen in einen glitzernden Goldregen. Ihr Schein auf die vielseitige Vegetation dieses Gartens verzaubert ihn in eine Wunderwelt aus Licht und Schatten.

Oder ist es vielleicht der laue Sommerwind, der mit seinem warmen Atem meine nackte Haut an Armen und Beinen liebkost, die Äste der Bäume sanft wiegt und zärtlich über Halme der Gräser streichelt?

Die Indianernesseln, mit Köpfen so rot wie die Kirschlippen junger Mädchen, tanzen ausgelassen zu seiner unvergleichlichen Musik - umschwärmt von einem Schwarm pelziger Bienen.

Oder genieße ich ganz einfach nur den Ort, wo einst meine schönsten Kindheitserinnerungen geboren worden sind?

In diesem Moment tritt Markus mit einem großen, dampfenden Topf aus dem Haus. Gekünstelt schreitet er zur Tafel, an der inzwischen Sandra und die Kinder Platz genommen haben. Er stellt den Topf in die Mitte des Tisches und verbeugt sich dann vor seiner Frau.

„Meine Königin", sagt er feierlich. „Es ist angerichtet."

„Was hat er uns gekocht?", entgegnet sie mit spitzem Mund.

„Königliche Nudelsuppe, Majestät."

„Nudelsuppe, Nudelsuppe", stimmen die Kinder einen Chorgesang an und schlagen mit ihren Löffeln dazu im Takt auf die Tischplatte.

Marie, die neben Anne am Tisch sitzt, sieht mich mit großen, erwartungsvollen Augen an. Als ich ihr lächelnd zunicke, nimmt auch sie ihren Löffel und klopft - erst zaghaft, dann aber mit wachsender Begeisterung - auf den Tisch ein. Funken wilder Freude sprühen aus ihren Augen, sie jauchzt und quietscht vergnügt mit den anderen.

Ergriffen wende ich mich ab und mein Blick bleibt an Markus und Sandra hängen. Wie gebannt sehe ich die beiden an.

Sandra umarmt ihren Mann, sie versucht ihn zu küssen. Er wehrt sich - beide lachen. „Majestät", tut er entsetzt. „Was macht Ihr da? Wollt Ihr uns ins Gerede bringen? Wir sind nicht allein!" Er deutet auf mich, wieder lachen die zwei.

Ein breites Lächeln liegt nun auch auf meinem Gesicht. Sind diese Menschen nicht beneidenswert glücklich? Eines wird mir spätestens in diesem Augenblick klar: Wahres Glück kann nicht an materiellen Dingen festgemacht werden. Das Glück versteckt sich überall, in jedem Menschen, in jeder Situation. Und wenn ich unglücklich bin, dann liegt es an meiner eigenen Unzufriedenheit. Immer wird behauptet, dass Zufriedenheit unsere Weiterentwicklung blockiere; ich denke aber, dass nur zufriedene Menschen Glück empfinden können.

Nach dem Mittagessen setze ich mich in einen Liegestuhl und genieße mit geschlossenen Augen die Ruhe dieser Stunde, während Markus und Sandra geschäftig im Garten umherlaufen. Sie suchen einen anderen, einen schattigeren Platz für die Kaffeetafel, denn am Nachmittag werden gute Freunde aus Dresden erwartet: sehr interessante Leute, wie Sandra betonte.

Durch meine halb geschlossenen Lider beobachte ich die beiden - wie sie überlegen, probieren und diskutieren, wie sie einander ansehen - geradlinig, ohne jeden Schnörkel und frei von Verstellung.

Eines ist jedoch merkwürdig: Ihre Blicke offenbaren so viel Vertrautheit, so viel Achtung und zärtliche Gefühle füreinander ... Nur auf sexueller Ebene spüre ich nichts.

Ich muss eingeschlafen sein, denn als ich von fröhlichen Stimmen geweckt werde, ist es bereits fünfzehn Uhr.

Benommen richte ich mich auf und sehe mich um.

Marie kommt gelaufen und fällt mir um den Hals. „Meine Mami", lacht sie. „Endlich bist du aufgewacht! Sandra sagt, dass es erst Kuchen gibt, wenn du dich ausgeschlafen hast - hast du?"

„Hab ich, meine Süße", erwidere ich und ziehe ihren kleinen Körper auf meinen Schoß. Meine Finger tanzen auf ihren Rippen, bis sie kreischt. „Mami, bitte nicht! Aufhören! Ich kann nicht mehr!"

„Wenn du mir ein Küsschen gibst ..."

Prompt hält sie mir ihre Schnute hin und macht sich lachend davon, als ich sie loslasse.

Wieder sehe ich mich um. Eine stattliche Anzahl Fahrräder glitzert in der Sonne. Von den sogenannten *interessanten* Leuten scheinen schon etliche angekommen zu sein.

Ich bin neugierig, stehe auf und drehe eine Runde um den Hof. Aber überall begegnen mir nur langhaarige Typen mit Jesuslatschen. Oh je! Meine Mundwinkel strecken sich verächtlich. Das sind also interessante Menschen: Frauen in

Sackkleidern und Männer in schmuddeligen Jeans und mit dreckigen Füßen. Es sind viele, und es werden immer mehr ...

Kaum zu glauben, aber diese Leute sind überall!

Sie stehen oder sitzen in Gruppen zusammen und unterhalten sich. Keiner von ihnen schenkt mir einen Blick. Sie beachten mich nicht. Schauen an mir vorbei, als sei ich nicht vorhanden. Dabei gehörte ich schon hierher, als diese Langhaardackel noch nicht einmal wussten, dass dieser Bauernhof existiert!

Heute lungern sie hier herum, als würden sie nie etwas anderes tun, stehen in den Ecken, liegen auf den Wiesen und gehen im Haus ein und aus ...

Sie gehören nicht hierher, verdammt!

Meine Augen suchen vergeblich nach einem Bild, das sich mit einem Bild aus der Erinnerung deckt und mir ein Gefühl von Geborgenheit zurückbringt.

Nein! Das hier ist nicht mehr die mir vertraute Welt von heute Nachmittag, ist nicht mehr mein Leben!

Gedankenversunken schlendere ich ins Haus. Ich gehe in die Küche und starre aus dem Fenster.

Ich fühle mich leer.

Fremde Menschen zertrampeln die Pfade, die ich im vergangenen Jahr so oft gegangen bin, um einer hoffnungslosen Gegenwart zu entfliehen. Pfade zurück in die unbeschwerte Welt meiner Kindheit. Sie nehmen mir damit meine Zuflucht und denken sich nicht einmal etwas dabei.

„Kommst du?", fragt Sandra plötzlich. „Ich möchte dich gern meinen Freunden vorstellen."

Erstaunt sehe ich an ihr herunter. Mein Gott - auch sie trägt ein Sackkleid!

Aber damit aber nicht genug!

Genau wie die anderen hat auch sie ihr langes Haar in der Mitte gescheitelt und mit einem geflochtenen Stirnband aus braunem Leder fixiert.

Ich habe Sandra noch nie in so einem Aufzug gesehen und bringe vor Überraschung kein Wort heraus. Sie wirkt so fremd auf mich, so anders.

„Meine Mutter hat mich damals genauso angesehen", lacht sie. „Auch sie konnte mit meinen Freunden anfangs nicht viel anfangen. Dabei sind es die anständigsten und unkompliziertesten Menschen, die du dir vorstellen kannst. Gib ihnen eine Chance, indem du sie kennenlernst!"

„Ich mag nicht."

„Aber warum denn nicht?"

„Weil ich sie nicht mag, diese Chaoten!"

Sandra streckt ihre Arme nach mir aus und hält mich an den Schultern fest. „Warum bezeichnest du sie als Chaoten?", fragt sie.

„Weil sie sich wie Chaoten benehmen", erwidere ich. „Sieh dich doch um! Das ist doch kein Besuch - das ist eine Belagerung!"

„Sie sind nur anders als die Leute, die du sonst triffst", sagt Sandra ernst. „Deshalb verstehe ich auch deine Verunsicherung."

„Tatsächlich ...?"

„Aber du musst auch mich verstehen", sagt sie. „Diese Leute da draußen sind meine Jugend. Mit ihnen bin ich erwachsen geworden. Durch sie lernte ich meinen eigenen Weg zu gehen, unabhängig davon, was sich meine Eltern für mich ausgedacht hatten. In ihrer Mitte fühlte ich mich vollwertig."

„Vorher nicht?", frage ich.

„Nein", antwortet Sandra. „Bevor ich zu ihnen kam, war ich auch nur ein Klecks vom Einheitsbrei der jungen, sozialistischen Generation. Ein Klecks von dem Brei, der nach dem Lieblingsrezept unserer Partei- und Staatsführung zubereitet wurde. Doch während er nur einer Minderheit schmeckte, bekam die große Masse das Kotzen. Trotzdem: Der Hunger treibt's rein, sagte sich der einfache Mann und rührte kräftig im Trog weiter. Wohin das geführt hat, merken wir heute ..."

„Aber entschuldige mal", erwidere ich stumpf. „Willst du behaupten, dass der einfache Mann für die Misere in unserem Land verantwortlich ist?"

Sandra seufzt. „Nein, natürlich nicht", sagt sie. „Aber zugelassen hat er es doch, oder? Stillgehalten hat er, obwohl er heute gern etwas anderes behauptet! Heute identifiziert sich beinahe jeder mit einem Rebellen, plötzlich will jeder im Widerstand gewesen sein, ein Stasiopfer!"

„Und wenn es so war?"

„Dann ständen wir heute wohl kaum vor dem Ausverkauf unseres Landes." Kampflustig schiebt Sandra ihr Kinn nach vorn und sieht mich mit hochgezogenen Augenbrauen an. „Ich werfe den Leuten ja nicht vor, dass sie ein verkümmertes Rückgrat haben. Ist eben das Erbe eines untergegangenen Systems. Wer sich jahrzehntelang wie eine Marionette führen lässt, muss sich nicht wundern, wenn er beim Tod des Puppenspielers kraftlos in sich zusammenfällt." Sandra lacht trocken auf.

„Aber anstatt sich aus eigener Kraft aufzurappeln, werden Rufe nach einem neuen Puppenspieler laut. Anstatt die errungene Freiheit dafür zu nutzen, die eigenen Träume zu verwirklichen, begibt er sich erneut in die Abhängigkeit ..."

In dem kleinen Bauernhaus ist endlich Ruhe eingezogen.

Mitternacht war längst vorüber, als sich auch die letzten Gäste auf die Räder geschwungen hatten und davongeradelt waren.

Danach ging alles ganz schnell: Der Vorhang fiel, alle Lichter erloschen und die Akteure sanken müde in ihre Betten.

Das alte Haus schläft. Mir ist, als könnte ich seine gleichmäßigen Atemzüge hören, als spüre ich das Dehnen und Komprimieren, das Pulsieren seiner Wände.

Reglos sitze ich da und wage nicht, mich zu bewegen. Ich will sie nicht zerstören, die mystische Stille im Inneren dieses Hauses. In diesen Minuten geht eine Kraft von ihm aus, die ich nicht beschreiben kann. Ich erlebe sie, ich fühle sie - nur in Worte fassen kann ich sie nicht.

Früher, als ich vierzehn war, in höchstem Maße pubertierend und deshalb uneins mit mir und der Welt, stieg ich nachts aus dem Bett und setzte mich ins Wohnzimmer des elterlichen Hauses. Dann saß ich einfach nur da und wärmte meinen Rücken am großen, bernsteinfarbenen Kachelofen.

Frei von jedem Gedanken atmete ich den Schlaf meiner Eltern und Geschwister. Und obwohl sie, wie alle anderen Lebewesen auch, zu keiner anderen Stunde schutzloser und verwundbarer waren, fühlte ich mich gerade dann in ihrer Mitte ganz besonders behütet und geborgen.

Sie schliefen und gelangten so auf seltsam verschlungenen Pfaden zu den Quellen, aus denen sie die Energie für den nächsten Tag schöpfen konnten. Und ich schöpfte mit ihnen - ich schöpfte bei Vater, Mutter, bei meinem Bruder und bei meiner Schwester ...

Die Energie einer ganzen Familie vereinte sich andern Tags in mir. Schier unüberwindbare Hürden meisterte ich plötzlich mit Leichtigkeit. Probleme waren nicht mehr da. Sie zerplatzten beim ersten Dämmerlicht wie Seifenblasen in Abermillionen wunderschön glitzernde Wassertröpfchen.

Mit jedem neuen Morgen begrüßte mich ein Leben, das ich einfach lieb haben musste.

All das hatte ich bis heute vergessen.

Kopfschüttelnd lache ich ins Dunkel. Ja, ich hatte tatsächlich vergessen, welche Wirkung eine durchwachte Nacht haben kann.

Oder bilde ich mir alles nur ein?

Weil es ein schöner Gedanke ist?

Ich sitze auf dem Bett und umschlinge mit meinen Armen die angezogenen Beine. Hinter mir scheint der Mond zum Fenster herein und verzaubert dieses mit Gerümpelhaufen vollgestopfte Gästezimmer in einen geheimnisvollen, unbekannten Ort.

Meine Augen tasten sich durch den Raum und versuchen bizarre Gebilde zu entschlüsseln. In der Dunkelheit haben Möbelstücke, Textilien und Bücher Einheiten gebildet und beleben meine Fantasie.

Ich sehe eine Lokomotive, einen riesengroßen Teddybären, einen Tannenbaum und ... einen Menschen?

Leise kichernd lege ich mein Kinn auf die Knie.

Da vorn, rechts neben der Tür, steht tatsächlich ein Gebilde, das wie ein menschlicher Körper aussieht. Es hat einen Kopf, breite Schultern und sein linker Arm steht etwas ab ...

Ich stutze.

Das, was ich sehe, wirkt verteufelt echt.

Mit einer schnellen Bewegung wische ich mir den Schweiß von der Oberlippe und starre auf den dunklen Fleck. Was um Himmels willen ist das? Ein Regal vielleicht? Ich weiß, dass sich die Lokomotive aus einem Tisch und einem Sessel zusammensetzt. Und da, wo jetzt der Teddy sitzt, türmte sich am Nachmittag ein Berg von Flickwäsche. Was aber stand neben der Tür? Ich kann mich nicht erinnern!

Ich will es wissen - jetzt sofort! Ich werde wohl einfach nachschauen müssen.

Zögernd steige ich aus dem Bett. Ich schlüpfe in meine Pantoffeln und bewege mich auf die Tür zu. Ja, ich werde kurz das Licht anknipsen, um das Geheimnis zu lüften. Alles wird so schnell vonstattengehen, dass meine Kinder es nicht merken werden. Sie schlafen fest. Ihre gleichmäßigen Atemzüge, die ich bisher nur am Rande wahrgenommen habe, dröhnen mir nun in den Ohren.

Unverwandt starre ich auf die geheimnisvolle Figur. Ich bin mir sicher, dass sie sich die ganze Zeit nicht bewegt hat ...

Aber plötzlich hebt sie den Arm.

Wie angewurzelt bleibe ich stehen.

Die Atemzüge meiner Kinder dröhnen nun noch lauter; sie haben ein Echo. Was, um alles in der Welt, ist das?

Rückwärts bewege ich mich auf mein Bett zurück. Ich zittere vor Angst. Zittere so sehr, dass ich die Zähne fest aufeinander pressen muss, damit sie nicht klappern.

„Pst", macht das unheimliche Ding auf einmal.

Ich erstarre erneut; das Zittern hört abrupt auf und mir wird abwechselnd heiß und kalt.

„Pst", macht es wieder.

Ich ducke mich.

„Ich bin's, Markus!"

Wer? Markus?

„Markus?", frage ich und bin überrascht und erleichtert zugleich.

„Ja", flüstert die Stimme.

Im nächsten Moment löst sich die Figur von der Wand und kommt leichtfüßig auf mein Bett zu. Wieder ducke ich mich ängstlich. Dabei habe ich das Gefühl, dass mir alle Haare zu Berge stehen. Aber nun erkenne ich ihn. Es ist Markus. Im Licht des Mondes erkenne ich sogar das Lächeln auf seinen Lippen. Es ist ein unsicheres, ein scheues Lächeln.

„Ich wollte dich nicht erschrecken", sagt Markus und setzt sich neben mich aufs Bett. Er sieht mich an. In seinen Augen spiegelt sich der Mond - sie leuchten herausfordernd.

„Ach, nein?", entgegne ich vergnügt. „Und warum hast du es dann getan?"

Markus lacht. „Tut mir leid", sagt er und wird plötzlich ernst.

Ich rücke von ihm weg an die Wand und bedecke meine bloßen Beine mit der Decke.

Markus rückt hinterher und kriecht ebenfalls unter die Decke. „Ich habe eine Flasche Rotwein mitgebracht", sagt er. „Der soll angeblich bei Einschlafproblemen helfen."

„Du kannst nicht einschlafen?", frage ich.

„Ich schon", antwortet Markus belustigt. „Denn im Gegensatz zu dir habe ich schon tief und fest geschlafen. Bin nur irgendwann aufgewacht, weil mir heiß war und ich mich waschen wollte. Auf dem Weg ins Badezimmer habe ich am Rascheln gehört, dass du noch wach bist. Warum kannst du nicht einschlafen?"

„Weil ich nicht einschlafen will."

Ein langes Schweigen folgt. Markus beobachtet mich. Ohne mich aus den Augen zu lassen, nimmt er einen Schluck Wein aus der Flasche und reicht sie dann mir. Ich trinke ebenfalls.

„Es geht dir nicht gut, ich weiß", sagt er. „Und es tut mir furchtbar leid, dass wir uns so lange nicht um dich gekümmert haben. Du musst dich vollkommen verlassen gefühlt haben."

Ich antworte nicht.

Wieder folgt Schweigen.

„Erst haut dein Mann ab, und dann lassen dich auch noch deine Freunde im Stich. Hat dich denn wenigstens Michelle ab und zu besucht?"

„Nein", erwidere ich tonlos. „Michelle ist ja nur noch am Wochenende zu Hause - sie studiert! Und solange sie kein Moped hat, kann sie mich sowieso nicht besuchen. Wie soll sie denn zu mir kommen? Mit dem einen Bus, der morgens fährt, oder mit dem Bus am Abend?"

Markus nickt. „Aber sonst geht es dir doch gut, oder? Wenigstens haben sich deine Wohnverhältnisse verbessert."

„Die Wohnung ist schon in Ordnung", erwidere ich ihm. „Nur Herr Meiße, mein Nachbar, geht mir ziemlich auf den Geist."

Markus runzelt die Stirn, sagt aber nichts.

„Ständig steigt er hinter mir her", erzähle ich ihm. „Steht vor meiner Tür und bietet mir Geld dafür an, dass ich mit ihm ins Bett gehe. Erst gestern stand er mit einer Schatulle voller Fünfmarkstücke vor der Tür, klimperte damit und sagte, dass ich alle haben könne, wenn ich mich nur ein Mal von ihm bumsen ließe."

„Das kann doch wohl nicht wahr sein", erwidert Markus aufgebracht. „Was bildet sich der Kerl ein? Ist er nicht ganz dicht? Was sagt seine Frau dazu? Hast du es ihr erzählt?"

Ich schüttele den Kopf. „Was würde das bringen? Sie weiß doch längst, was für ein perverses Schwein ihr Mann ist."

Wieder folgt eine Phase des Schweigens und wir trinken abwechselnd Rotwein aus der Flasche.

„Dein Mann ist ein Idiot", sagt Markus plötzlich mit rauer Stimme. „Wie kann er eine Frau wie dich einfach so im Stich lassen? Du siehst gut aus und du bist liebenswert wie kaum ein anderer Mensch. Wärst du meine Frau - ich würde dich nie verlassen!"

Erstaunt sehe ich ihn an und ein ganz eigenartiges Gefühl steigt in mir auf: ein wallendes Kribbeln in der Magengegend - ein Gefühl, das ich ewig nicht gespürt habe.

Gebannt hängt mein Blick an Markus und ich erinnere mich an den Traum, in dem er mir unendlich nahe gewesen ist. Ich sehe das unterdrückte Verlangen in seinen Augen und möchte mich am liebsten an seine Brust werfen.

„Schade, dass du nicht mein Mann bist", hauche ich und plötzlich liegen wir uns in den Armen. Ich spüre sein dichtes Haar in meinem Gesicht und rieche den Duft seiner sauberen Haut. Seine unrasierte Wange berührt meine Stirn und elektrisiert mich.

Betört schließe ich meine Augen. Empfindungen flammen in mir auf wie ein Blitzlichtgewitter - Empfindungen, wie ich sie noch nie erlebt habe.

Starke Arme umfassen meinen vom Wein und Glück berauschten Körper, kosen und halten ihn, und Geborgenheit ist nicht mehr nur ein schönes Wort.

Sein Körper bedeckt mich, ohne mich zu erdrücken. Seine Hände streicheln, ohne zu verlangen ...

Ich erlebe die Nähe dieses Mannes als ein wahres Fest der Sinne. Ich spüre ihn hart zwischen meinen Beinen und greife nach seinem Slip. Jetzt will ich alles! Ich will es, wie ich es noch nie gewollt habe.

Doch seine Hand hält mich fest. „Nein, bitte", flüstert er erregt. „Das kann ich - das will ich nicht tun ..."
Als es dämmert, verlässt Markus leise mein Bett.

„Guten Morgen allerseits!"
Glücklich setze ich mich zu Sandra, Markus und den Kindern an den Frühstückstisch.

Marie hält mir ihre marmeladenverschmierte Schnute hin und ich drücke ihr einen Kuss auf die Stirn wie sehr ich dieses kleine Mädchen liebe!

„Hast du gut geschlafen?", fragt Sandra.

„Wunderbar", antworte ich und werfe Markus einen vielsagenden Blick zu.

Zu meinem Erstaunen reagiert er nicht darauf.

Ich bin irritiert, denn unser Wiedersehen heute Morgen habe ich mir, weiß Gott, anders vorgestellt. Herzlicher irgendwie.

Die absolute Nähe, die uns für ein paar wenige Stunden verbunden hatte, scheint sich aber ganz und gar in Nichts aufgelöst zu haben. Oder war alles nur Einbildung gewesen?

Enttäuscht versuche ich den Klos herunterzuschlucken, der in meiner Kehle wächst und mich zu ersticken droht.

Sandra reicht mir den Korb mit den Brötchen. „Greif zu, sie sind frisch vom Bäcker."

Ich nehme eins heraus und bedanke mich mit einem Kopfnicken. Und wie ich sie ansehe und ihr Lächeln erwidere, meldet sich mein Verstand plötzlich: Sandra ist seine Frau! Aus irgendeinem Grund hatte ich diese Tatsache aus meinem Bewusstsein gedrängt. Sie ist meine Freundin! Wie hatte ich das nur vergessen können?

„Will noch jemand Kaffee?", fragt Markus und springt auf, um die Kanne von der Heizplatte zu holen.

Fasziniert verfolge ich ihn mit meinen Augen. Die Bewegungen seiner Glieder sind eine Sinfonie von glatter, sonnengebräunter Haut und Muskeln - ist makellose Schönheit, gewürzt mit einem kräftigen Schuss Erotik. Wo hatte ich während der Vergangenheit nur meine Augen?

Ich werfe Sandra einen flüchtigen Blick zu. Sie scheint völlig ahnungslos. Und einem niederen Instinkt folgend wetze ich kampflustig meine Krallen, tauche meinen Blick in Samt und Seide und hülle ihren Mann damit ein.

Sieh mich an, bitte, sieh mich an!, fiebern meine Gedanken, und als hätte Markus mich verstanden, sieht er mich plötzlich an. Mein Blick versinkt im Graublau seiner Augen, brennt sich zischend in sein Fleisch.

Ein Runzeln huscht über sein Gesicht.

Erstaunt ihn vielleicht die Tiefe meiner Gefühle? Sehe ich denn tatsächlich einen Anflug von Befremdung, Vorwurf oder gar Abwehr in seiner Miene?

Beschämt senke ich den Blick. „Fährst du uns nach dem Frühstück bitte wieder nach Hause?"

„Sandra ist meine Königin und sie wird es immer bleiben." Markus sitzt neben mir auf dem Sofa meines Wohnzimmers und sieht mich nicht an. Den Oberkörper nach vorn gebeugt, starrt er auf das Bücherregal an der gegenüberliegenden Wand. Aus seinen Lippen ist jede Farbe gewichen und von der Seite erkenne ich den dunklen Schleier auf seinen Augen.

Er sieht plötzlich sehr müde aus. Gerade so, als hätte ihm dieser eine Satz alles abverlangt, was er an Energie in sich hatte.

Es sind die ersten an mich gerichteten Worte seit der letzten Nacht überhaupt. Worte, die mich nicht überzeugen, weil sie schon allein durch seine körperliche Verfassung als Lügen enttarnt werden.

Ich starre ihn an - er räuspert sich.

„Ich habe einen Fehler gemacht", sagt er. „Bitte verzeih mir!" Mit einem tiefen Atemzug wendet er mir sein Gesicht zu. Sein Körper strafft sich. Doch seine Augen, eben noch matt und freudlos, sprühen, als sich unsere Blicke kreuzen.

Betroffen weicht er zurück. Doch noch ehe wir richtig wissen, was mit uns geschieht, liegen wir uns wieder in den Armen. Sein Mund bedeckt mein Gesicht mit Küssen, und mir rinnen die Tränen aus den Augen.

Mit sanfter Bestimmtheit schiebt er mich von sich. „Versteh doch - ich will mich nicht auf ein Abenteuer mit dir einlassen. Ich will es einfach nicht!" Flehend hebt er seine Arme.

Ich schlucke. „Aber, ich dachte, du magst mich", flüstert eine viel zu helle Stimme, meine Stimme. „Ich dachte, wir zwei, das könnte ..."

Markus schüttelt den Kopf. „Ich mag dich doch", sagt er und sein Mund verzieht sich schmerzlich. „Ich mag dich sogar sehr. Und gerade deshalb kann ich kein Verhältnis mit dir beginnen." Er lässt das Kinn auf die Brust fallen und schüttelt erneut den Kopf. „Die Liebe mit dir muss der Himmel sein, aber du bist viel zu sehr verletzt, als dass du wirklich überblicken könntest, worauf du dich mit mir einlassen würdest." Sein plötzliches Auflachen wirkt künstlich. „Und außerdem bin ich Realist", sagt er schließlich. „Im Grunde gefalle ich dir doch überhaupt nicht. Unter anderen Umständen hättest du mich nicht einmal bemerkt."

„Das ist doch Unsinn ..."

„Ist es nicht und das weißt du auch."

Markus sieht mich an, als wollte er meine Gedanken lesen.

Ich wende mich ab. Bin so enttäuscht. Gekränkt. Wie kommt er dazu, an meinen Gefühlen für ihn zu zweifeln?

Wieder quellen Tränen zwischen meinen Wimpern hervor. Aus den Augenwinkeln heraus sehe ich, wie seine Hand nach mir greift. Ich fühle, wie Daumen und Zeigefinger mein Kinn umfassen, um es zu heben. Ich will ihn aber nicht ansehen! Nicht jetzt! Ich sehe sicher unmöglich aus mit meinen kleinen verweinten Augen und der roten geschwollenen Nase.

„Ist schon in Ordnung", sage ich schnell und schiebe seine Hand fort.

„Verstehst du mich?"

„Ja, ja."

„Ich glaube nicht", erwidert Markus traurig. Er holt tief Luft, sagt dann aber doch nichts mehr.

Wir sitzen schweigend nebeneinander, da klopft es an der Tür. Schwerfällig erhebe ich mich, es ist Herr Meiße, mein Nachbar.

„Ah - wieder zu Hause?", grinst er und lehnt sich lässig gegen den Türrahmen. „Wo warst du denn? Ich habe mir schon Sorgen um dich gemacht."

Während er das sagt, hetzen seine wässrigen blauen Augen, die teilweise hinter Wülsten aus Fett verborgen sind, über meine Kleidung, als suchten sie ein Schlupfloch, um einen Schimmer nackte Haut zu erhaschen.

Im nächsten Moment jedoch beginnt er damit, seinen Schädel am Türrahmen zu wetzen, greift sich dabei mit der linken Hand in den Schritt und stöhnt.

Angewidert wende ich mich ab.

„Ist es denn nicht schwer, immer so allein zu sein?", fragt er. „Eine Frau wie du muss nicht allein sein. Hast du dir mein Angebot überlegt?"

„Da muss ich nicht überlegen", antworte ich und will die Tür zu machen. Doch der rotgesichtige Fettwanst stellt seinen Fuß in den Spalt.

„So ein Angebot mache ich nicht zweimal ..."

„Das hoffe ich", erwidere ich und trete ihm mit Wucht auf die Zehen.

Herr Meiße brüllt vor Schmerz und ich schließe die Tür.

Aber der Fettwanst gibt noch nicht auf. „Tue doch nicht so, du kleine Nutte", brüllt er und trommelt mit den Fäusten gegen das Brett. „Du kannst doch mein Geld gut gebrauchen ..."

In diesem Moment steht Markus hinter mir und öffnet die Tür. „Mach, dass du Boden gewinnst", zischt er durch seine Zähne und wirft dem Dicken einen vernichtenden Blick zu.

Der ist jetzt ganz blass. Doch die Farbe kommt schnell zurück und auch das Grinsen hat ihn bald wieder.

„Interessant, interessant", schnauft er. „Während sich der Ehemann für seine Familie abrackert, treibt die es also mit anderen Männern ..."

„Mach dein Schandmaul dicht, Fettkloß, sonst lass ich dir die Luft aus dem Ballon", unterbricht ihn Markus. Seine Augen funkeln gefährlich. „Ich wette, deine Frau wäre nicht sehr erfreut, wenn sie von dieser Geschichte hier erfährt ..."

Herr Meiße weicht ein paar Schritte zurück. "

„Soll das eine Drohung sein?", stottert er und nimmt eine abwartende Haltung ein.

Als nichts passiert, setzt er erneut sein Grinsen auf und nähert sich wieder. „Du willst mir also drohen? Ausgerechnet du?" Verächtlich schnaubend schaut er erst Markus an, dann mich und dann wieder Markus.

Markus zuckt gleichgültig mit den Schultern und lächelt weise. „Kannst du nehmen, wie du willst", sagt er. „Doch eins verspreche ich dir: Solltest du noch einmal vor dieser Tür stehen, dann bekommst du so viel Ärger, dass du dir wünschst, mich nie kennengelernt zu haben."

Mit diesen Worten versetzt er der Tür einen solchen Stoß, dass sie krachend ins Schloss fällt.

Ich sehe gerade noch die Backen von Meiße wabbeln, während er entsetzt zurückspringt. Als ich höre, wie sich die Schritte im Hausflur entfernen, drehe ich mich zu Markus um und sehe dankbar zu ihm auf.

Besorgt blickt er auf mich hernieder, mit einem Blick, der Brücken schlägt, die für die Ewigkeit gebaut sind.

Er liebt mich - das weiß ich, das fühle ich!

Markus drückt mich fest an seine Brust, bevor er sich wenig später verabschiedet.

„Du wirst mich verstehen", flüstert er und küsst mir die Tränen vom Gesicht. „Eines Tages wirst du mich verstehen. Du wirst mich verstehen, wenn deine Seele gesund ist."

„Glaube ich kaum ..."

„Doch, doch", erwidert er. „Du wirst einsehen, dass dein Gefühl für mich ein Irrtum war. In ein paar Monaten wirst du mich vergessen haben ..."

13. Tür

Zäh schleppen sich die Tage dahin, einer wie der andere. Während sich die Tagesstunden recht gut mit meinen Mutterpflichten ausfüllen lassen, empfinde ich die Abende als eine harte Probe für mein Leben, das dann einem Schattendasein gleicht.

Angst und Einsamkeit beherrschen mich.

Doch es ist auch Fassungslosigkeit und Unglaube in mir. Denn nicht einmal der Mensch, auf dessen Liebe ich immer ein vorbehaltloses Recht zu haben glaubte, steht mir bei.

Schreien möchte ich: *Mama, ich habe Hunger, habe Angst um meine Kinder - warum hilfst du mir nicht?* Aber ich tue es nicht, ziehe mich stattdessen immer mehr in mich zurück.

Die Isolation macht mich krank. Manchmal spüre ich schon die klammen Fingerspitzen des nahenden Wahnsinns auf meiner Seele.

Wie viel Einsamkeit kann ein Mensch ertragen, bevor er sich dem Wahnsinn vollkommen ergibt?

Wieder neigt sich ein strahlender Sommertag dem Ende zu.

Meine Kinder schlafen.

Ich selbst lehne am Schlafzimmerfenster, die Ellenbogen auf ein Sofakissen gestützt, und schaue hinaus.

Von diesem Fenster aus kann ich beinahe das ganze Dorf überblicken - kleine, windschiefe Häuser, von üppiger Vegetation umgeben.

Die Menschen, die hier wohnen, haben ihr Tagewerk für heute vollbracht: Das Heu ist gewendet, die Schafe sind umgepflockt, das letzte Brett gesägt.

Das Leben pulsiert nur noch mit gedrosselter Energie.

Aufmerksam lausche ich in die Stille - kein Geräusch stört den Frieden dieses Feierabends. Nur in der Ferne, weit weg, im nächsten Ort vielleicht, tuckert ein Traktor über das Feld.

Das ist die Stunde, in der das allabendliche Konzert der Vögel beginnt. Sie sitzen zu Dutzenden zwitschernd in den Zweigen der Bäume.

Ich schließe entzückt die Augen. Obwohl mir ihre Lieder doch eigentlich so vertraut sein müssten, versetzen sie mich immer wieder in Erstaunen.

Als ich die trotzige Stimme eines Kindes und die folgenden Zurechtweisungen seines Vaters höre, huscht ein Hauch Wehmut als ein Lächeln über mein Gesicht.

Plötzlich wünsche ich mich wieder in die Zeit meiner eigenen Kindheit zurück: Frisch gebadet, mit den Eltern und Geschwistern am Abendbrottisch sitzen - das ist die Nähe, nach der ich mich sehne.

Einmal wieder sorglos und zufrieden sein!

Tief durchatmend versuche ich die aufsteigenden Tränen zu unterdrücken, und instinktiv schaue ich in die Richtung, wo ein paar Kilometer weiter weg meine Eltern leben.

Dann suchen meine Augen den Horizont in der Richtung ab, wo meine Freundin Michelle wohnt. Und dann ... in der Mitte, irgendwo hinter dem Hügel da vorn, da muss der Bauernhof liegen, in dem Markus mit seiner Familie zu Hause ist.

Meine Augen brennen.

„Spürt denn keiner von Euch, dass ich Hilfe brauche?", flüstere ich wütend und schlage mit der Faust gegen den Fensterrahmen.

Ein explodierender Schmerz treibt mir neue Tränen in die Augen. Ein Gefühl so stark, dass ich für kurze Zeit den Qualen der nagenden Verzweiflung entrinnen kann.

In einem Meer von Tränen lösen sie sich auf - ich schmecke sie salzig auf meinen Lippen. Einsamkeit, Hoffnungslosigkeit und Zukunftsangst sind plötzlich keine Themen mehr. Ich fühle nur noch, dass ich am Leben bin, und schlage nun immer wieder und wieder gegen das Holz.

Ja, ich genieße meinen Schmerz. Auf einmal klopft es an der Tür.

Ich halte inne.

Es klopft wieder. Mit dem Handrücken wische ich mir die Spuren aus dem Gesicht und schaue auf die Uhr. Neun Uhr vorbei - wer kann das jetzt noch sein? Michelle? Markus? Meine Eltern?

Auf unsicheren Beinen trete ich zur Tür und öffne sie.

Vor mir stehen zwei fremde Männer mit ernsten Gesichtern, Kriminalbeamte, wie sich herausstellt.

„Wir möchten ein paar Worte mit Ihrem Mann wechseln", sagt einer der beiden und hebt seine Augenbrauen. „Ist er zu Hause?"

„Bitte?", frage ich leise und greife mir verwirrt an die Stirn. Die Polizei? Hier bei mir? Warum?

„Ihr Mann ...! Ist er zu Hause?", fragt nun der Andere.

Verdutzt schaue ich ihm in sein fragendes Gesicht.

„Nein ..."

„Es geht um Einbruch, junge Frau", sagt der Erste. „Wenn Sie klug sind, werden Sie uns die Ermittlungsarbeiten nicht unnötig erschweren."

„Aber ich weiß nicht ...", stottere ich verstört. „Ich habe doch gar nicht ..."

Hinter den beiden Polizisten wird eine Tür geöffnet. Sie drehen sich um. Es ist Herr Meiße, der seine Arme über der Brust verschränkt und hämisch zu mir herüber lacht.

„Ah, endlich! Die Polizei", sagt er und nimmt eine lauernde Haltung ein. „Guten Abend, die Herren! Wenn ich Ihnen irgendwie helfen kann ...?"

„Guten Abend", erwidert der ältere Polizist und klingt erstaunt. „Gehören Sie zu der jungen Frau hier? Sind Sie vielleicht ihr Vater?"

"Um Gottes willen, nein! Mein Name ist Meiße und ich bin hier der Hausverwalter. Wenn ich Ihnen vielleicht ..."

„Nein, danke! Wir glauben nicht, Herr – äh ..."

„Meiße", sagt das Rotgesicht und schlägt die Hacken zusammen, während er sich verbeugt.

„Herr Meiße, wir glauben nicht, dass Sie uns hierbei behilflich sein können."

Herr Meiße ist sichtlich enttäuscht. „Aber ich war es doch ...", sagt er kleinlaut. „Durch mich haben Sie doch erst ..."

Genervt wenden sich die Polizisten von ihm ab und drängeln sich an mir vorbei in die Wohnung. „Es dürfte wohl auch in Ihrem Interesse sein", sagt der Ältere, „wenn wir uns drinnen weiter unterhalten."

Sie schließen die Tür.

„So und nun erzählen Sie mal!" Zwei Augenpaare sind erwartungsvoll auf mich gerichtet.

Verunsichert wandert mein Blick zwischen den beiden Männern hin und her. Alles erscheint mir so lächerlich, so absurd. Warum passiert das? Warum mir?

In meiner Hilflosigkeit fange ich an zu lachen. Ich lache, lache ... lache ihnen ins Gesicht.

Ich sehe ihnen die Empörung an, doch ehe sie protestieren können, schießen mir die Tränen wie Sturzbäche aus den Augen.

Der ältere Polizist sieht mich mitleidig an.

„Wissen Sie denn nicht, dass Ihr Mann vor einem Monat wegen Diebstahl angezeigt worden ist?"

Ich schüttele den Kopf. „Wegen Diebstahl?", frage ich. „Wilfried?" Meine Finger umklammern die Lehne des Stuhles vor mir. Wankend bewege ich mich um ihn herum und setze mich endlich. Mit einer eindeutigen Handbewegung bitte ich die Polizisten, ebenfalls Platz zu nehmen. „Das glaube ich nicht", sage ich leise. „Wilfried ist doch kein Dieb."

„Ihr Mann hat längst gestanden, Ihre ehemaligen Nachbarn bestohlen zu haben", erwidert der Jüngere.

„Er hat was?" Ich erinnere mich, wie vertrauensselig uns Dagmar damals von der Geldkassette erzählt hat. „So ein ..." Ich kann es nicht glauben. „Und was wollen Sie jetzt von mir? Glauben Sie vielleicht, dass er das Geld hier versteckt hat?"

Beide Polizisten schütteln den Kopf. Der ältere Polizist beugt sich leicht nach vorn und legt seine Unterarme auf dem Tisch ab. „In den letzten Wochen wurde in verschiedenen Lebensmittelläden eingebrochen, und es gibt Zeugen, die Ihren Mann dabei beobachtet haben wollen."

„Das kann aber nicht sein ..."

„Warum denn nicht?"

„Weil sich Wilfried seit mehr als drei Monaten in der BRD aufhält."

„Und der Einbruch bei den Nachbarn?", fragt der Jüngere.

Ich antworte nicht, zucke nur die Schultern.

Der ältere Polizist lehnt sich zurück. „Sie wissen also nicht, wo sich Ihr Mann zurzeit aufhält?"

„Nein."

„Ist das die Wahrheit?"

Ich wische mir mit dem Handrücken eine hartnäckige Träne von der Wange und erhebe mich langsam.

„Da", sage ich und zeige mit dem Finger auf die Kinderzimmertüre. „Hinter dieser Tür schlafen zur Stunde zwei kleine Kinder, die ich nur noch mit dem Nötigsten versorgen kann, seit mein Mann sich aus dem Staub gemacht hat. Seit drei Monaten kümmert er sich einen Dreck darum, wie wir über die Runden kommen. Ich weiß manchen Abend nicht, was ich den Kindern am kommenden Tag zu essen geben soll. Wollen Sie mir wirklich unterstellen, dass ich für so einen Menschen lüge?"

Der jüngere Polizist nickt. „Sie sind seine Ehefrau."

„Aber ich bin auch eine Mutter, junger Mann", erwidere ich fest. „Und für einen Ehemann, der so verantwortungslos mit dem Leben von zwei kleinen Kindern umgeht, kann ich als Mutter nur Verachtung empfinden. Sie haben keine Kinder, oder?"

Der junge Polizist räuspert sich verlegen. „Nein", sagt er knapp. Er wechselt mit seinem Partner ein paar viel sagende Blicke. Die Männer erheben sich gleichzeitig. Sie haben es plötzlich sehr eilig, sich zu verabschieden.

„Bitte entschuldigen Sie die späte Störung", sagt der Ältere.
Als sie in den Hausflur treten, öffnet Herr Meiße erneut seine Tür und grinst zu uns herüber.
Die Polizisten entfernen sich schnell. Auf dem Treppenabsatz dreht sich der Ältere noch einmal um.
„Wir sind übrigens davon überzeugt, dass Sie nichts, aber auch wirklich überhaupt nichts mit den Einbrüchen zu tun haben", sagt er laut, für meinen Geschmack zu laut. „Nur leider müssen wir jedem Hinweis nachgehen, der bei uns eingeht. Wissen Sie eigentlich, dass es Ihr Nachbar war, der Sie denunziert hat?"
Eine Tür fällt ins Schloss.
„Mich? Aber wieso?"

„Michelle!" Es ist weniger eine Begrüßung, als ein erlösender Aufschrei, denn endlich ... endlich erfüllt sich einer meiner derzeit sehnlichsten Wünsche. „Ich bin so froh, dass du mich besuchst!"
Michelle nickt anerkennend, als sie die Wohnung betritt und sich umschaut. „Alle Achtung", sagt sie.
In mir tobt eine überschwängliche Freude, eine selbsttrügerische Heiterkeit, ein Tanz auf dem wankenden Gipfel eines Hochgefühls - ein falscher Schritt nur und die Verzweiflung hat mich wieder.
„Da hast du wohl endlich mal Glück gehabt, was?"
Mein Lächeln verkrampft sich etwas, aber ich bin noch immer obenauf. „Wie man's nimmt ..."
Michelle folgt mir durch die Zimmer. Im Kinderzimmer, wo Marie und Felix schon seit einer guten Stunde schlafen, fällt sie mir spontan um den Hals. „Es ist so schön hier - ich freue mich für dich!"
Wir verlassen das Zimmer wieder und setzen uns im Wohnzimmer auf die Couch.
Michelle sieht mich mit strahlenden Augen an. „Du kannst dir nicht vorstellen, was für ein großer Stein mir gerade vom Herzen

gefallen ist. Die ganzen Monate, in denen ich dich nicht besuchen konnte, habe ich mir vorgestellt, wie schlecht und elend du dich fühlen musst. Und dabei ..." Sie atmet erleichtert auf.

Ich erwidere ihr Lächeln, jedoch mit einem Mund, der angefüllt ist mit dem gallig bitteren Saft verfaulter Träume. Mein übersprudelndes Glücksgefühl versumpft im Morast eines verdorbenen Lebens. Ich schlucke schwer und erwidere nichts. Aber meine Augen füllen sich mit Tränen. Ich kann nichts dagegen tun. Mein Kinn zittert, meine Lippen beben und beim Luftholen verlässt ein gurgelnder Laut meine Kehle.

Mit nur einem Satz ist Michelle bei mir. Verstört und entsetzt zugleich schaut sie mich an. „Was ist denn los?", fragt sie. „Habe ich etwas falsch gemacht? Etwas Falsches gesagt, vielleicht?" Hilflos greifen ihre Hände in die Luft. Dann nimmt sie mich wieder in die Arme und streichelt unbeholfen über meinen Rücken hinweg.

Ich genieße ihre Anteilnahme. Ein paar Atemzüge später wird mir jedoch bewusst, wie jämmerlich ich mich verhalte. Menschen, die in Selbstmitleid zerfließen, signalisieren ihrer Umwelt, dass sie aufgegeben haben. So weit bin ich jedoch noch nicht, noch lange nicht!

Ich löse mich behutsam aus der Umarmung, ziehe ein Taschentuch aus der Hosentasche hervor und schnäuze mir lautstark die Nase. Das minderwertige, künstliche Material, aus dem mein Selbstmitleid besteht, zerplatzt. Berstend bricht es auseinander und zersplittert in kleine, nadelspitze Teile, die mich vielleicht noch einen Atemzug lang pieken und stechen, aber nicht mehr beherrschen werden. Nicht heute jedenfalls.

Die schönen Augen meiner Freundin beobachten mich. „Habe ich etwas falsch gemacht?", fragt sie noch einmal.

Ich schüttele den Kopf, während mir die Tränen über die Wangen laufen.

„Ist es, weil ich dich so lange nicht besucht habe?", fragt Michelle weiter. „Das tut mir ja auch leid, aber du weißt doch, dass ich selten zu Hause bin. Und am Wochenende jobbe ich in einer Disco an der Bar. Ich brauche das Geld, versteh doch!"

„Schon in Ordnung", sage ich und probiere ein Lächeln.

Michelle lächelt auch. „Jetzt bin ich ja hier." Sie geht ans Fenster und schmunzelt. „Du fragst mich ja gar nicht, wie ich hergekommen bin."

In mir regt sich die Neugier. Ich wische mir die Träne aus dem Gesicht und trete neben sie. Vor dem Haus steht ein kleines, grünes motorisiertes Zweirad.

Belustigt ziehen sich meine Mundwinkel in die Breite. „Ist das dein Frosch?"

Michelle lacht. „Vorsicht", sagt sie und versetzt mir einen kleinen Stoß. „Das ist kein Frosch, das ist eine Schwalbe!"

„Ehrlich?", frage ich, amüsiert. „Und fliegt die auch?"

Wieder schubst sie mich, und ich lache ihr frech ins Gesicht. Eine frische Brise weht durch meinen Körper und versorgt jede einzelne Faser mit Sauerstoff. Ich spüre das neu aufkeimende Leben in ihm. Ist es nicht seltsam, dass man die Macht des Frohsinns erst erkennt, wenn man von Heiterkeit erfüllt ist? Dass man die Freude erst vermisst, wenn man sie spürt?

Dankbar sehe ich Michelle an, die sich noch immer entrüstet gibt.

„Spotte nur, meine Liebe", schimpft sie mit lachenden Augen. „Vielleicht ist der Frosch, wie du mein Moped nennst, nicht besonders schön, aber wenigstens komme ich mit ihm wann ich will, wohin ich will."

Ich lege ihr tröstend die Hand auf die Schulter. „Ich mache doch nur Spaß."

„Ich weiß."

„Dein Moped ist ein Knaller."

„Ich weiß ..."

„Wo hast du es her?"

„Von einem Bekannten. Er hätte mir sogar einen Trabant verkauft, aber ohne Führerschein ...?"

Ich gehe zur Couch zurück und setze mich. „Was wollte er denn für das Auto haben?", frage ich vorsichtig.

Michelle setzt sich ebenfalls. „Fünfhundert Mark jetzt oder zweihundertfünfzig nach der Währungsunion", antwortet sie. „Warum fragst du? Willst du ihn haben?"

„Ich weiß nicht ..."

„Überlege nicht zu lange, sonst findet er vielleicht einen anderen Käufer. Was sind schon zweihundertfünfzig Mark?"

Ich zucke bedauernd die Achseln. „Für mich sind selbst zweihundertfünfzig Mark unerschwinglich viel Geld."

„Dann muss dir mein Bekannter eben Kredit geben", sagt Michelle, als wäre das die selbstverständlichste Sache der Welt. „Mach dir darüber keine Gedanken. Ich rede mit ihm."

Erheitert frage ich: „Warum sollte er das tun? Er kennt mich doch überhaupt nicht."

Michelle wedelt mit der Hand. „Überlass das nur mir", sagt sie. „Er ist zufällig der beste Freund meines Vaters und konnte mir noch nie eine Bitte abschlagen."

„Na, wenn das so ist ..."

„Verlass dich ganz auf mich! Was anderes: Wann nimmst du eigentlich deine Arbeit wieder auf? Das Babyjahr ist doch längst um."

„Keine Ahnung", erwidere ich. „Beim Rat des Kreises Meißen sind Umstrukturierungsmaßnahmen im Gange, man will mir Bescheid geben."

Michelle lehnt sich zurück. „Sei doch froh", sagt sie. „Marie und Felix müssen dich noch früh genug entbehren. Wenn ich Praktikum habe, dann treffe ich auf Kinder, die morgens bereits um 6 Uhr in den Kindergarten gebracht werden und nicht selten bis 18 Uhr warten müssen, dass sie wieder nach Hause dürfen. Marie und Felix würde es doch nicht anders ergehen."

„Leider."

Michelle sitzt still neben mir und starrt vor sich hin. Ich sehe ihr an, dass sie wegen dieser Umstände genauso betrübt ist wie ich selbst.

„Wie war eigentlich die Geburtstagsfeier von Felix?", fragt sie leise. „Hattest du Besuch?"

„Nein", antworte ich. „Aber ich war auch ganz froh darüber, denn seit Wilfried weg ist ..." Ich beende den Satz nicht.

„Ja, deine Mutter sagte neulich, dass du ziemlich auf dem Schlauch stündest."

„Meine Mutter?" Ich bin erstaunt. „Woher weiß sie ... Ich habe doch seit Monaten mit keinem aus meiner Familie gesprochen!"

„Sie wissen es trotzdem", seufzt sie.

„Und sehen weg", erwidere ich traurig.

Michelle berührt mich leicht am Arm und sagt: „Es tut mir sehr leid." Und nach einer Weile: „Hast du eigentlich wieder mal was von Wilfried gehört?"

„Nicht von aber über ihn ..."

„Dann stimmt es also, dass die Polizei gestern seinetwegen hier war?"

Wieder kann ich sie nur erstaunt ansehen.

„Deine Mutter hat es mir erzählt", erklärt sie. „Sie selbst hat es beim Einkaufen zugetragen bekommen. Wenn die *grüne Minna* irgendwo vor dem Haus steht, spricht sich das schnell herum. Die Leute sind nun mal so."

Sprachlos starre ich an Michelle vorbei. Ich hole ein paar Mal tief Luft und finde keine Worte, die meine Gefühle auch nur annähernd beschreiben könnten. Vielleicht fühle ich ja nicht einmal etwas, ich weiß es nicht.

Auch Michelle ist plötzlich ganz still geworden. Ob sie vielleicht das Gleiche denkt, wie ich? Nämlich, dass es schäbig von meiner Familie ist, mich wissentlich im Stich zu lassen ...

Mit jedem Tag, der vergeht, nähert sich mein Vaterland, die Deutsche Demokratische Republik, Schritt für Schritt ihrem Tage null.

Im Juli des Jahres 1990 ist ihr Schicksal besiegelt: Die Währungsunion tritt in Kraft. Unsere Landeswährung verliert ihren Wert als gesetzliches Zahlungsmittel.

Spareinlagen, Löhne, Gehälter, Mieten und alle anderen Zahlungen werden auf Deutsche Mark umgestellt. Von nun an gibt es kein Zurück mehr.

Fast scheint es mir, als hätten wir mit unserem sauer verdienten Geld auch unsere Identität aufgegeben, als hätten wir all unseren Stolz verloren.

Wir lassen es zu, dass Spareinlagen halbiert werden und akzeptieren, dass wir auf unabsehbare Zeit mit einem Bruchteil der Löhne und Gehälter in absehbarer Zeit westlich orientierte Lebenshaltungskosten zu tragen haben.

14. Tür

Bereits beim Aufwachen weiß ich, dass es ein wunderschöner Tag wird, vielleicht einer der letzten warmen Tage überhaupt in diesem Jahr.

Eine leise Wehmut zupft an meinen Seiten. Anfänglich sirrendes Schwingen weitet sich zu einem jammervollen Heulen, explodiert und hinterlässt eine unheimliche Stille in meinem Bewusstsein.

Ich höre die schlürfenden Schritte, rieche den fauligen, stinkenden Atem und weiß, dass der alte Griesgram nicht mehr lange auf sich warten lassen wird.

Ich weiß, dass der Herbst schon sehr bald das Zepter der Macht in Händen hält. Aber ich werde auf keinen Fall ruhig stehen bleiben und ihn erwarten. Ich werde mir einfach Ohren und Nase zuhalten und ihn so lange verleugnen, bis er sich trist und grau vor mir ausbreitet.

Flinker als sonst bewältige ich mein tägliches Quantum an Hausarbeit, wasche Wäsche, bringe Windeln, Lätzchen und Strampelanzüge in Reih' und Glied auf die Leine und beschränke mich sonst nur auf das Nötigste. Ich will hinaus, will zusammen mit meinen Kindern ein Teil dieses wunderbaren Tages werden.

Mit einer Decke, einem Ball und einem Picknickkorb im Gepäck werfen wir uns in die ausgebreiteten Arme des scheidenden Sommers. Hell und klar empfängt er uns, als wir am frühen Mittag das Haus verlassen.

Ich werfe einen kurzen, aber stolzen Blick auf das Auto vor der Tür, einen Trabant, meinen Trabant - die erste Anschaffung nach der Währungsunion.

„Mami, darf ich bei Felix im Wagen sitzen?", fragt Marie und streckt mir ihre Ärmchen entgegen.

„Später, wenn deine Beine müde sind ..."

„Sind sie doch schon", stöhnt sie künstlich und schließt erschöpft die Augen. „Der Kleine hat mich heute schon ganz schön geschafft!" Wieder stöhnt sie leise und zieht ihre Brauen hoch, ohne mich jedoch aus den Augen zu lassen.

Ich kann ein Lachen nicht unterdrücken. „Na, wenn das so ist ..." Betont mitfühlend greife ich unter ihre Achseln und hebe das Leichtgewicht mit einem *Hopp* in den Kinderwagen.

Felix jauchzt auf, als seine Schwester so plötzlich in seinem Gesichtskreis auftaucht, und auch Marie lacht ihr herrlich zwitscherndes Lachen.

Die beiden Kinder fassen sich bei den Händen und sehen sich an, als verschmelzen ihre Seelen miteinander.

Ich bemerke ein Kribbeln in meiner Nase und setze den Wagen in Bewegung, bevor mich die Sentimentalität vollständig aus der Bahn wirft. Die beiden sehen so glücklich aus. Ob sie wohl ihren Vater vermissen? Ob sie überhaupt irgendwas vermissen?

Unwillkürlich schüttele ich meinen Kopf.

Nein, Marie und Felix entwickeln sich prächtig. Es sind schöne, gesunde Kinder, sie müssen nichts entbehren.

Noch nicht, jedenfalls!

Ich schiebe den Wagen die schmale Dorfstraße entlang. Wie eine Schlange windet sie sich durch den kleinen, hügeligen Ort, der schon bald hinter uns liegt.

„Wohin gehen wir?", fragt Marie plötzlich.

„Zum Grünen See."

„Prima", jubelt sie und klatscht vergnügt in die Hände. „Felix, hast du gehört? Wir gehen in den Wald! Warst du schon mal im Wald? Nein, natürlich nicht! Ich aber ..." Und nun erzählt sie ihm, dass sie schon oft im Wald war, mit Omi und Opa, als sie noch *klein* war. Sie erzählt von den Tieren des Waldes, die sie aber selbst noch nie gesehen hätte und von unheimlichen Geräuschen, vor denen man sich jedoch nicht fürchten müsse.

Eine Weile höre ich ihr amüsiert zu und gebe mich schließlich meinen eigenen Gedanken hin.

Das Geräusch des knirschenden Sandes unter den Rädern wird von einem regelmäßigen Quietschlaut begleitet - jeweils nach zwei Schritten meldet er sich: Eins, zwei, quietsch. Eins, zwei, quietsch ...

Der altersschwache Kinderwagen ächzt unter seiner ungewohnten Last, könnte wohl hier und dort einen Tropfen Öl vertragen, hält ihr aber stand.

Immer weiter gehen wir und bald haben wir das Dorf weit hinter uns gelassen.

Rechts und links neben uns erstrecken sich nun die weiten Felder der örtlichen LPG. Wohin man auch sieht: Felder, Felder, Felder.

Ursprünglich von schützenden Bäumen umgeben, sind sie seit einigen Jahren den Unbilden des Wetters schutzlos ausgeliefert.

Wenn ich dem Hörensagen Glauben schenken kann, dann waren es allein ökonomische Interessen gewesen, die seinerzeit unseren LPG - Vorsitzenden veranlasst hatten, die Bäume zu roden. Glaubte er doch, mit einer Vergrößerung der Felder auch ihren Ertrag maximieren zu können. Aber der Ökonom war kein Ökologe - schlimmer noch: Er scherte sich einen feuchten Kehricht um Ökologie.

Und mit welchem Ergebnis?

Heute kämpft er gegen einen Feind, gegen den er nur verlieren kann. Dem rauen Wind nämlich, der pfeifend über die hügelige Landschaft fegt.

Den LPG - Vorsitzenden nennen die Leute seither nur noch den Steppen-Erich. Kein sehr schmeichelhafter Name, wie ich finde, aber passend.

Plötzlich ist die Straße zu Ende und der Kinderwagen holpert über den unbefestigten Weg. Als wir um eine Kurve biegen, breitet sich auf einmal die märchenhafte Landschaft rund um den Grünen See vor uns aus.

Der Grüne See.

Geheimnisse und Legenden umgeben diesen unheimlichen und stets mit einer grünen Algenschicht überzogenen Tümpel. Geschichten, die mich während meiner Kindheit dermaßen ängstigten, dass ich nie bis in Ufernähe an ihn herangetreten bin. Selbst auf die Böschung um ihn herum habe ich niemals einen Fuß gesetzt. Wildwuchs, ineinander verschlungenes, trockenes Gestrüpp, mannshohe Farne und alte Bäume, knorrig und verkrüppelt im Wuchs, umschließen sie ihn wie eine Manschette.

Von oben, dem Maschendrahtzaun aus, riskiere ich heute wieder einen Blick. Und wieder durchrieselt mich ein banges Zittern. Äste quietschen, knarren und krachen bedrohlich in den Wipfeln der schaukelnden Bäume. Der Boden dampft und ein feiner Nebel überzieht das Wasser. Gebannt gleiten meine Augen über seine Oberfläche. Der spitze Schrei eines Habichts lässt mich jäh zusammenfahren. Ängstlich ziehe ich den Hals ein und spähe in die Baumkronen hinauf.

Hier an diesem Ort wirkt schon das kleinste Geräusch wie eine Bedrohung und bei solch einem Schrei spielt der gesunde Menschenverstand schier verrückt.

Mit einem Ruck schiebe ich den Wagen weiter. Schiebe ihn vorbei an dem grässlichen Ort, an dem die Schauergeschichtenerzähler ihre Nahrung finden. Schiebe ihn in das angrenzende Waldstück hinein, auf den Weg zu einer einsamen Lichtung, dem eigentlichen Ziel unseres Ausflugs.

„Das letzte Stück möchte ich laufen", sagt Marie und springt in ausgelassener Freude davon.

Der schmale Pfad schlängelt sich durch das Grün, das angefüllt ist von Vogelzwitschern und dem würzigen Geruch von modrigem Holz und Pilzen.

Leicht gleitet der Wagen über den erdigen Boden. Rechts neben mir sprudelt eine Quelle aus einem felsigen Hügel, plätschert in ein murmelndes, namenloses Bächlein und gelangt so, ein paar Meter weiter, in den Fluss, dem dieses wunderschöne Tal hier seinen Namen verdankt, die Triebisch.

Als ich wenige Minuten später schnaufend und keuchend mit dem Kinderwagen auf unserer geheimen Lichtung anlange, liegt

Marie bereits im sonnigen, grünen Gras und schaukelt ihren linken Fuß auf dem angewinkelten Bein des anderen Beines.

„Erster", ruft sie vergnügt und springt auf. „Gibst du mir den Ball?"

Ich grabe ihn aus dem Gepäcknetz hervor und werfe ihn in hohem Bogen zu ihr hinüber. Sie fängt ihn ohne Probleme. Anerkennend klatsche ich in die Hände. „Laufe mir aber nicht davon, hörst du? Bleib immer da, wo ich dich noch sehen kann!"

„Ja, ja", sagt sie nur, wirft den Ball weit über ihren Kopf in die Höhe ... Und fängt ihn wieder. Erstaunt betrachte ich meine Kleine. Immer und immer wieder wirft sie den Ball und jedes Mal fängt sie ihn sicher. Ich fühle, wie sich mein Kinn in die Höhe reckt - ich bin stolz, jawohl! Nicht auf mich, denn schließlich sind ihre außerordentlichen Fähigkeiten nicht das Ergebnis meiner Erziehung. Ich bin stolz auf Marie. Bin stolz auf den kleinen Menschen vor mir, der mir wieder einmal zeigt, dass er mehr ist, als ein dressiertes Häufchen Fleisch und Knochen.

Ein Kind kommt als ein Bündel Energie, Genie und Persönlichkeit auf die Welt, das sich im Laufe der Zeit öffnet, um sich vor unseren erstaunten Augen zu entfalten.

Und genau das ist soeben wieder einmal geschehen.

Ich habe eine neue Gabe an meinem Kind entdeckt und empfinde das vollkommene Glück, das nur Mütter und sorgende Väter kennen. Ein Gefühl, explodierend, groß, hell und warm.

Aus dem Kinderwagen ertönt ein ungeduldiges Krähen.

Unwillkürlich ziehen sich meine Lippen grinsend in die Breite. Noch ein kleines Bündel ...! Wer würde in diesem niedlichen, hilflosen Wesen eine Persönlichkeit vermuten, die schon heute hart ist wie Granit?

Felix läuft noch nicht, spricht noch nicht und hat noch immer kaum ein Haar auf dem Kopf. Felix ist ein Baby, ein süßes, knuddeliges Baby, mit einem Willen jedoch, der knallhärter nicht sein kann.

Mit bunten Rasseln, lieblichen Liedern und einem Klecks Fenchelsirup auf dem Nuckel lässt er sich nicht besänftigen.

Immer pocht er unerbittlich schreiend auf sein Recht.

Das Problem dabei ist, dass ich manchmal beim besten Willen nicht herausfinden kann, wonach er verlangt.

Im Moment weiß ich es natürlich.

Während Marie ihrem Ball nachläuft und Felix inzwischen lautstark protestiert, breite ich die mitgebrachte Decke auf dem sonnigen Gras aus, wo der Tau des Morgens bereits abgetrocknet ist, und hole ihn aus dem Wagen.

Sofort verstummt sein Protest und er krabbelt übermütig quietschend auf der Decke umher. Ich lege mich zu ihm. Mit großen, blauen Augen sieht er mich an - Augen so blau wie der Himmel selbst. Er kommt mir ganz nahe und seine Sabber benetzt mein Gesicht.

„Iiiih", sage ich gedehnt, richte mich auf und vergrabe mein Gesicht in einer frischen Windel.

Plötzlich ist es still auf der Decke.

Ich atme den Duft des Waschmittels und versuche mir vorzustellen, wie Felix mich in dieser Minute ansieht. Wie reagiert er auf eine Mama mit Windel im Gesicht?

Eine Weile passiert nichts, doch dann höre ich, wie er nach Luft ringt, um schon im nächsten Moment ganz gewaltig loszuschreien.

„Felix, Liebling", sage ich schnell. „Schau doch mal, wer hier ist!"

Langsam ziehe ich die Windel vom Gesicht - erst vom linken Auge, dann vom rechten Auge. Babys Blauaugen mustern mich aufmerksam, ich muss lachen.

Und als ich die Windel ganz fallen lasse, erstrahlt sein Gesicht wie tausend Sonnen. Es jauchzt und quietscht vor Freude und macht mein Herz ganz weich.

Mit beiden Händen greife ich nach dem Wonneproppen und drücke ihn fest an mich, während ich ihn über und über mit Küssen bedecke.

Ein brauner Geruch lähmt meinen Eifer, mein Lächeln verkrampft sich. Ich richte mich auf, meine lachenden Augen weiterhin auf Felix gerichtet.

„Hast du A-A in der Hose?"
Felix grinst.
„Und du fühlst dich anscheinend auch noch wohl dabei, was?"
Lachend kneife ich ihm sanft in seine Bäckchen.
Wieder grinst der kleine Mann.

„Da wollen wir den kleinen Popo aber ganz schnell wieder fein machen, damit er nicht wund wird, nicht wahr?"

Mit flinken Fingern befreie ich Felix von der Windel und wasche sie grob am nahen Bach aus. Dann windele ich ihn neu.

Die Sonne steht inzwischen hoch am Himmel. Ein leiser, warmer Wind trägt den Duft von Heu und Blumen über das Land - möge doch dieser Tag nie zu Ende gehen!

Zusammen mit dem Waschlappen stopfe ich die nassen Windeln in eine Tüte und verstaue sie im Wagen. Ich denke an die Wäsche daheim, wie sie gerade lustig wedelnd in der Sonne trocknet, während ich es mir hier gut gehen lasse.

Ein Blick auf die Uhr sagt mir, dass Marie und Felix etwas zu essen brauchen. Ich rufe Marie herbei, die inzwischen sehr still geworden ist.

Brav sitzt sie nun auf der Decke, in der linken Hand ein Brot, in der Rechten einen Apfel. Und während ich Felix mit Brei aus der Thermoskanne füttere, beobachte ich meine beiden.

Ihre Köpfchen sind vor Müdigkeit leicht geneigt, die Äugelein werden immer kleiner ... Frische Luft ist doch das beste Schlafmittel.

Kraftlos kuscheln sie sich nach dem Essen aneinander und lauschen der kurzen, gereimten Geschichte, die ich ihnen aus einem Kinderbuch vorlese.

Fünf Minuten später sind sie eingeschlafen.

Eine Weile betrachte ich sie, bevor ich mit einem wunderschönen Buch in eine andere Welt eintauche. Eine Welt voller Liebe und Leidenschaft - die Welt von *Paul und Paula* - *Die Legende vom Glück ohne Ende*.

Als wir am Nachmittag nach Hause kommen, liegt ein Brief vom Rat des Kreises im Briefkasten.

Zögernd nehme ich ihn in die Hand und ein flaues Unbehagen überfällt mich. Instinktiv weiß ich, dass er die Mitteilung über meine längst überfällige Arbeitsaufnahme beinhaltet. Warum gerade jetzt? Jetzt, nachdem ich mit der Welt wieder einigermaßen Frieden geschlossen habe? Ich bin noch nicht so weit! Bin noch nicht in der Verfassung, andere Menschen zu ertragen und wieder arbeiten zu gehen.

Ich brauche noch Zeit ...

Zeit!

Mit zitternden Händen öffne ich das Kuvert, falte das Blatt auseinander und lese die wenigen Zeilen.

Aber es dauert einen Augenblick, bis ich deren Sinn wirklich begreife.

Bestürzt sinke ich auf den blanken Boden hinab, weil meine Beine mich plötzlich nicht mehr tragen wollen.

Plötzlich betrachte ich das Stück Papier vor mir voller Entsetzen. So also referiert sie sich, die von mir von vornherein abgelehnte neue Gesellschaft - es lebe der Kapitalismus, es lebe Helmut Kohl!

Ein lautloses Lachen schüttelt meinen Körper - es ist doch grotesk!

Noch vor wenigen Minuten hatte ich den Wunsch gehabt, noch nicht so bald ins Berufsleben zurückverdonnert zu werden - und nun? Nun habe ich auf einmal alle Zeit der Welt und es ist mir auch nicht recht. Ich bin ab heute arbeitslos - einfach so!

Arbeitslos wegen Umstrukturierungsmaßnahmen. Ist es nicht vielleicht nur ein Vorwand, um sich eine junge Mutter vom Hals zu schaffen? Eine Frau mit zwei kleinen Kindern, die für eine leitende Position untragbar geworden ist?

Kleine Kinder werden schließlich hin und wieder einmal krank ...

Ja, die Beschäftigten der Personalabteilung beim Rat des Kreises, allesamt SED-Kader, haben ihre Hausaufgaben gemacht. Sie kennen den Unterschied zwischen der kapitalistischen und sozialistischen Gesellschaftsordnung und gehen nun zielstrebig ans Werk, den zuvor so gehassten Kapitalismus auch in unserem deutschen Staat zuverlässig und gründlich in die Tat umzusetzen.

Plötzlich bin ich arbeitslos. Ich werde einfach abserviert, weil ich für diesen neuen Staat vorerst nicht von Nutzen bin.

15. Tür

Die Tage vergehen - dumpf und grau reiht sich einer an den anderen.

Es ist wieder einmal November ... Ein November, wie er trostloser nicht sein kann, ein November voller Zukunftsangst und Hoffnungslosigkeit, der November des Jahres 1990.

Vor einem Monat, am dritten Oktober, wurde unter viel Beifall und Glockengeläut die Wiedervereinigung der beiden deutschen Staaten vollzogen.

Der Anfang vom Ende wurde eingeläutet und die Massen haben gejubelt ...

Ich weiß nicht, aber entweder begreifen sie den Ernst der Lage nicht oder sie wollen ihn nicht begreifen.

Was haben wir bisher wirklich gewonnen?

Sicher, seit der Währungsunion hat sich im Konsumbereich einiges getan. Verschiedene Supermärkte prägen nun sogar das Bild kleinster Ortschaften; ihre Regale sind voll mit wirklich schön anzusehenden Sachen. Und in der Tat gibt es auf einmal all das, wovon wir DDR-Bürger früher nur träumen konnten.

Kaufen kann ich sie mir aber deshalb noch lange nicht! Mein wöchentliches Arbeitslosengeld von 122,40 DM reicht kaum für den Unterhalt meiner kleinen Familie.

Nachts weine ich mich in den Schlaf, weil ich nicht weiß, wie ich die nächsten vierzehn Tage überstehen soll. Immer wieder frage ich mich, womit ich dieses schwere Los verdient habe, das mir von meinem eigenen Volk, von meiner eigenen Heimat aufgezwungen wird.

Gewissenlos und scheinbar ohne jeden Skrupel werden Arbeitsplätze zusammengestrichen und unbescholtene Bürger in die Arbeitslosigkeit getrieben. Und das in einer Zeit, in der es noch nicht einmal brauchbare Regelungen einer sozialen Absicherung gibt.

Ich weiß nicht, wie es weiter gehen soll. Nein, ich weiß es einfach nicht.

„Guten Tag, bitte, Sie wünschen?"
Die Sparkassenangestellte lächelt mir von der andern Seite der Trennscheibe freundlich entgegen.
Ich schiebe meinen Postabholerausweis durch die Schalterluke. „Einhundert Mark, bitte!"
Die nette Frau nimmt den Ausweis, holt einen kleinen Karteikasten vom Nebentisch und blättert in den Karten. Mit gerunzelter Stirn zieht sie eine Karte heraus und tritt wieder an den Schalter heran. „Es tut mir leid", sagt sie. „Aber ich darf Ihnen leider nichts auszahlen!"
Ich stehe wie vom Donner gerührt. Ich brauche doch das Geld. Ich brauche es dringend! „Warum denn nicht?", frage ich leise und werfe einen schnellen Blick über die Schulter - hinter mir eine lange Schlange. Viele Augen starren mich an, hämisch, wie ich finde, und kopfschüttelnd.
„Warum?", frage ich noch einmal. Flehend diesmal. Ich trete noch dichter an die Scheibe heran, um den Schall meiner Worte zu dämpfen.
„Weil Sie anscheinend mehr ausgeben, als sie vom Arbeitsamt bekommen", erwidert das Weibsbild nun so laut, dass es auch der Letzte in der Reihe verstanden haben muss. „Sie leben über Ihre Verhältnisse, deshalb!"
„Das kann aber nicht sein", stottere ich, und das Blut schießt mir heiß ins Gesicht. „Ich gebe nicht mehr aus, als mir zusteht ..."
Mir stockt der Atem. Wie Nadelstiche bohren sich die feindseligen Blicke meiner Mitmenschen in meinen Rücken. Menschen, die noch vor wenigen Monaten geglaubt hatten, dass sie die besseren Deutschen seien - so sozial und so human!
Ein Raunen und Murmeln geht durch die Menge. Ich fange Wortfetzen wie „... unsere Steuergelder ...", „... zu faul zum

Arbeiten ..." und „... sollte man den Hintern versohlen ..." auf, und möchte in den Boden versinken vor Scham.

Die Frau am Schalter scheint jetzt in ihrem Element zu sein. Triumphierend wirft sie ihren Kopf in den Nacken. „Sie bekommen im Monat rund fünfhundert Mark vom Arbeitsamt, haben aber innerhalb einer Woche Abhebungen in Höhe von mehreren Tausend Mark getätigt - wollen Sie das vielleicht abstreiten? Mit dem heutigen Tag stehen Sie bei uns mit mehr als dreitausend Mark im Soll. Das ist Scheckbetrug, junge Frau, und kommt zur Anzeige!"

An das, was diesem demütigenden Szenarium gefolgt war, erinnere ich mich nicht mehr, bin wohl einfach umgefallen. Doch als ich wieder zu mir kam, waren keine feindseligen Gesichter mehr da, die Schalterhalle hatte sich in einen freundlichen Beratungsraum verwandelt und ich schaute in das lächelnde Gesicht einer älteren Frau, die sich mir als Filialleiterin vorstellte.

Im darauf folgenden Gespräch wurde ich endlich über die wahren Zusammenhänge des vermeintlichen Scheckbetruges aufgeklärt. Wilfried hatte sich Laufe einer Woche mehrere Tausend Mark von meinem Konto auszahlen lassen, indem er bei verschiedenen Filialen gefälschte und ungedeckte Schecks vorlegte.

Fassungslos betrachtete ich die Kopien dieser Schecks, die mit meinem Namen unterschrieben worden waren. Unterschriften, die noch nicht einmal annähernd der Unterschrift ähnelten, die ich bei Kontoeröffnung hinterlegt hatte. Die Kritik, dass sich das Kreditinstitut nicht gerade verantwortungsbewusst verhält, wenn es ungedeckte Schecks auszahlt und sich zudem nicht einmal die Mühe macht, die Unterschriften zu vergleichen, wies die Filialleiterin ganz entschieden zurück.

„Die Arbeitsplätze unserer Mitarbeiter sind bisher nur unzureichend mit Computern ausgestattet", sagte sie. „Eine totale Überwachung ist deshalb unmöglich. Außerdem haben Sie

Ihren Mann persönlich als Zweitsparer eintragen lassen. Rein rechtlich war er befugt, Geld von Ihrem Konto abzuheben."
„Und die gefälschten Unterschriften?", fragte ich.
„Diese Angelegenheit sollten Sie mit Ihrem Anwalt klären."
Und während Marie und Felix sich in der neu eingerichteten Spielecke beschäftigten, erarbeiteten wir einen Weg, die Schulden abzutragen, ohne mir den Zugriff auf das Konto gänzlich zu verwehren.
Der allererste Schritt war die Löschung der Eintragung über die Verfügungsgewalt von Wilfried, was sich schon ein paar Tage später als genialer Schachzug herausstellen sollte. Da hatte er nämlich schon wieder versucht, Geld vom Konto abzuheben - diesmal jedoch vergeblich.

„Du siehst einfach toll aus", sagt Michelle und sieht bewundernd an mir herab. „Wie hast du es nur geschafft, so viel abzunehmen und trotzdem einen straffen Körper zu behalten?"
„Du tust ja gerade so, als sei ich vorher dick gewesen", erwidere ich lächelnd und beuge mich über einen Berg Kinderstrumpfhosen, die geflickt werden müssen. „Aber du hast Recht, ich habe in den letzten Wochen wirklich eine Menge abgenommen."
„Und wie?"
„Mit Gymnastik."
Michelle runzelt die Stirn. „Du nimmst mich auf den Arm, oder?"
Ich schüttele den Kopf. „Irgendwann vor einigen Wochen habe ich begonnen, mir die Langeweile am Abend mit Gymnastik zu vertreiben. Ich habe mir eine Decke vor den Fernseher gelegt und Übungen gemacht."
„Das glaube ich nicht - da gibt es doch bestimmt noch einen Trick."
„Kein Trick", erwidere ich leise. „Aber wenn du im Monat nur zweihundertfünfzig Mark ausgeben darfst, dann purzeln die

Pfunde wie von selbst." Ungewollt sammeln sich Tränen in meinen Augen. „Zweihundertfünfzig Mark für Miete, Strom, Wasser, Kohlen, Kleidung und Nahrungsmittel - ohne die Unterstützung von Markus würde ich wohl nicht einmal meine Kinder satt bekommen."

„Zweihundertfünfzig Mark", fragt Michelle ungläubig. „Du hast nur zweihundertfünfzig Mark, um für dich und die Kinder zu sorgen?"

Ich nicke. „Den Rest behält die Sparkasse."

„Aber warum hast du nie etwas gesagt?", fragt sie beinahe vorwurfsvoll. „Ich dachte, ich bin deine Freundin."

„Das bist du doch ..."

„Und warum lässt du dir dann nicht von mir helfen?"

Gerührt nehme ich das junge Mädchen in die Arme.

„Weil du selbst nicht viel hast", erwidere ich. „Und außerdem versorgt mich doch Markus mit dem Nötigsten - ich komme zurecht, glaube mir."

Michelle hebt den Kopf und lächelt. „Und warum tut er das? Habt ihr was miteinander?"

„Was du gleich wieder denkst", erwidere ich verlegen.

„Wieso? So abwegig ist der Gedanke gar nicht. Du bist eine schöne Frau, warum sollte er nicht interessiert sein?"

„Weil er bereits *seine* Königin gefunden hat."

„Seine *Königin*?" Michelle sieht mich aufmerksam an. „Habe ich da irgendetwas nicht mitbekommen? Was war zwischen euch? Willst du darüber reden?"

„Irgendwann einmal ..."

„Ich nehme dich beim Wort", erwidert sie und droht mir mit dem Zeigefinger. „Was ist eigentlich mit Wilfried? Hatte deine Anzeige gegen ihn endlich Erfolg?"

"Nein, natürlich nicht. In der Zeit des Mauerfalls haben sich so viele Ehemänner und Väter aus dem Staub gemacht, dass es Jahre dauern kann, ehe man Wilfried auf die Spur kommt. Er kann ja mittlerweile überall sein: in Italien, in Frankreich, in

Österreich ... Wilfried ist kein Einzelfall! Von dieser Sorte Mann gibt es leider viel zu viele! Und alle sollen gefunden werden! Blöd ist nur, dass ich mich bis dahin auch nicht scheiden lassen kann. Die Kindergeldkasse verlangt seine Lohnsteuerkarte. Sie drohen mir damit, den Zuschuss zum Kindergeld zurückzufordern. Ich habe ihnen meine Situation schon mehrmals mitgeteilt, aber die sind stur wie die Ochsen!"

„Und wie soll es jetzt weitergehen?"

„Keine Ahnung, sag du es mir!" Hilflos hebe ich die Hände über meinen Kopf. „Wenn ich doch wenigstens eine Arbeit hätte! Mit einer Arbeit käme ich sicher wieder auf die Beine!"

Michelle ergreift meine Hand. Ein Aufleuchten huscht über ihr Gesicht. „Ich hab da eine Idee ..."

Seit vier Monaten arbeite ich nun freitags und samstags in einer Diskothek als Garderobiere. Es ist dieselbe Disco, in der Michelle an der Bar bedient. Sie hatte bei ihrer Chefin ein gutes Wort für mich eingelegt und nun bin ich hier.

Die Arbeit ist nicht eben anspruchsvoll und man ist den ganzen Abend den Annäherungsversuchen der Dorfjugend ausgesetzt, aber wenigstens bringt sie mir wöchentlich runde einhundert Mark ein. Das ist gerade so viel, wie ich brauche, um über die Runden zu kommen. Und da ich zum Arbeitslosengeld nun auch regelmäßig das Kindergeld vom Staat bekomme, ist mein Konto mit dem heutigen Tag ausgeglichen. Ich habe keine Schulden mehr, das ist ein unglaublich schönes Gefühl.

„He Süße, kommst du tanzen?"

Der schon wieder - nein! Genervt verdrehe ich die Augen und zeige verärgert auf die Menschenschlange vor meinem Garderobenfenster.

„Ich kann nicht weg, das siehst du doch!"

„Und wie du das kannst", erwidert er ungerührt und zeigt auf einen kleinen Dicken neben sich. „Mein Kumpel hier übernimmt für dich."

„Ich möchte aber nicht tanzen", erwidere ich fest.

Der junge Bursche wird ernst. „Und warum nicht? Bin ich dir vielleicht nicht gut genug?"

„Du bist nicht alt genug."

Der Junge lacht böse. „Nicht alt genug? Ich glaube, du spinnst! Ich bin zwanzig Jahre alt."

„Eben."

„Eben?", wiederholte er gereizt. „Wie alt muss denn der Mann sein, der dir gefallen könnte?"

„Wenigstens so alt wie ich."

Der Junge grinst. „Und wie alt bist du?"

„Sechsundzwanzig."

Der Junge schluckt und für einen Moment sieht es für mich so aus, als würde er am liebsten davonlaufen. Aber er fängt sich erstaunlich schnell, tritt wieder an meine Theke heran und nimmt meine Hand. „Was soll's", sagt er erhaben. „Was sind schon sechs Jahre, wenn man sich wirklich liebt?"

Mit meiner freien Hand greife ich in die Innentasche meiner Jacke und hole meinen Personalausweis hervor. Wortlos halte ich ihn ihm vor die Nase.

Er liest sich alles durch und zuckt die Schultern.

„Ich bin verheiratet und habe zwei Kinder", helfe ich ihm auf die Sprünge.

Wieder zuckt er nur mit den Schultern. „Na und?"

„Kapierst du nicht, dass ich mit einem Jungen wie dir nichts anfangen werde, weil ich bereits zwei Kinder habe?"

Es ist bereits 1 Uhr am Morgen, als ich mich endlich, müde und erschöpft vom Rauch und Lärm des langen Abends, mit meinem Auto auf dem Heimweg befinde.

Immer wieder fallen mir die Augen zu. Mein Kopf ist angefüllt vom Dröhnen des Zweitakters und der Zuversicht, in weniger als zwanzig Minuten im Bett zu liegen, um endlich zu schlafen.

Brummelnd holpert das Auto über den Feldweg. Ein schmaler Pfad nur, aber immerhin der schnellste Weg nach Hause.

Auf der Strecke gibt es keine Beleuchtung. Pechschwarz umhüllt mich die Nacht.

Auf einmal sehe ich ein Licht ... Zwei Lichter ... Scheinwerfer? Fünfzig Meter vor mir versperrt ein dunkler Wagen den Weg.

Ein Wagen hier? Um diese Zeit?

Aufkommende Angst schnürt mir die Kehle zu. Wie ein Stromschlag durchzuckt mich der Gedanke, dass ich bei einem möglichen Überfall ziemlich chancenlos wäre.

Als ich mich dem Wagen auf wenige Meter genähert habe, erkenne ich den Fahrer: der Junge aus der Disco.

Ich will schon anhalten und mich mit ihm auseinandersetzen, als mich eine innere Stimme zur Vorsicht mahnt. Und plötzlich sehe ich das zähnebleckende Gesicht eines Irren vor mir ...

Wie im Fieber trete ich aufs Gas und verlasse den Feldweg, um das Hindernis in weitem Bogen zu umfahren.

Der Trabbi heult auf, aber das kleine, geländegängige Fahrzeug meistert die Strapaze.

Ich rase mit Tempo achtzig davon. Im Rückspiegel sehe ich gerade noch, dass der dunkle Wagen wendet und mir folgt. Wenige Augenblicke später ist er mir dicht auf den Fersen.

Kalter Schweiß sammelt sich auf meiner Stirn, ich zittere vor Angst. Dass ich mir in dem kleinen Auto bei jedem Schlagloch irgendwo den Kopf stoße, nehme ich nur am Rande wahr. Mich beschäftigt nur ein Gedanke: Wie kann ich jemanden abschütteln, dessen Auto schneller ist als meins?

Aber vielleicht habe ich ja doch eine Chance!

Der Junge ist nicht aus dieser Gegend und kann sich deshalb unmöglich hier auskennen. Ich muss es versuchen!

Als sich nach der nächsten Biegung der Weg gabelt, schalte ich die Scheinwerfer aus und fahre blind weiter. Angestrengt tasten sich meine Augen durch das Gelände, bis auf die Dorfstraße.

Erst jetzt schalte ich die Scheinwerfer wieder ein und hoffe, dass sein Wagen den anderen Weg genommen hat und mich nun nicht mehr verfolgt.

Und endlich - endlich bin ich zu Hause. Ich schaue zurück, die Nacht ist schwarz, die Straße menschenleer.

Jetzt könnte ich aufatmen, doch mein Körper schlottert noch immer. Die Angst, die panikartig über mich gekommen ist, lässt sich nicht so leicht abzuschütteln.

Taub und leer steige ich aus dem Auto - die Haustürschlüssel fallen mir aus der Hand. Unfähig, mich zu bücken, taste ich mit dem Fuß nach ihnen. Und schon höre ich das nahende Motorengeräusch.

Ich falle auf die Knie, leise weinend, und taste wie im Wahn über den staubigen Boden. Wo sind sie nur, verdammt! Motorenlärm zerschneidet die totale Stille - er kommt näher und näher.

Von den fremden Scheinwerfern bereits in gleißendes Licht gehüllt, packe ich die Schlüssel, schließe die Tür auf und flüchte ins Haus.

Fast zeitgleich kommt der Wagen zum Stehen. Eine Autotür fliegt auf ...

Und schier im letzten Moment stecke ich den Schlüssel von innen ins Schloss und drehe ihn herum.

Ein gewaltiger Schlag gegen die Tür versetzt mich erneut in Panik. Doch wenige Minuten später höre ich den Wagen davonfahren.

Erschöpft und mit bis zum Hals klopfendem Herzen lehne ich mich an die kühle Wand im Treppenhaus. Es dauert eine geraume Zeit, bis sich mein Puls normalisiert hat.

Mit geschlossenen Augen stehe ich im schwarzen Dunkel und schmecke das Salz von Schweiß und Tränen.

Plötzlich höre ich rechts neben mir den Atem eines Menschen und spüre ihn ganz nah an meinem Gesicht. Ich erstarre aufs Neue.

Große Hände streichen über meine Brüste. Unfähig, mich zu bewegen, hänge ich wie festgenagelt an der Wand.

Als der erste Schreck vorbei ist, schicke ich meine linke Hand auf die Suche nach dem Lichtschalter, den ich nicht weit neben mir vermute. Ich finde ihn ... Und...!

„Sie schon wieder?", schreie ich aus Leibeskräften. „Nehmen Sie Ihre Pfoten weg, Sie verdammtes Schwein!" Hysterisch schlage ich auf den Brustkorb von Herrn Meiße ein. „Können Sie mich nicht endlich in Ruhe lassen, Sie dreckige, fette Sau?"

Meiße lacht. Er nuschelt lauter unverständliche Worte in seinen Seerobbenbart und hört nicht auf, mich zu betatschen und zu bedrängen.

Ganz plötzlich nimmt er die Hände von mir und richtet sich langsam auf. Ein Geräusch auf der Treppe lässt ihn herumfahren. Frau Meiße, dem Erscheinungsbild nach gerade aus dem Bett gestiegen, stürzt wie eine Furie herbei und schlägt mit einem Pantoffel auf ihn ein.

„Mach dass du ins Bett kommst, du Schwein", faucht sie mit wutverzerrtem Gesicht. „Was geht dich diese Nutte an? Schämst du dich nicht, ihr hier aufzulauern?"

„Aber ich habe doch gar nicht ...", höre ich den Fettwanst heulen, bevor die Tür im oberen Geschoss zugeschlagen wird.

Bald herrscht wieder Stille. Das Licht im Hausflur erlischt, aber ich stehe noch lange an der Wand. Wie lange? Ich weiß es nicht.

„Hallo, Schwesterherz - komm doch herein! Sieh mal, die Blumen! Schön, nicht wahr? Ich fand sie heute Morgen vor meiner Tür, keine Ahnung, wer sie hingelegt hat."

Mit tränenfeuchten Augen betrachte ich mein Ebenbild. Die übergroße Freude, die ich jetzt empfinde, erschüttert mich. Glaubte ich doch, die Liebe zu ihr erfolgreich aus meinem enttäuschten Herzen gerissen zu haben. Nachdem wir uns einst eine Gebärmutter teilten und weitere einundzwanzig Jahre nicht zu trennen waren - zusammen lernten und studierten, hatte es mich doch sehr gekränkt, dass sie in der schwersten Zeit meines Lebens nicht für mich da gewesen, ist.

Sie hat mir nicht geholfen, obwohl sie regelmäßig meine Eltern besuchte und schon deshalb über meine Notlage Bescheid gewusst hatte.

Nein, mich hat sie niemals besucht. Und das, obwohl sie an meinem Zuhause vorbeifuhr, wenn sie zu meinen Eltern wollte.

Aber all das scheint plötzlich Schnee von gestern zu sein. Meine Schwester ist hier; sie steht dicht vor mir und ich freue mich darüber.

„Wo ist dein Freund?", frage ich sie. „Wo sind die Kinder?"

Meine Schwester lächelt. Aber sie wirkt verlegen, das irritiert mich. Meine anfängliche Freude schlägt in Nervosität um. „Was ist denn los?"

Meine Schwester senkt den Blick. „Ich bin eigentlich nur hier, weil ich etwas von dir wissen will."

„Was denn?", frage ich und fahre mir mit einer wilden Geste über den Kopf. „Was willst du wissen?"

Sie antwortet nicht, sondern steht nur da und schaut auf den Boden vor ihren Füßen.

Ich zeige auf die Tür zum Wohnzimmer. „Wollen wir uns nicht setzen?"

Meine Schwester schüttelt ihren dauergewellten Kopf. „Ich habe nicht viel Zeit, nein."

„Und warum bist du dann gekommen?", frage ich tonlos. Tränen drücken in meinen Augen.

„Weil ich wissen will, ob es stimmt, was unsere Mutter von dir erzählt."

„Was erzählt sie denn?"

„Dass du dich jeden Abend von einem Kleinbus hier abholen lässt.""

Meine Gedanken fahren Achterbahn - sie überschlagen sich auf der Suche nach einer Antwort. „Ich weiß nicht, was du meinst."

„Stimmt es", beginnt meine Schwester von vorn und durch den Tränenschleier vor meinen Augen sehe ich, wie sich ihr Brustkorb ausdrucksstark hebt und senkt. „Stimmt es, dass du jeden Abend in Dresden auf den Strich gehst? Dass du eine Nutte bist ...?"

16. Tür

In der Dämmerung eines Frühlingsmorgens erhebt sich eine junge Frau vom Stuhl vor dem Küchentisch, an dem sie die ganze Nacht gesessen hat.

Ihre Bewegungen sind schwerfällig wie die eines alten Weibes, ihr Entschluss steht jedoch felsenfest.

Die ganze lange Nacht hindurch hat sie das zarte Pflänzchen einer fixen Idee mit ihren Tränen begossen - hat ihm damit Nahrung gegeben, immer wieder, immer mehr.

Und nun steht da ein großer Baum, dessen dicker Stamm ihr den Weg versperrt. Der sie hindert, ihren Weg fortzusetzen, und dessen dichte Krone sie mit Dunkelheit umgibt.

Zielstrebig läuft sie nun ins Kinderzimmer und schlägt die Decken der Bettchen zurück. Zwei kleine Würmchen rollen sich fröstelnd zusammen.

„Pst - ganz leise", sagt die Frau zu ihren Kindern. „Komm, mein Kleiner, ich helfe dir!"

Noch ein Blick auf die zerwühlten Bettchen ... Der aufkommende Zweifel versickert wieder, als sie kurz die Augen schließt. Zusammen mit den beiden Kindern läuft sie vor das Haus, wo ein kleines Auto geparkt ist.

Beinahe lautlos und mit schnellen, geschickten Fingern schnallt sie die Kinder auf dem Rücksitz fest.

„Schlaft noch ein wenig", flüstert sie. „Die Mutti weckt euch, wenn wir da sind."

Sie haucht jedem der beiden einen Kuss auf die Stirn.

Als sie sich ans Steuer setzt, laufen die Tränen haltlos aus ihren Augen. Ihr Gesicht ist schon bald tränennass und alles um sie herum, die Straßen und Häuser, die schlafende Welt in der Morgendämmerung ertrinkt in ihren Tränen. Sie startet den Motor und fährt los.

Ohne auch nur einen Blick zurückzuwerfen, verlässt sie den Ort, der ihr nie eine Heimat geworden ist und fährt auf die nahe Autobahn.

Sie fährt schnell, fährt sehr schnell. Ein kurzer Blick in den Rückspiegel und sie weiß, dass ihre beiden Kinder wieder fest eingeschlafen sind.

In diesem Moment befindet sie sich in einem, nur noch einspurig befahrbaren Baustellenbereich und ihre Aufmerksamkeit gilt zwei entgegenkommenden, sich rasch nähernden Scheinwerfern.

Die junge Frau beschleunigt erneut.

Ihre Augen weiten sich, die Anspannung in ihrem Gesicht wird unerträglich.

Noch einmal schaut sie in den Rückspiegel, schaut auf ihre beiden kleinen Engel ...

Dann reißt sie das Steuer auf die Gegenspur ...

Die überall verstreuten Leichenteile sind nur noch schwer einander zuzuordnen.

Gestandene Feuerwehrleute brechen in Tränen aus, als sie kleinste Körperteile - Händchen und Beinchen - bergen müssen.

Ein paar Jahre ist Uta nun schon tot - eine arbeitslose junge Gartenbauingenieurin, die ich während einer einjährigen Arbeitsbeschaffungsmaßnahme kennen lernte.

Eine liebenswerte, stille Frau, Mutter zweier kleiner Jungen, die von ihrem Ehemann im Stich gelassen- und von ihrer Familie ignoriert worden war.

Sie starb im Jahre Sechs der deutschen Einheit.

Nur zu deutlich hatte ich in ihrem Schicksal mein Schicksal erkannt und mich oft in ihren traurigen Augen gesehen. Augen, die nur zu leuchten vermochten, wenn ihr Mund von den kleinen Jungen erzählte.

Das Leben kann zur Last werden ...

Äußere Umstände werfen uns aus der Bahn, die doch so sorgfältig berechnet schien, und lassen uns im Scherbenhaufen unsere Träume, Wünsche und Sehnsüchte zurück.

Oft sind wir dann so verletzt, dass wir nicht mehr fähig sind, auf einen der vorbei fahrenden Züge aufzuspringen.

Oder wir fühlen uns gedemütigt und sind deshalb zu stolz dazu. Und da stehen wir nun - rechts und links ein Kind an der Hand - und schauen den Zügen hinterher. Beschämt vielleicht oder verzweifelt oder wütend.

Wir hoffen auf eine sich uns entgegenstreckende Hand, die man uns jedoch verwehrt - sei es aus Gleichgültigkeit, Verachtung oder einfach nur Angst, seine eigene Stellung zu gefährden. Und plötzlich fühlen wir uns nicht mehr gut genug für diese Welt ...

Oder ist die Welt nicht gut genug für uns?

Was war der Grund, warum Uta am Leben verzweifelte?

Und warum wirkte sie so apathisch in den Tagen vor ihrem Tod?

War es die Gleichgültigkeit der Erschöpfung nach einem nervenaufreibenden Kampf? Wie lange hatte sie gekämpft?

Selbstmord als tödliche Sehnsucht nach Ruhe? Was hatte sie überhaupt dazu veranlasst, ihr Leben nicht einfach nur zu beenden, sondern es ein für alle Mal auszulöschen, indem sie ihre Kinder mit in den Tod nahm?

Fragen über Fragen, auf die ich leider nie eine Antwort bekommen werde, die mich aber immer wieder beschäftigen und nicht loslassen. Fragen, mit denen ich leben muss. Ja, ich muss mit diesen Fragen leben. Mit ihnen und dem Vorwurf an mich selbst, warum ich nicht in der Lage war, ihr einen Bruchteil der Hoffnung zu geben, die ich damals von Michelle und Markus erhalten hatte.

Nach Regen folgt Sonne und der Hoffnungslosigkeit folgen glückliche Tage ...

Jedes Jahr, wenn es Frühling wird und nach grauen, tristen Tagen das Leben neu erwacht, denke ich an Uta.

Traurig schaue ich auf den Boden vor meinen Füßen. Suchend gleiten meine Blicke über die graue Oberfläche der Betonpflaster.

Wo sind denn auf einmal die Schattenmonster geblieben, die vorhin noch so zahlreich über mich hergefallen waren? Sie sind verschwunden - sind einfach nicht mehr da.

Verblüfft lehne ich mich zurück.

So lange habe ich jede finstere Erinnerung verdrängt, aus Angst, den bösen Geist aus jener Zeit erneut heraufzubeschwören. Aber durch irgendwen oder irgendwas wurde ich heute veranlasst, die Jahre zwischen 1989 und 1991 im Zusammenhang zu betrachten. Schwere Jahre, die mich für mein zukünftiges Leben geprägt haben, die ich überwunden habe, wie ich auch den Schmerz, der diesen Erinnerungen anhaftet, eines Tages überwinden werde. Jahre jedoch, in denen ich wahre Freundschaft kennengelernt habe.

Die Reise endet

Eine Tür fällt ins Schloss - die letzte für uns. Und genau so leicht, wie wir in den Kopf dieser Frau eingedrungen sind, verlassen wir ihn wieder.

Wie Federflaum erheben wir uns in das Azur des Himmels und schauen von oben auf die Frau hinab, die wir nun ein wenig kennen lernen durften.

Sie sitzt vor einem schönen Haus, weiß verputzt, mit honigfarbenen Holzgiebeln und einem roten Dach.

Duftende Sträucher und Blumen umsäumen diesen sonnenüberfluteten Platz. Irgendwo bellt ein Hund, eine ferne Kreissäge klagt über zu viel Arbeit, und dennoch ... Die Eintracht und den Frieden hier zerstören sie nicht. Der liebliche Gesang heimischer Vögel umrahmt dieses Bild von Harmonie.

Mit geschlossenen Augen sitzt die junge Frau auf ihrem Gartenstuhl und reckt das Gesicht den warmen Strahlen der Sonne entgegen.

Sie sieht jetzt zufrieden und glücklich aus. Marie und Felix weiß sie bei der Nachbarin in guten Händen und in wenigen Augenblicken wird ihr geliebter Ehemann von der Arbeit nach Hause kommen.

Der Baden-Württemberger wird sie wie immer in die Arme nehmen und sagen: „Du hascht mir wieder arg gefehlt, mein Schatz. Wie war dein Tag?"